ELIZABETH KAY
Dunkle Tiefen

AF204461

Weitere Titel der Autorin:

Sieben Lügen

Titel auch als Hörbuch erhältlich

Über die Autorin:

Elizabeth Kay begann ihre berufliche Laufbahn als Assistentin in einem großen britischen Verlagshaus, für das sie heute als
Lektorin arbeitet. In ihrer Freizeit widmet sie sich ihrer großen
Leidenschaft, dem Schreiben von Romanen. Ihr Spannungsde-
büt, SIEBEN LÜGEN, ist in mehr als zwanzig Ländern weltweit
erschienen und wurde vielfach begeistert besprochen. Elizabeth
Kay lebt gemeinsam mit ihrem Ehemann und ihren beiden Kindern in der Nähe von London. DUNKLE TIEFEN ist ihr zweiter
Roman.

ELIZABETH KAY

DUNKLE
THRILLER
TIEFEN

Übersetzung aus dem Englischen
von Rainer Schumacher

Lübbe

Vollständige Taschenbuchausgabe
der bei Bastei Lübbe erschienenen Paperbackausgabe

Copyright © 2022 by Elizabeth Kay

Für die deutschsprachige Ausgabe:
Copyright © 2023 by Bastei Lübbe AG,
Schanzenstraße 6–20, 51063 Köln

Textredaktion: Ann-Catherine Geuder, Lübeck
Umschlaggestaltung: ZERO Werbeagentur, München
unter Verwendung eines Motivs von © shutterstock.com: Jag_cz
Satz: Dörlemann Satz, Lemförde
Gesetzt aus der Adobe Caslon
Druck und Verarbeitung: GGP Media GmbH, Pößneck

Printed in Germany
ISBN 978-3-404-18934-2

2   4   5   3   1

Sie finden uns im Internet unter luebbe.de
Bitte beachten Sie auch: lesejury.de

TEIL 1

2. WEIHNACHTSTAG

Kapitel 1
26. Dezember 2017
Marianne

Kurz darauf kam die Polizei.

Er – der Jüngere: ein großer, pickeliger Mann mit vertrautem Akzent – sagte, dass sie mit mir über den Unfall sprechen müssten. Es war keine Frage – kein »Könnten wir …?« –, sondern eine Feststellung. Sie waren in meinem Haus, uneingeladen, und standen am Fuß der Treppe.

Ich dachte, sie würden mich aufs Revier mitnehmen.

Der Mann blieb zunächst vage, ballte die Fäuste und schaute zu Boden. Er wollte die Einzelheiten nicht noch einmal beschreiben. Er wollte nicht sagen, dass eine der Schwestern auf den Strand gerannt war und dort einen leblosen Körper gefunden hatte. Stattdessen wiederholte er immer wieder das eine Wort – Unfall – und räusperte sich mehrmals.

Er hatte Zweifel.

Die hatten wir alle.

Ich führte sie ins Wohnzimmer, schenkte mir einen Becher ein und setzte mich in den Sessel. Bevor ich begann, trank ich ein paar Schlucke und ließ mich von dem dünnen Tee wärmen.

Ich sagte, dass sie vor ein paar Tagen eingetroffen seien, eine nach der anderen, die Erste kurz vor Sonnenuntergang. Ich hatte sie seit Jahren nicht mehr gesehen, nicht, seit sie noch kleine Kinder gewesen waren mit Rüschen an den Socken und mit bunten Rucksäcken. Zuerst hatte ich angenommen, sie seien Gäste, doch die roten Haare hatten sie verraten: die drei überlebenden Schwestern.

Ich sagte, meine Leute seien später am Abend gekommen und hätten mich abgelenkt: die Jungs und ihre Frauen und Kinder, die noch jung genug waren, um auf der Fahrt zu schlafen. Es waren schließlich Feiertage. Fast hätte ich vergessen können, dass die Schwestern wieder da waren, im Cottage, aber sie waren überall: Sie beobachteten mich am Fenster, wanderten durchs Dorf, spazierten an der Klippe entlang.

Ich sagte der Polizei, dass wir kaum miteinander gesprochen hätten. Nur einmal wegen eines defekten Heizkessels und dann noch einmal kurz über ein herrenloses Auto weiter die Straße hoch. Ein paar Einzelheiten ließ ich aus. So sagte ich zum Beispiel nicht, wie dumm es von mir gewesen war zu hoffen, schon bald ein Verkaufsschild neben dem Gartentor zu sehen. Wenn das Cottage verkauft wäre, hätten wir das alles endlich hinter uns lassen können. Stattdessen sagte ich, dass es gestern begonnen hatte. Ich war früh aufgewacht und schrubbte gerade eine eingebrannte Pfanne, die, in der ich die Weihnachtsgans gebraten hatte.

Ich schaute zum Fenster hinaus und sah eine der Schwestern.

Sie hatte etwas Wildes an sich: Ihr Schal flatterte im Wind, und trotz des Winterwetters trug sie nur Turnschuhe. Sie ging schnell und suchte sich einen Weg zwischen den geparkten Autos in der Einfahrt hindurch zum Feld. Ihr folgten die anderen, die ebenso chaotisch wirkten: Die Mäntel hatten sie sich nur halb angezogen, und die Schnürsenkel ihrer Stiefel waren offen.

Ich wusste, was passieren würde. Es war, als wäre ein uralter Instinkt plötzlich wieder zum Leben erwacht. Ich trug noch immer die Gummihandschuhe, als ich die Tür hinter mir zuwarf. Sie gegen Wollhandschuhe zu tauschen hätte einfach viel zu lange gedauert.

Ich konnte sie vorne sehen, auf der anderen Seite des Feldes, und so hielt ich mich nah am Zaun, wo die Büsche besonders dicht sind. Einigen mag das ja etwas merkwürdig erscheinen, doch so kam ich ihr besonders nahe.

Ich versuchte zu lauschen, doch die Schwestern rückten immer näher zusammen und sprachen schneller und schneller. Ich erinnere mich an die Zweige an meinen Knöcheln und wie ich nach unten geschaut habe, um mein Hosenbein von einem Dorn zu befreien. Als ich wieder aufschaute, waren sie förmlich miteinander verschmolzen: ein Leib, aber sechs Arme und ein wahrer Wust von rotem Haar.

Ich erzählte der Polizei, dass ich einen Schrei gehört hätte, tief aus der Kehle, fast wie ein lautes Schlucken.

Und dann … Stille.

Und dann standen zwei von ihnen reglos nebeneinander und schauten über die Kante.

Der junge Mann runzelte die Stirn und schaute zu der Frau, die noch immer kein Wort gesagt hatte. Sie war schon älter und hatte bis jetzt einfach nur auf meinem Sofa gesessen, während der Tee auf dem Beistelltisch kalt geworden war. Doch jetzt fragte sie:

»Und? Was, glauben Sie, ist geschehen?«

Nun, das war ziemlich offensichtlich für mich.

Es war schon wieder passiert.

DREI TAGE
ZUVOR

Kapitel 2
22. Dezember 2017
Jess

Die Scheibenwischer laufen mit voller Geschwindigkeit. Sie rasen so schnell durch ihr Sichtfeld, dass sie sie kaum sehen kann. Gnadenlos prasselt der Regen auf das Blechdach und die Windschutzscheibe. Man kann so gut wie nichts erkennen, außer einzelnen Scheinwerfern, deren Licht sich im Regen bricht. Ansonsten ist alles grau.

Sie hat das Handy mit dem Zigarettenanzünder verbunden – auch wenn es nicht wirklich zu laden scheint – und es in die Halterung auf dem Armaturenbrett gesteckt. Eine dicke, bernsteinfarbene Linie markiert ihre Route. Sollte sie sich rot färben, was auf dichten Verkehr hinweist bis hin zum Stau, kann Jess noch immer die Schnellstraße am nächsten Kreisverkehr verlassen und wieder nach Hause fahren.

Die Route ist ihr nicht im Mindesten vertraut, weder die Abzweigungen noch die Kreuzungen oder die Tankstellen am Straßenrand. Als Kind hat sie auf solche Dinge aber auch nicht geachtet. Damals hat sie immer nur nach Nummernschildern geschaut, die mit dem gleichen Buchstaben begannen wie ihr Name, nach Autos in ungewöhnlichen Farben und nach Lastwagen, die Teddybären am Kühlergrill hatten.

Jess tritt auf die Bremse, als ein Sportwagen sich in die winzige Lücke vor ihr drängt. Der Van hinter ihr hupt.

Jess stößt einen lauten Fluch aus, als der Sicherheitsgurt in ihren Bauch schneidet.

Sie freut sich nicht gerade auf die Woche, die vor ihr liegt.

Seit zwanzig Jahren war sie nicht mehr in dem Cottage, nicht seit jenem Sommer, nicht seit dem Tod ihrer Schwester. Sie erinnert sich noch genau an ihre letzte Fahrt in die Stadt, als sie nur noch zu dritt im Wagen gesessen hatten anstatt zu viert. Damals hatte sie sich geschworen, nie wieder zurückzukehren.

Sie fährt auf einen Rastplatz.

Das Fahren ist anstrengend. Durch den starken Regen und die Gischt kann man noch nicht einmal die Begrenzungsstreifen wirklich sehen. Sie ist hin- und hergerissen, denkt darüber nach, wieder umzukehren und stattdessen die Woche mit ihrem Mann und ihren Schwiegereltern zu verbringen. Sie schaltet den Motor aus und öffnet das Fenster einen Spalt. Dann ruft sie ihren Mann an. Er ist nach einem Kundentreffen in den Pub gegangen, und jetzt ist er betrunken, aber er zwingt sich, nüchtern zu klingen. Er geht raus und sagt: *Du weißt, dass du das tun musst. Du schaffst das.*

Jess startet den Motor wieder, blinkt und verlässt den Rastplatz.

Er hat recht … wie immer.

Und das ist frustrierend.

»Vergiss nicht«, hatte er am Morgen gesagt, als sie gemeinsam in dem Flur mit der hohen Decke gestanden hatten, die schwarz-weißen Fliesen kalt unter ihren Füßen. »Du bist eingeladen.« Er hatte sie so fest an sich gedrückt, dass sie sein Herz durch das Hemd gespürt hatte.

Sie hatte genickt.

Dann hatte sie die nächsten Stunden mit Packen verbracht, und bevor sie am Nachmittag schließlich in den Wagen gestiegen war, hatte sie die gedruckte Einladung aus der Küche geholt, sie gefaltet, sodass sie wieder in den Umschlag mit der Sondermarke gepasst hatte, und sie schließlich in die Handtasche gestopft. Anfang des Monats hatte sie plötzlich auf ihrer Fußmatte gelegen, eine teure cremefarbene Karte in einem Umschlag. Auf ihr stand in Großbuchstaben und mit schwarzer Tinte geschrieben:

JESS,
ICH MUSS DICH SEHEN. BITTE. ICH BIN AB
DEM 22. IM COTTAGE.
BESUCHST DU MICH ZU WEIHNACHTEN?
LYDIA XX

Es ist nun neun Jahre her, seit Jess ihre Schwestern zum letzten Mal gesehen hat, und es wäre gelogen, wenn sie behaupten würde, dass sie sich auf das Wiedersehen freut. Tatsächlich hätte sie sie gern noch viel, viel länger nicht gesehen. Aber das Gefühl in ihrem Bauch, das Kind, das dort heranwächst, verlangt nach Antworten. Ist sie sich wirklich sicher, dass sie ein weiteres Leben beschützen kann, noch dazu ein so kleines, hilfloses? Alles andere wäre inakzeptabel. Ist sie sich wirklich sicher, dass sie den gleichen Fehler nicht noch einmal begehen wird?

Er – ihr geliebter Ehemann, der Mann, der ihrer Welt erst einen Sinn gegeben hat – weiß noch nichts von der Schwangerschaft. Tatsächlich hofft er, dass die Zeit mit ihren Schwestern sie ermutigen wird, zumindest einmal über eigene Kinder nachzudenken; dass sie so den Wert einer Familie erkennen und ihm seinen Wunsch schlussendlich erfüllen wird. Er will sie nur auf den rechten Pfad bringen, damit sie gemeinsam mit ihm in die Zukunft schaut. Und wenn er recht hat – was die letzten sieben Jahre stets der Fall war –, dann schafft sie das wirklich.

Sie wird es schaffen, in der kältesten, nassesten Woche des Jahres aus ihrer Stadt zu fahren, um die Feiertage mit Menschen zu verbringen, die schon seit vielen Jahren nicht mehr wirklich Teil ihrer Familie sind. Sie wird es schaffen, zu dem Ort zu fahren, der ihr mehr Angst macht als jeder andere, zu dem Haus mit den feuchten Treppenhäusern, tiefen Schränken und all den dunklen Erinnerungen. Sie wird es schaffen, sich mit ihren Schwestern zu versammeln.

*

Jess braucht fast noch einmal zwei Stunden bis zum Dorf. Erst als sie den Laden an der Ecke erreicht, wird ihr bewusst, wie nah sie dem Cottage bereits ist.

Das hier war einmal ein Süßigkeitenladen, wo mit Bonbons gefüllte Glasbehälter auf Holzregalen standen. Wenn man sich hier eine Tüte kaufte, war sie stets bis zum Rand gefüllt. Es ist einer ihrer Lieblingsorte gewesen.

Jetzt ist es ein Handy-Shop.

Jess fährt durchs Dorf, den Hügel hinauf und in Richtung Klippe und Küste.

Langsam wird es dunkel, und auch die Temperatur im Wagen sinkt, als die Sonne sich immer mehr in Richtung Horizont bewegt. Jess schaltet Heizung und Scheinwerfer ein. Sie erreicht die vertraute Kurve, die nach rechts steil abfällt, die mit den Ästen, die links über die Straße hinausragen. Jess erinnert sich daran, wie ihr Vater immer mit viel zu hoher Geschwindigkeit durch die Kurve gebrettert ist und wie sie, die Kinder, dann immer geschrien, gelacht und sich aneinandergeklammert haben.

Jess nimmt sie sehr langsam.

Sie ist fast da.

In der Ferne entdeckt sie das Cottage. Es liegt ein Stück von der Straße entfernt, kurz vor dem Pfad, der zum Strand hinunterführt. Auf der Veranda brennt ein warmes Licht, und da ist ein Baum – kahl, aber groß – direkt neben der Terrassentür. Er glüht orange im Licht eines Feuers. Beim Näherkommen erkennt sie einen Weihnachtskranz am Türklopfer, und im oberen Stock brennt Licht.

Es dauert ein, zwei Augenblicke, bis sie erkennt, dass sie nicht ihr eigenes, sondern das Nachbarcottage sieht. Das andere Cottage, *ihr* Cottage, ist in der Ferne unsichtbar. Es ist vollkommen in Dunkelheit gehüllt, die Läden geschlossen.

Bis jetzt ist Jess noch gar nicht auf den Gedanken gekommen, dass sie die Erste sein könnte.

Jess schaltet den Motor aus und steigt aus. Sie schnappt nach Luft, und das nicht nur, weil es kalt ist – tatsächlich ist es im Vergleich zur Stadt geradezu eisig –, sondern weil ihr der Wind so stark entgegenweht, dass er sie fast von den Beinen reißt. Sie stapft zum Cottage.

Jess klopft zuerst an den Fensterladen und dann an die Tür. Kurz versucht sie sogar, sie mit Gewalt zu öffnen. Sie stapft durch den wuchernden Efeu um das Cottage herum und in den Garten, um es an der Hintertür zu versuchen, doch wenig überraschend ist auch die verschlossen.

Jess schlägt mit der Hand gegen die Hauswand.

»Okay«, sagt sie. »Na, schön. Ich bin weg!«

Diesmal fährt Jess schneller, denn nun kennt sie die ganzen Kurven. Als sie das Dorf erreicht, hält sie vor der Agentur, die die Ferienwohnungen in der Gegend verwaltet. Sie parkt einfach auf dem Bürgersteig, springt raus und läuft durch den Regen hinein.

Im Inneren der Agentur ist es dunkel. Nur eine einzelne Leuchtröhre flackert über dem Schreibtisch. Und es ist auch still, wenn man einmal von der leisen Musik aus einem kleinen Radio absieht. Das Büro ist leer. Mehrere Stühle sind von den Tischen weggedreht, die Arbeitsplätze verwaist.

»Also, wenn das nicht …«

Jess wirbelt herum. Ein Mann steht neben einem Aktenschrank, in der Hand eine grüne Aktenmappe.

»Das ist doch eine der legendären Rotschopf-Schwestern!«

Der Mann hat noch das gleiche dunkle Wuschelhaar und die dicken Augenbrauen wie mit vierzehn, und er ist auch noch genauso schlank und grinst so schief wie eh und je.

»Charlie«, sagt Jess.

»Jitz«, erwidert er. »Ich habe nicht damit gerechnet, dich je wiederzusehen.«

Zuerst war sie Jessie und dann Jess. Erst vor Kurzem ist sie Jessica geworden.

Charlie ist der Einzige, der sie je Jitz genannt hat.

»Dito«, sagt sie.

»Du bist wieder da.«

»Sieht so aus.«

Charlie ist ihre erste Liebe gewesen, vor zwanzig Jahren, auch wenn er das nie erfahren hat. Verschmitzt und frech ist er damals gewesen, und wenn er lächelte, hat sie immer Schmetterlinge im Bauch bekommen.

»Bist du allein hier?«, fragt er.

»Nein, meine Schwestern kommen auch«, antwortet Jess. »Erinnerst du dich noch an sie? Die Zwillinge?«

»Ella und …?«

»Lydia.«

»Lydia«, wiederholt er. »Ja, stimmt. Was führt dich zu mir?«

»Ich habe gehofft, dass du einen Schlüssel hast«, sagt Jess. »Für unser Cottage.«

Wind dringt durch den Türrahmen und lässt Jess frösteln. Weit weg von zu Hause ist Winter etwas anderes: grausamer, kälter.

»Für das Cottage?« Charlie runzelt die Stirn.

»Ja, bitte.«

»Okay. Dann brauche ich einen Ausweis …«

Jess greift in ihre Handtasche und kramt nach ihrem Führerschein; doch Charlie lacht.

»Das war ein Scherz«, sagt er. »Ich kenne dich doch. Ich weiß, wer du bist. Ich brauche nur …«

Charlie verschwindet in einem Hinterzimmer und summt laut vor sich hin. Die Melodie passt nicht im Mindesten zu der Musik aus dem Radio. Ein paar Minuten später kommt er wieder zurück.

»Das Cottage ist auf den Namen Hazard gebucht«, sagt Charlie. »Aber …«

Er nickt zu dem großen Diamantring an Jess' linker Hand.

»Ich nehme an, du heißt nicht mehr so, oder?«

»Einmal eine Hazard …«, erwidert Jess schulterzuckend.

Sie verspricht Charlie, später einen mit ihm zu trinken. Dabei weiß sie ganz genau, dass sie ihm im Gegenteil aus dem Weg gehen wird, wann immer sie im Dorf oder auch nur in der Nähe ist. Sie wird sich ermahnen, dass sie sich nicht ablenken lassen darf, dass sie nicht mehr das feurige Mädchen ist, das Mädchen, dessen Feuer er einst geschürt hat.

*

Fünfzehn Minuten später öffnet Jess endlich die Tür des Cottages. Sie hat Angst erwartet, doch stattdessen empfindet sie Erleichterung. Sie schaltet das Licht an, und sofort fühlt es sich an, als wäre sie heimgekommen … nur dass dieses Heim irgendwie kleiner und schäbiger ist, als sie es in Erinnerung gehabt hat. Da ist der ausgetretene rote Teppich, der durch den ganzen Flur reicht, und unter der Treppe gibt es einen Schrank voll mit Eimern, Schaufeln, Windschirmen und einem Campinggrill, um am Strand Würstchen zu braten.

Jess fragt sich, wer all diese Dinge in den letzten Jahren wohl benutzt hat: vermutlich Familien im Sommerurlaub, die das billige Ferienhaus am Strand vor allem wegen seines altmodischen Innenlebens genossen haben.

Jess wandert durch die Zimmer und damit auch durch ihre Erinnerungen. Sie weiß noch genau, was der beste Platz auf dem Sofa zum Fernsehen ist, und sie findet auch ihren alten Stuhl in der Küche. Er steht noch immer mit dem Rücken zur Tür. Jess sieht einen Blumenstrauß auf dem Tisch: weiße Hortensien in einer weißen Vase. Sie kehrt ins Wohnzimmer zurück und öffnet kurz die Fenster, um die Läden aufzustoßen. Dann schnappt sie sich eine Decke vom Sofa und kauert sich vor den Kamin. Das hat sie noch nie getan: ein Feuer entzünden. Sie hat immer nur zugeschaut, wie ihre Eltern Wärme und Licht aus Fetzen von Zei-

tungspapier gezaubert haben. So ist sie dann auch freudig überrascht, als eine kleine Flamme erscheint.

Jess hört einen Wagen näher kommen und geht zum Fenster.

Sie sieht, wie das Fahrzeug draußen parkt.

Ihre Schwester steigt aus.

Jess atmet tief durch. Jetzt gibt es kein Zurück mehr für sie. Sie
hat ihre Wahl getroffen.

Kapitel 3
22. Dezember 2017
Ella

Die Erwartung ist eine Rettungsleine gewesen – dieser Trip ist wie eine Fata Morgana am Horizont, ein sich bald erfüllendes Versprechen –, und das aus vielerlei Gründen. Zum einen gefällt ihr die Vorstellung, eine Zeit lang von der Arbeit wegzukommen. Sie hat zwar einen erfüllenden Job, aber es ist schon sehr anstrengend, ständig über Leben und Tod, über Drogen und Verlust sprechen zu müssen. Auch ist es fast unmöglich für sie gewesen, sich eine ganze Woche freizunehmen, doch mithilfe von ein paar Gefallen, die sie hatte einfordern können, hat sie doch noch sieben Tage am Stück bekommen.

Sie steigt aus dem Wagen und betrachtet das Cottage. Eine einzelne Glühbirne brennt hinter der Tür, und im Wohnzimmer hat jemand ein Feuer im Kamin entzündet. Ja, auch dafür ist sie hier. Ella hat schöne Erinnerungen an den Garten, den Strand und das Dorf. Einst hat sie das als ewigen Fixpunkt in ihrem Leben betrachtet. Umso überraschter war sie dann gewesen, als sie mit elf Jahren plötzlich nicht mehr hierher hatte zurückkehren dürfen. Sie hatte gebettelt und gefleht, doch ihre Mutter war knallhart geblieben und hatte, zunehmend streng, erklärt: »Wir werden nie mehr dorthin zurückkehren.«

Ella war sich jedoch sicher gewesen, dass sie eines Tages genau das machen würde, und tatsächlich hatte sie das Cottage später problemlos im Internet gefunden. Damals, mit Anfang zwanzig, hatte sie das Thema ihren Schwestern gegenüber mehrmals angesprochen, doch vergeblich: Jess hatte viel zu viele schlechte Erinnerungen an diesen Ort, und Lydia hatte schlicht erklärt, das Cottage sei ihr unheimlich.

Ella überfliegt noch immer alle paar Monate die Fotos im Netz und liest die neuesten Bewertungen: *charmante Location, idyllischer Rückzugsort, ideal für Familien.* Dabei kann sie sich keinen ungeeigneteren Ort für eine Familie vorstellen. Sie versteht einfach nicht, dass irgendjemand seine Kinder in dieses Dorf und dieses Cottage bringt. Sie selbst hat zwar kein Interesse an eigenen Kindern, aber falls doch, dann würde sie mit Sicherheit nicht wollen, dass die Geschichte des Cottages ihre Familie ansteckt.

Die Einladung war eine Überraschung gewesen.

ELLA,
ICH WÜRDE DICH GERN SEHEN. AB DEM
22. BIN ICH IM COTTAGE.
WILLST DU MIT MIR WEIHNACHTEN FEIERN?
JESS XX

In Ellas Erinnerung ist Jess noch immer so wie damals auf der Party: kurzer Rock, High Heels und wilder Blick. Sie hatte auch stets die lauteste Stimme, eine Stimme, die in alle Räume drang. Vollkommen schamlos betrank sie sich, was sie zwar aggressiv, aber auch unglaublich lustig machte.

Vor fast neun Jahren sind sie zum letzten Mal zusammen gewesen. Das war in einer Underground-Bar, wo sie mit einer Menge Leute Silvester feierten. Normalerweise ist Ella erleichtert, nicht mehr Teil jener Welt zu sein, doch ein Teil von ihr sehnt sich noch immer nach ihr. Knapp außerhalb der Stadt hat sie an einer Tankstelle angehalten. Angeschlossen daran war ein kleiner Supermarkt, doch an der Speisetheke gab es nur noch ein paar braune Karotten und klumpigen, in Zellophan eingewickelten Hummus. Also hat Ella sich statt etwas zu essen eine Flasche Wodka und ein Päckchen Zigaretten gekauft, in Erwartung an lange Abende in der Kälte und ebenso lange Morgen auf dem Sofa, begleitet von einem heftigen Kater.

Ella hätte die Entschuldigung akzeptieren sollen, die am nächsten Morgen gekommen war, damals, an diesem ersten Tag des neuen Jahres. Jess hatte am Abend zuvor fünfzig Pfund aus Ellas Börse genommen. Sie hatte sie weit geöffnet und darin herumgewühlt, auf der Suche nach Bargeld für eine Runde Tequila mit ihren flatterhaften Freunden. Ella war das erst viel später aufgefallen, weit nach Mitternacht, als die Tequilas schon längst getrunken waren. Später dann war Jess als Erste aus dem Taxi gekrabbelt; Ella sollte zahlen. Das wäre ja auch okay gewesen, nur war ihre Börse leer.

Sie hatten sich betrunken auf dem Bürgersteig gestritten, und Jess hatte geschworen – wiederholt und laut, bis sich die Vorhänge der umliegenden Wohnungen bewegten –, dass sie nichts damit zu tun hatte, und schließlich war sie auf der Suche nach einer Bushaltestelle die Straße hinuntergestolpert. Ella war keine andere Wahl geblieben, als mit dem Taxifahrer zum nächsten Geldautomaten zu fahren.

Es war kein außergewöhnlich dramatischer Streit gewesen. Vielmehr wussten sie beide, dass sie einen unterschiedlichen Weg im Leben gingen, und da waren solche Unstimmigkeiten nicht unnormal. Aber die Entschuldigungs-SMS hatte sich nicht ernst angefühlt, und so hatte Ella mehrere Wochen lang geschmollt und sich auf ihre Arbeit konzentriert. Es hatte eine Zeit gedauert, bis ihr klar wurde, dass sie nicht auch noch eine zweite Schwester verlieren wollte. Das war die Sache schlicht nicht wert. Doch zu dem Zeitpunkt war der Streit schon viel zu lange her und sie selbst viel zu stur, um den ersten Schritt zu machen.

Ella geht um den Wagen und öffnet den Kofferraum.

Sie zieht sich den Mantel an. Es sind nur fünfzig Meter, doch der Wind ist eiskalt, die Luft feucht, und im Cottage wird es auch nicht viel wärmer sein. Sie entdeckt eine Gestalt am Wohnzimmerfenster. Ella kann es gar nicht erwarten, ihre Schwester zu sehen. Sie holt ihre Reisetasche aus dem Kofferraum und geht zur Haustür, die sich sofort öffnet.

»Endlich!«

Ella wird so fest und plötzlich umarmt, dass die Reisetasche schmerzhaft gegen ihren Knöchel schlägt. Sie windet sich aus der Umarmung und stellt erst einmal ihre Sachen am Fuß der Treppe ab.

Dann dreht sie sich zu ihrer älteren Schwester um, die offenbar doch zu Veränderungen fähig ist.

Jess trägt eine Art von Jeans, die ihre Mutter Bernadette schon in den Neunzigern getragen hat, dazu einen beigen Wollpullover und dicke Winterstiefel. Sie hat einen blauen Schal zweimal um den Hals gewickelt, und an ihren Ohren baumeln feine Perlen. Ihr rotes Haar ist ordentlich frisiert und fällt ihr auf die Schulter, und entweder ist ihr Make-up sehr teuer oder aber ihre Haut ist wirklich makellos.

»Bist du schon lange hier?«, fragt Ella.

»Zehn Minuten vielleicht«, antwortet Jess.

Ella wirft einen Blick über die Schulter, die unbeleuchtete Treppe hinauf. Dann schaut sie ins Wohnzimmer, und Hoffnung keimt in ihr auf.

»Sie ist nicht hier«, sagt Jess.

»Nicht?«

»Noch nicht«, ergänzt Jess.

Die zwei Worte waren wie ein mit Wasser gefüllter Ballon – ein *Platsch,* dann Stille. Natürlich kommt Ellas Zwillingsschwester auch noch, denn ein Zwilling ist nie genug.

Lydia – Ella hasst es, das zu sagen oder auch nur zu denken – war schon immer kompliziert. »Kompliziert« … Das ist ein Wort, das Ella normalerweise nur bei besonders schwierigen Patienten benutzt. Ella hat es wirklich versucht, doch irgendwann ist ihr klar geworden, dass sie sich nicht ständig anpassen kann, nur damit es ihrer Schwester wieder gut ging. Zum Glück war es Jess damals ähnlich ergangen, und gemeinsam hatten sie auf etwas Freiraum bestanden, auf einen zumindest vorübergehenden Abstand voneinander, der inzwischen jedoch nahezu permanent geworden war.

»Gibt's hier was zu essen?«, fragt Ella.

»In der Küche steht ein Fresskorb.«

»Mit Wein?«

»Habe ich noch nicht nachgesehen.«

»Was?« Ella macht sich auf den Weg durch den Flur. »Das muss man doch als Erstes überprüfen!«

Sie war davon ausgegangen, dass der Raum neu gestrichen worden war, vielleicht sogar neu eingerichtet. Doch die Vorhänge sind noch immer blau und weiß; unter den Beinen des Esstisches stecken noch immer Bierdeckel, und die Fliesen vor dem Herd sind noch immer vom selben ausgefransten Teppich bedeckt. Ella ist fest davon überzeugt, dass die Bilder auf der Webseite der Agentur entweder bearbeitet worden sind, oder man hat die Küche für das Fotoshooting extra zurechtgemacht.

Ella wirft einen Blick in den Korb auf der Arbeitsplatte und zieht die Plastikfolie über dem Griff ab. Im Inneren findet sie eine Schachtel Kekse, einen Laib Sauerteigbrot, eine Tüte Erdnüsse und ein Glas Chutney. Ihr dreht sich der Magen.

»Hier ist das, was du suchst«, sagt Jess. Sie steht neben dem offenen Kühlschrank.

Und tatsächlich … Da sind Orangensaft, Milch, mehrere kleine Käseräder und als Krönung des Ganzen zwei Flaschen Wein.

»Sollen wir essen?«, fragt Jess. »Oder sollen wir zuerst eine Flasche Wein aufmachen?«

»Schon dabei.«

Ella stellt sich auf die Zehenspitzen, um nach den Weingläsern im oberen Regal zu greifen. Dabei fällt ihr auf, dass sie das noch nie hat tun dürfen. Sie musste immer um Erlaubnis fragen. Ella fühlt sich wie befreit. Es war richtig, herzukommen und endlich als Erwachsene hier zu sein.

»Korkenzieher?«, fragt Jess.

»Obere Schublade, wenn sich nichts geändert hat«, antwortet Ella.

Doch bevor sie die Flasche öffnen können, hämmert es wie wild an der Haustür. Beide sind so erschrocken, dass sie unwillkürlich zusammenzucken. Die beiden Weingläser fallen Ella aus der Hand und zerschellen auf den Fliesen.

Kapitel 4
22. Dezember 2017
Lydia

Es schüttet jetzt nicht mehr ganz so heftig, aber sie spürt, wie ihre Schultern sich mehr und mehr in Richtung Ohren bewegen, und sie krallt die Hände mit solcher Angst ins Lenkrad, dass sie zittern. Sie ermahnt sich, tief und langsam zu atmen.

Lydia sieht vor sich die Ausfahrt. Sie blinkt und zuckt leicht zusammen, als vor ihr ein Fahrzeug einschert. Sie fährt durch den Kreisverkehr und von da an auf unbeleuchteten Landstraßen.

Lydia ruft sich ins Gedächtnis zurück, dass sie ja eingeladen worden ist, und das heißt offensichtlich, dass ihre Schwester sie sehen will. Würde sie sich wirklich solche Mühe machen, nur um sie auszulachen? Das scheint dann doch eher unwahrscheinlich.

Schließlich sieht sie das Cottage vor sich, seine erleuchteten Fenster, und sie fährt schneller.

Plötzlich ertönt ein Knall.

Das Lenkrad wird herumgerissen und verdreht Lydia die Arme. Die Straße löst sich förmlich auf. Kies knirscht unter den Reifen. Die Realität trifft Lydia wie ein Schlag: Sie donnert auf einen Graben zu und wird vermutlich sterben. Ein Schrei formt sich in ihrer Kehle, und sie schließt die Augen. Sie will die letzten Augenblicke ihres Lebens nicht sehen.

Und dann erkennt sie, dass der Wagen zum Stehen gekommen ist. Und sie ist definitiv nicht tot.

Sie bewegt die Zehen. Ihre Füße haben instinktiv Kupplung und Bremse gefunden. Sie öffnet die Tür, tritt ins Gestrüpp hinaus und sieht, dass der Reifen auf der Fahrerseite geplatzt ist. In der

Ferne kann sie noch immer die erleuchteten Fenster des Cottages sehen. Sie dreht sich in der Dunkelheit um und hört Eulen in den Bäumen. Es ist ein Szenario wie in einem Horrorfilm. Dann raschelt es rechts von ihr. Lydia reißt die Schlüssel aus dem Zündschloss und rennt, so schnell sie kann. Fast stolpert sie über ihre eigenen Beine.

Lydia läuft zur Haustür und hämmert aufs Holz.

Drinnen scheppert es.

Sie kreischt.

Plötzlich wird die Tür aufgerissen, und Lydia fällt in den Flur.

»Was zum …!«, schreit Ella.

»Lydia«, sagt Jess.

Lydia hebt den Blick.

Sie sieht die Geister ihrer Schwestern als Kinder, nur in den Körpern von Erwachsenen. Ella hat ihre Sommersprossen verloren, und ihr Haar ist jetzt länger und elegant zu einem dicken Zopf geflochten. Sie trägt eine weite Jeans und Turnschuhe, dazu einen braunen Gürtel und ein enges, marineblaues Sweatshirt. Sie ist auch schlanker als früher. Ihre Schlüsselbeine ragen deutlich unter dem Hals hervor. Und sie ist offensichtlich wütend. Ihre Augen brennen vor Frust, wohingegen Jess ehrlich besorgt wirkt. Sie trägt einen beigen Pullover, und ihr Haar, das immer ein wenig heller war als das der anderen, ist kurz geschnitten. Es reicht ihr nur bis zu den Schultern. Auch ist sie kräftiger als Ella, füllig, aber nicht so fett wie Lydia.

»Was ist los?«, fragt sie.

»Ich … ich habe nur …«

Jess steht vollkommen aufrecht, und es ist besorgniserregend, sie in dieser Haltung zu sehen. Sie hat irgendetwas mit der Farbe ihrer Zähne gemacht, und als sie sich das letzte Mal gesehen haben, waren sie auch noch schief. Außerdem sieht sie viel älter aus, als wären nicht zehn, sondern zwanzig Jahre seit ihrem letzten Treffen vergangen. Sie ist eine vollkommen andere Frau. Jetzt sieht sie wirklich so aus, wie eine ältere Schwester aussehen sollte: elegant statt schluderig und ungekämmt.

»Lydia?«

Lydia weiß nicht so recht, wie sie das erklären soll: das Rennen, das Hämmern, das Schreien.

»Ich hatte eine schlechte Fahrt«, sagt sie schließlich.

»Was du nicht sagst.« Ella hebt die Augenbrauen.

»Wein?«, fragt Jess.

»Ja, bitte.«

*

Jess bringt ein Tablett mit Käse und frisch geschnittenem Brot ins Wohnzimmer und stellt es auf den Tisch. Sie verteilt drei kleine Teller und Silbermesser. Ella wiederum gießt in drei Gläser Wein ein und trinkt einen kräftigen Schluck aus dem größten. Lydia steht verlegen neben dem Sofa. Schließlich setzt sie sich und nimmt einen leeren Teller.

»So«, sagt sie und lächelt. »Alle wieder vereint.«

Jess nickt. Ella leckt sich die Lippen. Lydia sucht sich ein Glas aus und nippt daran.

»Es ist schon eine Weile her«, sagt sie.

»Ja«, bestätigt Jess.

»Ich weiß, dass es da … Ich weiß, dass es da ein paar Schwierigkeiten gegeben hat. Ich wollte nur sagen …«

»Arbeitest du noch immer für diesen Mann?«, unterbricht Ella sie. »Groß? Dick? Mit Bart?«

»Er trifft sich oft mit Berufskontakten zu einem Mittagessen«, antwortete Lydia. »Und ja, ich bin noch immer seine Sekretärin. Allerdings heißt es jetzt *Assistentin der Geschäftsleitung*.«

»Eine Beförderung?«, sagt Jess. »Ich gratuliere.«

»Das ist nur ein neuer Titel«, erklärt Lydia. »Der Job ist derselbe.«

Die Schwestern setzen sich auf ihre alten Stammplätze, nehmen sich Käse und meiden Blickkontakt.

»Und du?«, fragt Ella. »Arbeitest du noch immer in diesem Küchenladen?«

Jess nickt.

»Aber das da ...«, bemerkt Ella. »Das ist neu.«

Jess hebt die Hand, und Ella sieht zum ersten Mal den Diamantring, der im Feuerschein funkelt.

»Du bist verheiratet?«, fragt sie.

»Seit zwei Jahren.« Jess nickt.

»Mit wem?«, hakt Ella nach.

»Mein Mann ist ...«

»Das klingt wirklich sehr erwachsen«, wirft Lydia ein.

»Na, das sind wir doch auch«, erwidert Jess. »Er ist Anwalt.«

Ella gibt ein Geräusch von sich, als wäre sie beeindruckt. »Chic«, sagt sie.

»Er heißt Henry.«

»Klingt schnieke«, bemerkt Lydia.

»Warte erst mal, bis du den Nachnamen hörst.« Jess grinst.

Erst später, als sie vor dem Kamin sitzen und nach der ersten Flasche Wein, fasst Lydia den Mut, die Frage zu stellen, die sie schon seit Anfang des Monats umtreibt.

»So«, sagt sie, und die anderen drehen sich zu ihr um. »Wie lautet der Plan?«

Jess schaut sie verwirrt an. »Was für ein Plan denn?«

Lydia war überrascht gewesen, als plötzlich diese edle Einladung in ihrem Briefkasten gesteckt hatte, handgeschrieben und auf teurem Papier, ein unerwarteter Olivenzweig:

LYDIA
ICH DENKE, WIR MÜSSEN REDEN. AB DEM
22. BIN ICH IM COTTAGE. KOMMST DU?
ELLA XX

»Warum sind wir hier?« Lydia dreht sich zu Ella um. »Warum hast du uns eingeladen?«

»Euch eingeladen?«, erwidert Ella. »Ich habe euch nicht eingeladen.«

»Doch, das hast du.« Lydia greift nach unten. Sie sucht ihre Handtasche, doch die liegt noch immer im Fußraum des Beifahrersitzes. Also beschwört sie das Bild der Einladung vor ihrem geistigen Auge herauf, wartet, bis die Buchstaben klar zu sehen sind, und sie ist sich vollkommen sicher, dass da genau das steht, woran sie sich erinnert.

»Sie ist in meiner Handtasche«, sagt sie. »Du hast geschrieben, dass wir reden sollten … nein, dass wir reden *müssen.*«

»Ich habe dir nicht geschrieben«, beharrt Ella. Sie hebt ihr Glas an die Lippen, trinkt aber nicht.

»Du wolltest dich nicht mit mir treffen?«, fragt Lydia.

Ella zuckt mit den Schultern. »Also, mich hat Jess eingeladen.«

Jess stellt ihr Glas auf den Couchtisch. »Ich?«

»Ja«, bestätigt Ella. »Du.«

»Das ergibt keinen Sinn«, sagt Jess.

»Was meinst du damit?«, fragt Ella.

»Ich habe dir nicht geschrieben.«

»Moment mal.« Ella beugt sich vor. »Was sagst du da? Du hast nichts geschickt? Du hast mich nicht eingeladen, hier mit dir die Woche zu verbringen?«

»Nein«, bestätigt Jess. »Lydia hat mich eingeladen.«

»Ich?« Lydia schüttelt den Kopf. »Nein. Niemals. Du hast … Ich würde nie … Ich weiß noch genau, was du gesagt hast, als wir uns zum letzten Mal gesehen haben, und ich wollte nie … Ich habe dir etwas versprochen.«

Jess schaut zu Lydia. »Meinst du das ernst?«

»Ich habe dir wirklich nichts geschickt.«

Schon solang sie denken kann, kämpft Lydia gegen ihre Angst, diese konstante Paranoia, die nur selten nachlässt. Von außen betrachtet, ist das alles, was man sieht: ihre Sorgen, ihre Ängste, ihre Unfähigkeit, die Protagonistin in ihrem eigenen Leben zu sein. Sie will brillant sein, geistreich oder auch verdammend, doch sie ist immer nur ängstlich. Sie kennt die Tricks. Sie war bei Ärzten und Therapeuten. Oft. Sie weiß, dass sie sich ermahnen muss, dass sie die Kontrolle hat, dass ihre Ängste irrational sind, dass sie sicher ist. Aber so etwas sagt sich leicht. Es umzusetzen, ist hingegen schwer, besonders, wenn es nicht stimmt.

Sie schaut zwischen ihren Schwestern hin und her. Sie ist sich sicher, dass eine von ihnen lügt.

Jess steht auf und geht in den Flur.

Lydia beobachtet, wie ihre ältere Schwester den Mantel von der Garderobe nimmt, um an die Handtasche darunter zu kommen. Sie kippt den Inhalt auf die Treppe – ihre Börse, ihre Schlüssel, ihren Kosmetikbeutel – und marschiert dann wieder ins Wohnzimmer zurück. In der Hand hält sie einen beigen Umschlag.

»Hier«, sagt sie und gibt ihn Lydia. »Schau selbst.«

Lydia zieht die Karte heraus. Ja, das ist ihre Handschrift – fast –, und da steht auch ihr Name, aber sie ist sich sicher, dass sie das weder geschrieben noch abgeschickt hat.

»Die ist genau wie meine«, bemerkt sie.

Ella beugt sich vor und reißt Lydia die Karte aus den Fingern. »Und wie meine.«

Draußen braut sich ein Sturm zusammen. Die Hintertür klappert, und der Wind pfeift durch den Kamin.

Jess steht am Fenster, als würde sie nach jemandem Ausschau halten. Dann dreht sie sich wieder um. »Und wer *hat* die Karten geschickt?«

Es passiert wieder, denkt Lydia. Irgendetwas zerreißt in ihr. Es ist diese Unfähigkeit, ihre Angst im Zaum zu halten. Sie weiß, dass ihr das später peinlich sein wird, aber jetzt hat sie einfach nur Angst.

»Es reicht!«, brüllt sie, springt auf und stößt dabei versehentlich den Beistelltisch um. »Wollt ihr mich verarschen? Ist das ein Scherz? Versucht ihr, mir Angst zu machen? Falls ja, dann *haha*, es hat funktioniert, richtig gut sogar … Also, können wir jetzt bitte aufhören?«

Doch dann sieht sie an den Gesichtern ihrer Schwestern, dass sie genauso verwirrt sind wie sie. Auch sie haben zumindest ein bisschen Angst, und das verstärkt Lydias Paranoia noch.

»Lydia«, sagt Jess. »Lass uns einfach …«

Doch der Wind draußen wirft die Regentropfen gegen das Fenster. Es klingt, als würde jemand mit den Fingern an die Scheibe trommeln, als wolle er reinkommen.

»Ich sollte jetzt besser gehen«, sagt Lydia. »Ich habe meine Schlüssel. Meine Sachen sind noch im Wagen. Ich bin …«

»Betrunken?«, bietet Ella an.

Sie hat recht.

Lydia schaut auf die leeren Weinflaschen, dann auf ihr Glas.

Sie denkt an ihr Auto und den geplatzten Reifen.

Sie kann nicht mehr fahren.

Sie kann nicht weg von hier.

Da fühlt sie es. Es ist genauso wie immer, wie eine Blase vor ihrer Nase und ihrem Mund. Sie schnappt nach der letzten Luft, bis die Blase leer ist und sie erstickt. Sie wiederholt ihr Mantra – Kontrolle, dumme Ängste, Sicherheit –, doch kurz bevor sie fällt, ist es, als hätte jemand das Licht ausgeschaltet und den Raum in Dunkelheit getaucht.

ZWANZIG JAHRE ZUVOR

Kapitel 5
26. Juli 1997

Jess rannte durch den Flur, schnappte sich drei karierte Decken vom Sofa und sprintete in den Garten. In der Küche hielt sie kurz an, im dunkelsten Raum des Cottages. Ihre Mutter saß am Tisch, vor sich wieder einmal Kalkulationsbögen. Jess hatte immer geglaubt, *Buchhaltung* hätte mehr mit Büchern zu tun. Außerdem hatte sie erwartet, dass ihre Mutter nur manchmal arbeiten würde, denn sie war immer das Herzstück des Sommers gewesen. Sie hatte immer Papier verteilt und Wasserfarben bereitgestellt, hatte Schnitzeljagden organisiert und Schatzkarten gezeichnet.

»Ich mache gleich Essen«, sagte ihre Mutter, ohne den Blick zu heben. »Sagst du den anderen Bescheid?«

Vorsichtig trat Jess durch die Doppeltür am Wintergarten hinaus. Die hintere Wand des Cottages war von blühenden, pinkfarbenen Rosen überwuchert, hübsch, aber dornig, und früher im Sommer hatte Jess sich schon einen üblen Kratzer am Bauch zugezogen. Sie lief übers Gras, vorbei an den Wicken, die in den Blumenbeeten blühten, und zu ihren Schwestern, die unter den Bäumen am anderen Ende des Gartens lagen.

Jess warf die Decken vor ihr neu gebautes Versteck. Dabei verfing sich eine der Decken in ihrem gelben Kleid, zog es hoch, und Jess zuckte unwillkürlich zusammen.

»Zwei davon können wir reintun«, sagte sie. »Das wäre dann so was wie ein Teppich.«

Mit den Decken in der Hand kroch sie hinein und breitete sie auf dem Boden aus. Dann setzte sie sich unter den Holzrahmen, einen alten Wäscheständer. Ihre Schwestern folgten ihr und quetschten sich neben sie, vier kleine Körper, dicht gedrängt zwischen Decken und Holzlatten, so nah beieinander, dass sie den Atem der anderen spüren konnten. Ein paar Minuten lang war das lustig. Dann fanden sie heraus, dass es ziemlich unbequem war, ständig mit verschränkten Beinen zu sitzen. Außerdem waren ihre Röcke und Shorts zerknittert und hochgerutscht, und das Sonnenlicht drang durch den dicken Stoff.

Lydia begann herumzuhampeln. Sie spürte Nadeln und Zweige an ihren Füßen. Es kitzelte. Sie strampelte, stieß einen Fuß nach vorn, und dabei flog etwas aus der Decke, wie eine Kugel.

Es traf ihre Schwester mitten auf die Brust.

Rosa schrie.

Sie krabbelte hinaus und rannte zum Cottage.

»Rosa!«, riefen die anderen ihr hinterher.

Rosa blieb an der Doppeltür stehen.

»Was war das?«, rief sie. »Was?«

Ella strich mit der Hand über die Decke und zuckte unwillkürlich zusammen, als ihre Finger etwas Hartes und Kaltes fanden. Sie nahm sich einen Zweig und stocherte an dem Ding herum. Dann beugte sie sich zu dem kleinen, leblosen Klumpen vor.

»Das ist eine Maus«, sagte sie.

»Eine was?«

»Eine tote Maus.«

Lydia kroch rasch raus, wischte sich die Hände aneinander ab und klopfte eingebildeten Staub von ihrem Kleid. Ihr gefiel der Gedanke nicht, dass Dinge sterben konnten, und die Vorstellung, gerade etwas Totes berührt zu haben, war einfach nur widerlich. Ella folgte ihr und zog die Decke aus der Höhle, sodass der graue Kadaver – die Ohren zusammengerollt wie auch der Schwanz – nun im Sonnenlicht lag. Rosa kam auf Zehenspitzen näher. Jess starrte auf den leblosen Leib. Sie sah das matte Fell und die langen Krallen, und ihr drehte sich der Magen um.

Sie schaute zu den Zwillingen. Sie standen nebeneinander. Trotz ihrer sommersprossigen Wangen und den dazu passenden bernsteinfarbenen Flecken in den Augen hatte Jess nie ein Problem damit gehabt, sie auseinanderzuhalten.

»Warum hast du …?«, begann Ella.

»Warum hast du …?«, fragte auch Lydia.

»Hey«, rief Jess. »Ich habe nicht … Ich habe das nicht gewusst!«

Rosa erreichte ihre Schwestern, und Lydia zog sie zu sich heran.

»Alles ist gut«, sagte sie. »Sie ist schon tot.«

»Sie … Sie ist in meinen Mund gekommen«, jammerte Rosa.

»Nein, ist sie nicht«, erwiderte Lydia. »Das verspreche ich dir.«

Rosa wischte sich mit dem Handrücken über die feuchten Wangen. Sie war fest entschlossen, diesen Sommer endlich zur Bande zu gehören. Sie wollte nicht länger das Baby sein, sondern gleichberechtigt, und war wütend auf sich selbst, weil sie weinte.

»Warum hast du die eigentlich darin versteckt?«, fragte Ella. »Sollte das ein Scherz sein?«

»Ich habe die nicht versteckt«, wehrte sich Jess. »Ich habe das nicht gewusst!«

»Ah, du erwartest also von uns …«

»Ich hatte keine Ahnung, dass sie in die Decke gewickelt war!«

»Du hast sie wirklich nicht da reingesteckt?«, hakte Ella nach. »Das sollte kein Scherz sein?«

»Ich schwöre bei …«

»Oh, du schwörst also, ja?« Ella lachte und schüttelte den Kopf. »Denn wenn …«

»Hey!«

Jess konnte verstehen, dass ihre Schwestern glaubten, sie hätte ihnen einen Streich gespielt. Das tat sie schließlich häufiger. Aber sie hasste es, als Lügnerin bezeichnet zu werden.

»Denn wenn du schwörst, dann muss es …«

»Hör auf«, fiel Lydia Ella zitternd ins Wort. »Hör auf! Es reicht. Stopp!« Sie hatte rote Flecken im Nacken und die Fäuste geballt.

Ella hob die Augenbrauen und seufzte. Denn wäre das ein normaler Sommer gewesen, dann wäre ihre Mutter schon längst rausgekommen und hätte dem Streit ein Ende gemacht. Wäre es ein normaler Sommer gewesen, dann hätten die Erwachsenen für Gerechtigkeit gesorgt. Aber in diesem Sommer waren sie allein. Die Schwestern waren vollkommen frei.

Rosa holte tief Luft und kniete sich neben die Maus, den Rock unter die Schienbeine gestopft.

»Himmel«, seufzte Jess. »Das war ein Unfall.«

»Okay«, sagte Ella. »Wie auch immer.«

Sie bückte sich und packte die Maus am Schwanz. Dann rannte sie damit zum Zaun. Sie schaute hinüber, und als sie niemanden sah, warf sie den Kadaver in den Garten der Nachbarn. Schließlich wischte sie sich die Finger an ihren Shorts ab und kehrte zu ihren Schwestern zurück.

Jess schaute zu ihrem Versteck. Die Decken lagen zerknüllt im Gras, und die Holzkonstruktion hing schief zwischen den Ästen. Jess stellte sich vor, wie ihr Vater von der Tür her brüllte, die Trauerweide sei über siebzig Jahre alt, sie sollten doch bitte vorsichtig mit den Ästen sein. Es war immer sein Cottage gewesen, sein Garten und sein Erbe. Aber auch Jess hatte die meisten ihrer zwölf Sommer hier verbracht: zuerst mit ihren Großeltern, und als die gestorben waren, mit ihrer sechsköpfigen Familie.

Sie wollte nicht mehr an ihren Vater denken.

»Lasst uns Klingelmännchen spielen«, schlug sie vor.

»Ja!«, rief Rosa. Dabei wussten alle, dass sie dieses Spiel hasste.

»Und wo?«, fragte Ella.

»Also, es gibt hier nur eine Tür, die nicht uns gehört«, antwortete Jess.

»Ich spiele nicht mit.« Lydia verschränkte die Arme vor der

Brust. »Das ist ein blödes Spiel. Kinderkram. Außerdem bringt es nur Ärger.«

»Du kannst dich nicht drücken«, sagte Ella. »Wenn du den kurzen Halm ziehst, dann musst du klopfen – mindestens dreimal –, und wenn du nicht schnell genug bist, dann …«

Es klingelte. Laut. Das war die Glocke ihrer Mutter.

»Essen ist fertig!«, rief sie von der Hintertür.

Die Schwestern standen auf und klopften sich Gras und Dreck von den Kleidern. Ella war die Schnellste – und wie immer die Hungrigste –, und so lief sie voran. Rosa jammerte, dass die anderen auf sie warten sollten. Sie zog sich noch ihre Sandalen an, doch ihre Schwestern wurden nicht einmal langsamer. Stattdessen stürmten sie in die Küche und warfen sich auf ihre Plätze. Ihre Mutter kehrte wieder zu ihrer Arbeit ins Wohnzimmer zurück, wie immer zur Essenszeit.

»Das war Absicht, das weiß ich«, flüsterte Ella.

»Was meinst du?«, fragte Jess. »Die Maus?«

Einen Moment lang herrschte Schweigen. Lydia nickte leicht, es war offensichtlich, wem ihre Treue galt. Rosa schaute von ihrem Teller auf und über den Tisch. Sie wollte sich nicht auf irgendjemandes Seite stellen.

»Es ist mir egal, was du denkst«, sagte Jess.

»Dann entscheidet es sich zwischen dir und mir«, erklärte Ella.

»Was entscheidet sich zwischen uns?«

»Klingelmännchen.«

DREI TAGE ZUVOR

Kapitel 6
22. Dezember 2017
Ella

Draußen ist es stockfinster, pechkohlrabenschwarz. Und es ist auch laut. Der Wind heult wie ein Geist, die Äste der Bäume knarren. Das ist die Art von Wetter, bei der man immer nur gegen den Wind wandert.

Ella hält ihr Handy vor sich und wankt von rechts nach links. Das Licht fällt auf die Kiesel und Pfützen, während sie mitten über die Straße geht. Sie denkt an die Zeit, da sie Anfang zwanzig war, und an die vielen langen Abende, die sie in den Gärten der Pubs verbracht hat. Sie erinnert sich daran, wie ihr im Laufe der Nacht immer wärmer geworden ist. Der Weißwein hatte sich wie eine Decke über sie gelegt und sie vor der Kälte geschützt. Und dieses Gefühl hat sie auch in dieser Nacht.

»Würdest du bitte langsamer gehen? Nicht so schnell.«

Jess ist mindestens zehn Schritte hinter Ella. Sie jammert unaufhörlich. Vielleicht, weil sie sich so viele Kleidungsschichten angezogen hat, dass sie kaum laufen kann. Es ist für Ella zwar schon überraschend gewesen, die Lederhandschuhe und den Kaschmirbeanie zu sehen, aber die mit Baumwolle gefütterte Wachsjacke ist besonders schockierend. Ihre Schwester sieht aus, als wäre sie gerade aus einer Zeitschrift fürs Landleben gestiegen. Kaum zu glauben, dass sie noch vor zehn Jahren mitten im Winter in kurzen Röcken und mit nackten Beinen vor Clubs in der Schlange gestanden haben.

»Oder *du* läufst ein bisschen schneller«, schlägt Ella vor. »Es wird bald regnen.«

Auch sie hätte sich lieber aufs Sofa gekuschelt, aber sie können ja nicht zulassen, dass Lydias Wagen weiter die Straße blockiert. Wenn deshalb noch ein Unfall geschieht, sind *sie* daran schuld.

»Und das konnte wirklich nicht bis morgen warten?«, jammert Jess.

»Wir hätten es schon längst erledigen sollen.«

Es schimmert, als das Licht der Taschenlampe auf den Seitenspiegel des Autos fällt, und Ella holt den Schlüssel aus der Tasche. Sie drückt den Knopf, um die Tür aufzusperren, und kurz blinken die Scheinwerfer.

»Da ist es«, ruft sie, und ihre Schwester beschleunigt den Schritt.

Die Front des Wagens steckt in einem grasüberwucherten Graben, doch das Heck steht noch auf dem Asphalt. Es ist noch immer dieselbe alte rote Fließhecklimousine, die sie sich als Teenager geteilt haben, zu dritt, und schon damals war das Ding alles andere als zuverlässig.

Ella streicht mit den Fingern über die Motorhaube und sucht nach den Buchstaben, die dort ins Metall gekratzt sind. Wie erwartet, findet sie sie auf der linken Seite: LOL. Ein früherer Freund von ihr hat sie nach einer durchzechten Nacht mit dem Schlüssel dort eingeritzt. Ella hat ihm dabei zugeschaut und nichts dagegen unternommen. Lydia, die wusste, dass ihr Vater durchdrehen würde, wenn er das sähe, übermalte die Kratzer vorsichtig mit dem Lippenstift, nachdem sie sie am folgenden Morgen entdeckte. Natürlich hielt das nicht lange, und so wiederholte sie die Prozedur nach jedem Regen, monatelang.

»Wir sollten ihre Sachen suchen«, sagte Jess. »Ich schaue im Kofferraum nach.«

Ella öffnet die Beifahrertür und beugt sich in den Fußraum. Ihre Finger ertasten eine kalte Flasche Wasser und dann eine große Ledertasche. Sie hebt die Tasche auf den Sitz und öffnet die Lasche. Sie schaut über die Schulter.

Jess ist hinter der Kofferraumklappe nicht zu sehen.

Ella steckt die Hand in die Tasche und sucht leise: eine lange, schmale Börse, ein Stoffbeutel mit Kleingeld, ein Schlüsselbund, ein Notizbuch mit Ringbindung …

Jess stöhnt, als sie etwas Schweres aus dem Kofferraum wuchtet und auf die Straße stellt. Ella holt das Notizbuch aus der Tasche, blättert durch die Seiten und hofft, dass die Einladung herausfallen wird. Die wird ihr bestätigen, dass ihre Schwester ihnen tatsächlich nur eine Geschichte erzählt hat – jedenfalls erwartet sie das.

»Hey!«

Ella klappt das Notizbuch zu.

»Was ist das?«, fragt Jess. »Was machst du da?«

»Nichts«, antwortet Ella. Dabei ist offensichtlich, dass sie lügt.

»Na, schön. Es ist ein Notizbuch.«

»Deins?«

»Nein.«

»Warum hast du es dann in der Hand?«

»Ich stehle nicht«, erklärt Ella.

»Das habe ich auch nicht gesagt.«

»Ich suche nach der Einladung.«

Jess hält kurz inne und denkt nach.

»Ich verstehe«, sagt sie schließlich. »Dann gib mal her.«

Jess beugt sich vor, nimmt die Tasche vom Sitz und klemmt sie zwischen sich und die hintere Tür. Dann sucht sie, findet einen Reißverschluss und öffnet eine kleine Innentasche.

»Da muss sie sein …«, sagt sie. »Aha!«

Sie holt eine beige Karte heraus.

Ella streckt die Hand aus, doch Jess zieht die Karte zurück.

»Warum willst du die?«, fragt sie Jess.

Eine Windbö streift sie.

Ella zögert.

»Und?«

Sie beugt sich in den Wagen und schaltet die Innenbeleuchtung ein.

»Ich will wissen, ob Lydia die Wahrheit sagt. Ich will wissen, ob sie wirklich eine Einladung mit meinem Namen darauf bekommen hat. Ich …«

»Du machst dir Sorgen, nicht wahr?«, unterbricht Jess sie. »Du glaubst, dass sie die Absenderin ist.«

Ella nickt.

»… sieht zumindest nach deiner Handschrift aus«, sagt Jess.

»Aber das kann nicht sein«, erwidert Ella.

Sie beugt sich vor, und ihre Schwester gibt ihr die Karte.

»Die habe ich noch nie gesehen. Ich weiß, dass da mein Name steht, aber ich war das nicht.«

»Das ergibt keinen Sinn … Und wenn sie nicht von dir stammt, von wem dann?«

»Lass uns erst einmal Ordnung in das Ganze bringen«, sagt Ella und beugt sich wieder in den Wagen, um die Innenbeleuchtung auszuschalten. »Hast du ihre Tasche?«

»Hinten war nur ein Koffer.«

Ella sieht einen kleinen lila Koffer mitten auf der Straße. Sie geht um den Wagen herum, um zu überprüfen, ob der Vorderreifen wirklich geplatzt ist. Dann steckt sie den Schlüssel ins Schloss und schaltet die Zündung ein.

»Sollen wir das Ding den ganzen Weg bis zum Cottage schieben?«, fragt Jess.

Ella überkommt dieses unangenehme Gefühl von Chaos. Sie will diesen dämlichen Vorschlag ungeschehen machen, denn sie beide können den Wagen unmöglich schieben, nicht auf drei Rädern. Sie atmet tief durch.

»Nein«, antwortet sie. »Ich denke nicht. Das Auto ist viel zu schwer.«

»Und was dann?«

»Lass ihn uns ganz in den Graben schieben.«

Ella dreht das Lenkrad nach rechts und gesellt sich zu ihrer Schwester am Kofferraum. Dann spreizen sie die Finger auf der Heckklappe und drücken, doch der Wagen bewegt sich nicht. Sie versuchen, das Heck leicht anzuheben, und schließlich beginnen die Räder, sich zu drehen, und der Wagen gleitet tiefer ins Gras.

»Das reicht«, keucht Ella schließlich. »Jetzt steht er nicht mehr im Weg. Nimm du den Koffer.«

Sie selbst wirft sich die Tasche über die Schulter, dann zieht sie den Schlüssel ab und verschließt das Auto wieder. Diesmal geht sie langsamer, Seite an Seite mit ihrer Schwester.

»Was, wenn wir recht haben, und sie hat sie wirklich gefälscht?«, fragt Ella.

»Aber warum?«, erwidert Jess.

Im Laufe der Jahre ist Ella aufgefallen, dass die Menschen ihre Zwillingsschwester meist als schüchtern betrachten, denn Lydia funktioniert nicht so wie ihre Geschwister. Sie kommt nicht mit der Welt zurecht. Aber es stimmt auch, dass derart verwundbare Menschen unentschuldbare Dinge tun können, dass es nicht unmöglich ist, verletzt und verletzend zugleich zu sein.

»Ich traue ihr nicht«, sagt Ella. »Wir sollten nicht bleiben.«

»Ich will aber nicht wieder heim«, sagt Jess. »Ich will, was die Einladung angeboten hat.«

»Wirklich?«

Es ergibt keinen Sinn, dass Jess nach all diesen Jahren plötzlich so empfänglich für ein gemeinsames Treffen ist. Vor noch gar nicht allzu langer Zeit hat sie einmal gesagt, das Cottage sei nur voller Leid, erfüllt von den Geistern schrecklicher Erinnerungen an ihren tragischen Verlust.

Ella schaut die Straße zu den Cottages hinunter. In beiden brennt Licht, doch nur in einem in jedem Raum, während im anderen nur Licht aus dem rechten, vorderen Raum fällt.

»Ja … schon …«, antwortet Jess.

»Das halte ich für keine gute Idee«, sagt Ella.

Jess bleibt stehen und legt die Stirn in Falten.

»Bist du nicht ein wenig zu dramatisch?«, fragt sie.

»Ach ja? Was, wenn sie die Einladungen geschickt hat? Findest du das nicht verrückt? Zumindest ein bisschen?«

Ella kann nicht beweisen, dass ihre Schwester für die Einladungen verantwortlich ist – noch nicht –, aber sie ist sich vollkommen sicher, dass es viel zu riskant ist, zu bleiben.

»Wenn du das wirklich willst«, sagt Jess, »dann solltest du gehen.«

»Sie ist nicht so, wie du denkst«, sagt Ella.

Jess zuckt wieder mit den Schultern und setzt ihren Weg fort. Mit einer Hand hält sie sich den Mantel zu, und mit der anderen zieht sie den Koffer hinter sich her.

»Ich werde das Risiko eingehen«, sagt sie. »Und wer weiß …? Vielleicht hat sie ja recht, und die Einladungen stammen wirklich von jemand anderem.«

»Ach ja?«, erwidert Ella. »Und von wem zum Beispiel?«

In dem anderen Cottage erwacht eine weitere Lampe zum Leben, und instinktiv bleiben die Schwestern auf der mit Kies bedeckten Einfahrt stehen. Ein Schatten nähert sich dem Fenster. Es ist die Silhouette einer Person, und als eine Hand nach der Fensterbank greift, wird das Licht wieder ausgeschaltet.

»Hast du das gesehen?«, fragt Ella. »Im Cottage?«

Jess nickt.

»Glaubst du, das ist noch immer dieselbe Frau?«, fragt Jess. »Die, die früher hier gelebt hat?«

»Ich hoffe nicht«, erwidert Ella.

Kapitel 7
22. Dezember 2017
Lydia

Eine Stunde später kämpft Lydia noch immer darum, ihre Atmung wieder unter Kontrolle zu bringen. Sie sitzt in der Badewanne, im warmen Wasser, bedeckt mit Schaum. Der Raum hat sich nicht verändert: Da ist die gusseiserne Vorhangstange über dem Fenster und da das blau-grau gefleckte Linoleum und die zwei Waschbecken mit den Schränken darunter. Es hat etwas Tröstendes, an einem vertrauten Ort zu sein. Lydia schließt die Augen und versucht die Zeit zurückzudrehen. Sie ist wieder sieben Jahre alt, voller Sand und Sonnencreme, ausgelassen und frei.

Lydia hört, wie die Haustür sich öffnet, das Klappern der Vorhängekette und der Briefklappe und die vom Wein schweren Stimmen ihrer Schwestern. Sie hört die kleinen Räder ihres Koffers, als die beiden ihn die Treppe hinaufziehen. Sie hört Flüstern und Lachen, und sie fragt sich, ob sie auch so viel Spaß haben würden, wenn sie dabei wäre.

Aber wie auch immer, Lydia ist dankbar dafür, dass sie nicht durch die Kälte stapfen musste, um ihren Wagen zu sichern, denn allein der Gedanke an die Dunkelheit ist ihr unerträglich. Sie wünscht sich nichts sehnlicher als ihren Flanellpyjama und ihren dicken, lilafarbenen Pullover, und dass sie die jetzt geliefert bekommt, ist geradezu himmlisch.

Und auch höchst ungewöhnlich.

Es ist ein fremdartiges Gefühl für sie, dass am Rand ihrer Welt noch andere Menschen existieren. Sie hat sich an das Singleleben in ihrer kleinen Wohnung gewöhnt. Lydia benutzt die oberen Regale in ihrer Küche nicht, denn sie kann sie nicht erreichen. Sie kauft keine Kleidung mit komplizierten Verschlüssen, und Gläser und Dosen, die sie nicht öffnen kann, wirft sie einfach weg. Sie bittet niemanden um Gefallen und erwartet auch von niemandem einen, denn sie ist stolz darauf, allein zurechtzukommen.

Ist sie einsam?

Vielleicht.

Es ist ein Kompromiss.

Sie lauscht den Stimmen ihrer Schwestern.

»Wein?«

»Also eigentlich habe ich schon genug …«

»Was denn? Das kenne ich ja gar nicht von dir. Du sagst Nein zu einem Glas Wein?«

»Und ich weiß auch nicht, ob noch mehr …«

»Dad hat immer einen kleinen Vorrat gehabt. Ich schau mal nach, ob noch was da ist.«

Lydia hört Schritte im Haus, knarrende Bohlen und knirschende Scharniere. Eine ihrer Schwestern ist wieder unten, poltert durch die Zimmer und zieht die Schubladen auf.

Es klopft leise an der Badezimmertür.

»Es ist offen«, sagt Lydia.

»Ich bin's nur.«

Jess kommt herein und steht verlegen auf der blauen Badematte, bevor sie die Jalousie am Fenster herunterzieht.

»Da draußen ist es nicht schön«, bemerkt sie.

Sie klappt den Toilettendeckel herunter, um sich zu setzen.

»Alles okay mit dir?«, fragt sie. »Nach … nach allem, meine ich.«

»Fast«, antwortet Lydia. »Irgendwann bestimmt.«

Eigentlich sollte es peinlich sein, vor ihrer Schwester nackt in der Badewanne zu liegen, doch tatsächlich haben sie schon Dutzende von Bädern in diesem Raum geteilt. Es ist eine vertraute

Intimität, wie es sie vielleicht nur unter Geschwistern gibt. Lydia schließt kurz die Augen, und es beruhigt sie, ein zweites Atmen zu hören. Sie legt die Finger auf den Bauch und zählt, während sie selbst langsam ein- und ausatmet. Es gibt stets so einen Moment, wenn sie sich selbst verliert, einen Moment, in dem sie Angst hat, ganz in ihrer Panik zu versinken. Aus der Küche sind Geräusche zu hören, dann ein Stöhnen auf der Treppe und Schritte im Flur. Mit einem Knarren öffnet sich die Badezimmertür.

»Ist hier noch Platz für mich?«

Ella hat drei große Weingläser zwischen die Finger geklemmt. Eines stellt sie auf das kleine Holzregal neben der Wanne; das zweite gibt sie Jess. Dann setzt sie sich mit dem Rücken an die Wand auf den Fliesenboden und stopft sich ein zusammenge-knülltes Handtuch in den Rücken. Das dritte Glas stellt sie auf die Badematte.

»Der sah teuer aus«, sagt sie und nickt zum Glas. »Die Flasche war auf der Seite gelagert, und das Etikett war ziemlich chic.«

Ella hat ihre Arbeitsklamotten gegen eine schwarze Jog-ginghose und einen engen roten Pullover getauscht. Das Haar hat sie sich aus dem Gesicht gebunden, sodass ihre spitzen Wangen-knochen und die stechenden blauen Augen besser zur Geltung kommen. Lydia hätte auch solche Wangenknochen, wenn sie nur ein paar Kilo leichter wäre, und ihre blauen Augen sind zwar ähnlich, wirken aber immer trüber als die ihrer Schwester, als wä-ren sie aus irgendeinem Grund verschmutzt, als wäre sie keine so strahlende Persönlichkeit. Sie reibt sich mit dem Finger unter den Augen. Ihr Mascara ist verlaufen.

»Wir haben den Wagen im Graben gelassen«, berichtet Ella.

»Danke«, sagt Lydia. »Ich rufe morgen jemanden an.«

Ihr kommt der Gedanke, dass das vielleicht nicht ganz so ein-fach sein wird. Was, wenn sie keinen Mechaniker findet? Was, wenn es im Ort gar keinen gibt? Was, wenn doch, nur dass der zwischen den Jahren nicht arbeitet? Was, wenn ihre Schwestern bei Sonnenaufgang die Koffer in ihre Autos laden und zu Mittag schon wieder in der Stadt sind? Würde sie allein hierbleiben? Vermutlich hätte sie keine andere Wahl.

»Wann fahrt ihr wieder?«, fragt Lydia. »Morgen?«

»Ja«, antwortet Ella. »Vielleicht …«

Jess räuspert sich laut, und Ella verstummt.

Eine Bombe ist geworfen, und man kann sie fast sehen, wie sie so in der Luft hängt: ein Geheimnis, eine Lüge oder ein Versprechen. Erst viel später wird immer klar, was diese kleinen Geschosse zu bedeuten haben. Lydia hat im Laufe der Jahre so viele davon mit ihren Schwestern ausgetauscht, dass die meisten noch immer zwischen ihnen in der Luft schweben. Nur selten explodiert mal eine dieser Bomben. Es ist immer eine Frage des Muts. Wer gibt als Erstes nach? Wer holt die Bombe wieder zurück und entschärft sie? Wer hat am meisten zu verlieren?

»Wir könnten aber auch bleiben«, sagt Jess. »Wir müssen nicht …«

Lydia versucht sich auf die Bombe zu konzentrieren, denn sie weiß, dass Geheimnisse zwischen Schwestern wichtig sind. Aber sie schafft es nicht, das Bild des Mechanikers zu verdrängen, der Truthahn mit Cranberry-Soße verschlingt, während sie allein im Cottage zittert.

»Ich wollte euch sehen«, sagt sie. »Ich war so erleichtert, dass ihr mich ebenfalls sehen wolltet.«

Schweigend sitzen sie beieinander: eine in Badeschaum getaucht und mit tiefen Falten auf der Stirn, eine auf einem alten Toilettendeckel, ein unberührtes Glas Wein in der Hand, und eine, die am Plastik an der Unterseite der Bademutte zupft.

»Lyds …«, beginnt Jess.

»Tut mir leid«, fällt Lydia ihr ins Wort. »Ich verstehe, warum du das getan hast … warum du es tun *musstest* … warum da kein Platz mehr für mich und mein Zeug war.«

»Und die Einladungen?«, fragt Ella.

»Ich habe die nicht geschickt«, erklärt Lydia noch einmal. »Ich habe gehört, was ihr beide gesagt habt.«

»Wer dann?«, fragt Ella.

»Lydia«, sagt Jess. »Wenn du …«

So ist es immer gewesen, seit sie nicht mehr zu viert waren: zwei gegen eine. Und Lydia ist immer überstimmt worden, ist immer diejenige gewesen, die nachgeben musste. Sie schließt die Augen und lässt sich tiefer in die Wanne sinken, bis ihre Ohren unter Wasser sind. Wie wäre es wohl, wenn sie noch immer vier wären? Rosa würde sich nie auf eine Seite schlagen, sondern versuchen, sich mit allen gut zu stellen. Natürlich hätte sie sich im Laufe der Jahre auch verändern können, doch es erscheint Lydia wahrscheinlicher, dass sie noch immer dieselbe wäre: lebhaft, tröstend und konfliktscheu.

Lydia hätte nie hierherkommen sollen.

Bei jeder noch so kleinen Entscheidung hat sie gegen ihre Instinkte angekämpft: als sie ihr Haus verlassen hat, auf der Fahrt und als sie am Cottage eingetroffen ist. Aber – und sie schämt sich, das zugeben zu müssen – sie wollte ihre Schwestern einfach sehen, und sie war so naiv zu glauben, dass das auch umgekehrt der Fall war.

»Hey«, ruft Ella.

Irgendetwas schlägt von außen gegen die Wanne.

»Tut mir leid«, sagt Lydia und setzt sich wieder auf.

»Und? Was jetzt?«, hakt Ella nach.

»Was meinst du?«

»Wir haben die Einladungen nicht geschickt«, erklärt Ella. »Ich war noch nicht bereit für ein Wiedersehen. Ich hätte keine von euch eingeladen.«

»Und ich hätte kein Problem damit gehabt, nie wieder an diesen Ort zurückzukehren«, fügt Jess hinzu.

Lydia schüttelt den Kopf.

»Nichts?«, fragt Ella.

Lydia beginnt, ihre Atemzüge zu zählen, und ist für einen Moment überwältigt von dem Duft nach Erdbeeren und Rhabarber. Das ist der Duft ihrer Mutter – der von ihren Parfüms, Lotionen und auch von ihrem Badeöl. Wenn ihre Schwestern die Einladung wirklich nicht geschrieben haben, dann muss jemand anderes sie geschickt haben. Aber wer? Und warum? Wer sonst will die Schwestern wiedervereint sehen?

Lydia atmet tief ein, und die Antwort liegt in dem Duft: ihre Mutter. Sie wird seit vierzehn Jahren vermisst, aber bestimmt denkt sie oft an ihre Töchter – sollte ihr nichts passiert sein. Sie ist der naheliegendste Architekt dieser Wiedervereinigung.

»Ich habe sie geschickt«, sagt Lydia. »Ich war's.«

Sie geht ein beachtliches Risiko ein. Aber ihre Schwestern würden mit Sicherheit nicht hierbleiben – und dessen ist sie sich sicher –, nur um ihrer Mutter einen Gefallen zu tun. Beide waren nach dem Verschwinden ihrer Mutter am Boden zerstört, doch mit den Jahren waren sie einfach nur noch wütend auf sie. Beide würden sagen, dass sie ihrer Mutter rein gar nichts schulden.

»Was?« Überrascht hebt Ella die Augenbrauen. »Du hast doch gesagt ...«

»Ich wollte, dass wir ein wenig Zeit miteinander verbringen.«

»Ah, ja«, sagt Jess.

»Du hast gelogen?«, fragt Ella.

»Tut mir leid.«

Lydia lässt sich wieder in den Schaum sinken, um ihren Schwestern ein wenig Raum zu geben. Insgeheim ist sie erleichtert, die Wahrheit zu kennen. Vielleicht wird sie im Laufe der nächsten Tage herausfinden, dass die Beziehungen, die sie vor so langer Zeit verloren hat, doch noch wiederbelebt werden können. Die zu den Schwestern und auch die zu ihrer Mutter, wie immer sie sich inzwischen gestalten mag. Leicht hebt Lydia die Ohren über die Wasseroberfläche.

»Also sollten wir ...«, beginnt Ella.

»Bleiben?«, führt Jess den Satz zu Ende.

»Vielleicht«, antwortet Ella.

»Bis Weihnachten?«, fragt Jess.

»Mal schauen.«

ZWANZIG JAHRE ZUVOR

Kapitel 8
26. Juli 1997

Ella scheuchte ihre Schwestern zur Tür, und sie schlichen auf Zehenspitzen hinaus. Bunte Hortensien wucherten entlang des Pfads, die Lieblingsblumen ihres Vaters, und die Mädchen setzten sich zwischen sie in den Schatten, auf die unterste Eingangsstufe.

»Wenn ihr hier wartet …«, sagte Lydia.

Sie überquerte die Einfahrt und die Straße vor den beiden Cottages, um zwei Grashalme am Graben zu pflücken. In der schwülen Luft klebte die Kleidung an ihrem Leib, und die Mittagssonne verbrannte ihr die Schultern. Schweiß sammelte sich in ihren Kniekehlen, als sie sich ins Gras hockte.

Rosa zog die Laschen an ihren Ledersandalen fest und rief: »*Ich* könnte die pflücken!«

»Nein«, widersprach Ella. »Du hast einen anderen Job, einen wichtigen. Du wirst dafür sorgen, dass alles fair läuft.«

Rosa nickte in feierlichem Ernst.

Natürlich würde es ganz und gar nicht fair laufen, doch ihre kleine Schwester war viel zu naiv, als dass sie das bemerkt hätte. Jess kratzte an einem kleinen Fleck auf ihrem weißen Top. Sie wirkte nicht im Mindesten nervös, aber das tat sie nie.

»Bist du bald fertig?«, rief Ella.

Lydia schaute über die Schulter zurück und verzog das Gesicht.

Ella wusste, dass sie und ihre Schwester sich nicht im Geringsten ähnelten. Sie hatten nie dasselbe gewollt oder die gleichen Erfahrungen gesucht. Trotz ihrer gemeinsamen Geschichte und ihrer nahezu identischen Gene fühlten sie sich nicht miteinander verbunden. Aber sie *waren* durch Letztere miteinander verbunden, und das enger als die anderen Schwestern.

Ella legte den Kopf schief.

Lydia verzog weiter das Gesicht, nickte aber knapp.

Das hieß, sie hatte die Botschaft verstanden.

»Bist du bereit?«, fragte Ella.

Jess nickte.

»Ich auch«, sagte Lydia und sprang wieder über die Straße. »Es kann losgehen.«

Auf Anhieb hätte man es nicht sagen können, doch die Grashalme waren exakt gleich lang.

»Sollen wir eine Münze werfen?«, fragte Jess. »Wer anfängt?«

»Fang du an«, sagte Ella.

»Wirklich?«

»Macht schon«, drängte Lydia.

Jess verschränkte die Arme vor der Brust und starrte die Faust ihrer Schwester an. Rosa hüpfte zwischen den dreien hin und her und versuchte, von unten zu erkennen, welcher der kürzere Halm war. Jess streckte die Hand aus, nahm einen Halm zwischen die Fingerspitzen und hielt dann inne.

»Der?«, fragte Lydia.

Ella bemerkte die leichte Bewegung, als sich der Daumen ihrer Zwillingsschwester in der Faust bewegte, bereit, den unteren Teil des Halms abzuknipsen.

Jess nickte, riss die Hand zurück und stöhnte, als sie sah, dass ihr Grashalm sogar kürzer war als ihr kleiner Finger. Ella griff nach dem zweiten Halm und spürte einen leichten Widerstand.

Lydia lächelte.

Sie würde doch nicht …

Lydia lockerte ihren Griff und öffnete die Hand, um zu enthüllen, dass der zweite Halm doppelt so lang war wie der erste. Ella war die Einzige, die das kleine Stück Gras sah, das aus Lydias Hand auf den Boden segelte.

»Mist«, sagte Jess. »Dann bin ich wohl dran.«

»Sieht so aus.« Ella grinste.

»Ich brauche meine Turnschuhe«, sagte Jess und lief ins Haus, um ihre Sandalen auszuziehen.

Rosa überquerte die Straße, um im hohen Gras Rad zu schlagen. Sie fühlte sich vollkommen frei. Sie mochte dieses Spiel nicht. Es war ihr viel zu gefährlich. Sie verstand aber, dass ihre Schwestern gern Streiche spielten, und um zur Bande zu gehören, musste sie da mitmachen. Dabei hätte sie es vorgezogen, wenn sie harmlosere Spiele spielten. Sie lief ein Stück auf den Händen und sah, wie ihre Schwestern, die Zwillinge, sich vor der Tür zankten.

Lydia tat noch nicht einmal so, als würde sie diese Streiche mögen, und sie war stets die Erste, die einen anderen Zeitvertreib vorschlug, ein anderes Spiel, denn Schwestern sollten eigentlich auch Freundinnen sein. Doch die beiden anderen beharrten immer darauf.

»Warum?«, flüsterte sie. »Warum mussten wir das tun?«

»Ist doch nur ein Scherz«, sagte Ella.

»Nein, das ist Schummeln.«

»Sei nicht so dramatisch.«

»Bin ich nicht. Das ist einfach falsch.«

»Sie hat damit angefangen!«

*

Die drei Schwestern schwitzten im heißen Sonnenschein und starrten auf das andere Cottage. Ihre älteste Schwester stand am Ende des Pfads und streckte sich.

»Okay«, sagte Jess. »Dann los.«

Sie schlich zur Tür des anderen Cottages, die Knie gebeugt und das Kinn auf der Brust. Auf der Veranda duckte sie sich und hob nur kurz den Kopf, um durchs Fenster zu schauen. Dann richtete sie sich auf, hob den rechten Arm hoch über den Kopf und klopfte laut. Dreimal.

Eine Tür schlug zu, laut wie Donner.

Jess zuckte unwillkürlich zusammen, stolperte und landete mit den Händen auf den Pflastersteinen. Rasch sprang sie wieder auf und rannte den Weg hinunter, vorbei an ihren Schwestern und in die Gasse neben ihrem eigenen Haus. Dann lief sie weiter in Richtung Garten und stieß die Gartentür auf.

Ella folgte ihr als Erste. Lydia war ein wenig langsamer, und Rosa war die Letzte.

Schließlich brachen sie alle lachend auf dem Gras zusammen.

»Ich weiß, dass ihr da draußen seid!«, rief jemand.

»Schschsch«, zischte Lydia. »Seid still.«

Sie hatte die Augen vor Angst weit aufgerissen. Rosa wirkte ähnlich überrascht. Jess wiederum hatte die Hand vor den Mund geschlagen und versuchte noch immer, sich das Lachen zu verkneifen.

»Ich weiß, dass ihr das wart!«

Es war die Stimme einer Frau, aber tief und heiser. Jess konnte sich gut vorstellen, wie sie auf der Veranda stand, die Hände in die Hüfte gestemmt und die Schürze fest um Hals und Bauch gebunden. Lydia stellte sich ihr rotes Gesicht vor, und Ella, wie sie sich auf die Zehenspitzen stellte und versuchte, über die Hecke hinwegzuschauen. Rosa fragte sich, ob sie drinnen wohl sicher wären.

Die Tür knallte wieder ins Schloss.

»Hast du Angst gehabt?«, flüsterte Rosa.

»Nee, kein bisschen«, antwortete Jess. »Ich habe vor gar nichts Angst. Schau …«

Sie hielt einen kleinen, hübschen Reif in die Höhe. Innen waren Fäden zu einem Spinnennetz verknotet, und unten hingen weiße Federn.

»Das hast du nicht!«, staunte Lydia. »Warum …?«

Sie spürte Pollen auf ihrer Haut. Sie kitzelten sie im Mund

und drangen ihr in die Nase. Sie mochte es nicht, so nah am Gras zu sein. Sie stand auf und klopfte sich den Dreck vom Kleid.

»Was ist das?«, fragte Rosa.

Sie fand das Ding zwar seltsam, aber schön.

»Keine Ahnung«, antwortete Jess. »Das hing neben der Tür.«

»Das ist ein Traumfänger«, erklärte Lydia. »Der soll einen vor bösen Geistern schützen.«

»Das ist doch Blödsinn.« Ella schnaubte verächtlich.

»Ist es nicht«, widersprach Lydia. »Das Ding hat richtig Macht.«

»Ist doch toll«, sagte Jess. »Wer will nicht ein wenig mehr Schutz?«

»So funktioniert das nicht«, sagte Lydia. »Für dich wird er nicht funktionieren.«

Lydia fühlte förmlich, wie die Magie versagte, wie der dem Traumfänger innewohnende Zauber verflog. Sie war sich sicher, wenn sie auch nur kurz die Augen schloss, dann würden die weißen Federn herunterfallen und das Spinnennetz sich auflösen. Wie ein böses Omen.

2. WEIHNACHTSTAG

Kapitel 9
26. Dezember 2017
Marianne

Ich hatte keinen Zweifel, dass er – der jüngere Beamte – von den Geistern wusste, die dieses Dorf heimsuchten, doch die Frau mit ihrem zusammengekniffenen Mund und dem tiefen Stirnrunzeln hatte offensichtlich nicht die geringste Ahnung.

»Es ist wieder passiert?«, fragte sie und betonte jede einzelne Silbe. »*Was* ist wieder passiert?«

Ich seufzte vernehmlich und begann von ganz vorn.

Es war Mitte der Neunziger, in einem dieser stickigen, schwülen Sommer. Meine Jungs waren damals beide schon in der Stadt, und es tat gut, den Mädchen beim Spielen zuzusehen. Sie bauten sich eine Höhle am Ende des Gartens und füllten sie mit Kissen und Decken. Ich erinnere mich daran, gedacht zu haben, wie toll es war, dass sie sich aus den einfachsten Haushaltsgegenständen eine eigene Welt erschaffen konnten. Das ließ mich daran zurückdenken, wie es bei meinen Jungs in diesem Alter gewesen war.

Ich kannte ihren Vater gut, denn er hatte schon als Junge hier gelebt, und er war immer herübergekommen, wenn sie im Sommer hier gewesen waren, um mich alles Mögliche zu fragen. Aber in diesem Jahr war er nicht da. Auch wenn ich nicht viel mit ihr sprach, konnte ich sehen, wie gestresst die Mutter war: von der Arbeit, wegen des Geldes und vor allem wegen der Hypothek für ihr Haus.

Ich beobachtete, wie die Mädchen im Laufe dieser Wochen immer wilder wurden. Ihre Kleidung wurde schmutziger, ihr Haar zerzauster. Ich glaube nicht, dass sie viel Zeit für sie gehabt hat.

Ich habe ihr angeboten, die Mädchen könnten jederzeit zu uns kommen. Mein Mann und ich seien ja immer da. Doch die Mädchen waren richtig frech. Sie klopften immer wieder an meine Tür und rannten dann weg. Es war so leicht zu glauben, dass das nur ihrer Lebhaftigkeit zu schulden war. Doch da war auch eine dunklere Seite.

Wie hieß sie noch mal?

Rosie?

Rose?

Rosa?

Sie war die Jüngste der vier, aber sie sah genau wie die anderen drei aus: helle Haut, rotes Haar und spindeldürre Beine. Wobei sie jedoch irgendwie leichter wirkte, ätherisch fast; aber vielleicht ist das nur ein Bild, das sich in meiner Erinnerung geformt hat. Sie war das zweite kleine Mädchen, das von diesen Cottages in die Nacht hinausgewandert ist, und beide Male endete es in einer Tragödie.

TEIL 2

ZWEI TAGE ZUVOR

Kapitel 10
23. Dezember 2017
Ella

Am folgenden Morgen wacht Ella als Erste auf. Sie zieht die Decke über die Schultern und zittert trotz ihres dicken Baumwollpyjamas. Sie liegt vollkommen still da und lauscht, doch sie kann das stete Summen des Heizkessels nicht hören, und auch die Rohre sind still. Sie zwingt sich, aufzustehen und die Vorhänge zu öffnen, und sie sieht, dass die Fenster voller Kondenswasser sind. Sie schaut zu, wie die Tropfen sich in Richtung Fensterbank bewegen. Das Holz dort ist verrottet. Die Farbe platzt ab, und das Holz löst sich auf. Ella gähnt und sieht ihren Atem wie Rauch in der Luft. Es ist mitten im Winter, und es fühlt sich zwar nicht eisig an, aber es sollte auch nicht so kalt im Cottage sein. Sie bewegt sich schnell: zieht ihre enge schwarze Jogginghose und die ultraleichte Jacke an, schnürt ihre Turnschuhe, bindet ihr Haar zu einem Knoten, schnappt sich Kopfhörer und Stirnlampe und läuft runter.

In der Küche bleibt Ella stehen. Sie fummelt an den Knöpfen des Heizkessels herum und schleicht dann auf Zehenspitzen durch den Flur und in den Morgen hinaus. Erneut erschrickt sie ob des starken Winds. Sie kämpft sich hindurch und läuft über das Feld und den Pfad zum Strand hinunter. Der feste Boden ist ihr vertraut, doch die Art, wie der Sand sich unter ihren Füßen bewegt, ist neu für sie.

Sie biegt nach links ab, in den Sonnenaufgang.

Lydia hat die Einladungen geschickt, aber warum? Es ist nicht unmöglich, dass sie sich wirklich auf ein Wiedersehen gefreut hat. Das ist die einfachste, sicherste Erklärung.

Aber es ist nicht die einzige.

Ella hat Angst, dass ihre Schwester auch andere Motive gehabt haben könnte, finstere Motive: ihre Geschichte, die Wahrheit. Ella hasst die Vorstellung, dass sie drei im Cottage sind und ihre Tragödie noch einmal durchleben, ihren Verlust. Denn es gibt keine Fragen mehr, die man aussprechen muss. Keine Antworten, die ihre Schwester wieder zurückbringen würden.

Es war eine Tragödie von jener Art, die eine unaussprechliche Trauer hinterlässt, ein Loch, wo einst etwas Reines gewesen ist. Es ist noch immer das Furchtbarste, was den Schwestern je widerfahren ist, ihrer ganzen Familie. Und doch ist es dank der epischen Kunst der kollektiven Verleugnung nur noch eine Fußnote. Es steht nicht länger in den Seiten ihrer Gegenwart geschrieben, und es fühlt sich nur richtig an, den schlimmsten Tag ihres Lebens in der Vergangenheit zu belassen.

Nach zehn Kilometern hält Ella an, als die Stimme in ihrem Kopfhörer ihr sagt, sie solle umkehren. Sie beugt sich vor, stützt die Hände auf die Knie und schaut aufs Meer hinaus. Sie will gerade wieder loslaufen, zurück zum Cottage, um die Heizung zu überprüfen, als sie eine Öffnung in der Felswand bemerkt.

Eine Höhle.

Die Höhle.

Ella war seit zwanzig Jahren nicht mehr hier, aber sie erkennt die spitzen, rosafarbenen Felsen am Eingang und den Seetang im Sand, wo die Schwelle ist. Sie hat diese Höhle als Kind entdeckt, und schon damals hatte sie etwas Majestätisches an sich. Sie sollte umdrehen, doch stattdessen geht sie hinein. Sie streicht mit den Händen über die Wände und sieht das Rinnsal unter ihren Füßen, und sie denkt, wie beängstigend es gewesen sein muss, hier allein gefangen zu sein. Sie weiß jetzt, wie das funktioniert: wie das Wasser die Lunge füllt, wie es dort hin und her schwappt und wie es die Sauerstoffzufuhr unterbindet.

Ella hört die Stimme einer Frau und wirbelt herum. Doch es

ist nur die Stimme in ihrem Kopfhörer, die darauf besteht, dass sie schon viel zu lange steht. Ella rennt am Ufer zurück.

*

Ella kehrt ins Cottage zurück und findet eine eilig gekritzelte Notiz ihrer Schwestern auf der Rückseite einer alten Quittung: *Sind im Supermarkt. Cottage ist kalt.*

Ella füllt ein Glas am Wasserhahn und schaut sich dann noch einmal den Heizkessel an. Sie drückt mehrere Knöpfe, doch nichts geschieht.

*

Eine Stunde später ist Ella noch immer allein, aber sie ist wieder sauber und trocken und hat sich umgezogen. Nachdem sie an jedem Heizkörper in jedem Zimmer herumgefummelt hat, beschließt sie, noch auf dem Speicher nachzusehen. Sie erwartet zwar nicht, so das Problem lösen zu können, aber sie erinnert sich, dass dort ein Wassertank in der Ecke steht.

Ella ist sich durchaus der Lügen bewusst, die sie sich einredet. Sie weiß, dass ihre Motive nicht ganz so simpel sind. Sie fühlt, wie die Geschichte sich entwickelt, die Art, wie sie es formulieren wird, sollte man sie je danach fragen.

Ella öffnet die Tür nach oben. Die Treppe ist nicht einmal mehr annähernd so furchterregend wie früher, und das, obwohl die Stufen mittlerweile so verrottet sind, dass sie zu brechen drohen. Sie knarren bei jeder Bewegung, jeder Gewichtsverlagerung, wesentlich heftiger als vor zwanzig Jahren. Und wieder belügt Ella sich selbst: *Das ist nur, weil das Holz jetzt so viel älter ist.*

Die Tür zum Dachboden schwingt problemlos auf. Ella sieht die Pritsche in der Ecke, bedeckt von einer dicken Schicht Staub. Und sie sieht auch die Hängematte. Ella erinnert sich an die

Mahagonikiste, die hier jahrelang gestanden hat, die mit dem geschnitzten Deckel und den vier Fächern. Sie erinnert sich an die mit Filzstift gezeichnete Landkarte, die, in einen Frischhaltebeutel gepackt, hinter dem losen Brett in der Mitte des Raums versteckt war. Sie kriecht über den Boden und weicht den Balken aus, bis sie das Brett findet. Es lässt sich ganz leicht heben, und Ella betet, dass sie darunter nichts Totes entdecken wird.

Da ist er: der Beutel, staubig und verdreckt, aber er schützt die Karte noch immer.

Das ist einer der vielen Gründe, warum Ella unbedingt wieder zurückkommen wollte.

Sie hört einen Motor vor dem Cottage und stopft die Karte in ihre Tasche, eilt die Treppe hinunter. Sie schließt beide Türen hinter sich.

*

Jess läuft zwischen Auto und Küche hin und her. Lydia packt derweil die Taschen aus und stopft Essen in den Kühlschrank und die Regale. Ella sieht genug Essen für mehrere Mahlzeiten, dazu zwei Liter Milch und ein Dutzend Eier.

»Wir bleiben also alle?«, fragt sie.

»Erst einmal ja«, antwortet Jess.

Sechs Einkaufstüten hängen an ihren Handgelenken, und sie schlagen aneinander, als sie sie auf den Fliesenboden stellt.

»Erinnert ihr euch noch an die komische Frau, die nebenan gewohnt hat?«, fragt sie. »Als wir Kinder waren? Nun, die wohnt noch immer da.«

»Wirklich?« Überrascht hebt Lydia die Augenbrauen.

Jess nickt. »Wir haben gestern Nacht Licht da gesehen, und jetzt steht sie am Fenster.«

»Wie hieß sie noch mal?«, fragt Ella.

»Marina«, antwortet Lydia. »Oder?«

»Marianne?«, schlägt Jess vor.

»Ja, genau«, sagt Ella.

Jess lächelt, und es ist ein vertrautes Lächeln: Sie zieht einen Mundwinkel höher als den anderen. Auch nach zwanzig Jahren weiß Ella noch, was so ein Lächeln bedeutet: Jess hat schon wieder Unfug im Kopf.

Jess öffnet das Fenster. Wind weht in die Küche, und sie lehnt sich hinaus. »Finden Sie nicht, dass auf dem Land auch so schon viel zu viele Leute ihre Nasen in Sachen stecken, die sie nichts angehen?«, ruft sie mit lauter Stimme in Richtung der Nachbarin.

»Hör auf«, zischt Lydia und zieht das Fenster wieder zu. »Sei nicht so frech!«

»Ach, komm schon«, sagt Jess. »Das war doch nur ein Scherz.«

Ella fühlt, dass ihre Schwestern sie anschauen. Sie wollen ihre Meinung dazu hören.

»Also, ich würde sie im Augenblick erst einmal nicht verärgern«, sagt Ella. »Ich weiß ums Verrecken nicht, was mit dieser Heizung nicht stimmt. Ich werde sie um Hilfe bitten müssen. Ich nehme an, sie hat eine ähnliche Heizung.«

*

Ella überquert die Einfahrt und geht zum Nachbarhaus. Es ist in wesentlich besserem Zustand als ihr eigenes Cottage. Blumenkästen stehen auf den Fensterbänken, und auf der Veranda brennt ein warmes Licht. Das Ziegelwerk an der Vorderseite ist neu verfugt. Mehrere Autos parken vor dem Cottage. Die Nummernschilder stammen aus dem ganzen Land. Ella nimmt den Klopfer statt der Klingel. Das kommt ihr irgendwie höflicher vor, nicht so aufdringlich. Doch sie erkennt ihren Fehler sofort, als der Kranz daran herunterfällt. Die Tür schwingt auf und gibt den Blick auf eine ältere Frau frei, vielleicht Mitte siebzig.

»Marianne?«, fragt Ella.

»Ja«, antwortet die Frau. Dann seufzt sie, bückt sich und hängt den Kranz wieder auf. »Ich dachte mir schon, dass ihr das seid.«

»Sie erinnern sich an uns?«, fragt Ella überrascht.

»Oh ja«, sagt Marianne.

»Nun, ich hoffe, es macht Ihnen nichts aus, dass ich rübergekommen bin. Ich sehe, dass Sie Gäste haben. Aber wir haben ein Problem mit unserer Heizung. Hätten Sie vielleicht einen Tipp für uns? Ich nehme an, Sie haben ein ähnliches System.«

»*Unsere* Heizung?« Marianne hebt die Augenbrauen. »Dann seid ihr also wieder zurück.«

»Nur für ein paar Tage«, antwortet Ella.

»Nicht für länger?«

Ella schüttelt den Kopf und lächelt auf eine Art, von der sie hofft, dass sie warmherzig wirkt.

Marianne fummelt an ihrer Schürze herum und schiebt sich dann ein graues Haar hinters Ohr.

»Ich verstehe«, sagt sie.

»Ich kann es Ihnen zeigen«, sagt Ella. »Wenn Sie eine Minute Zeit haben …«

»Nein«, erklärt Marianne in festem Ton. »Das wäre nicht angemessen. Ich nehme an, es liegt am Druck. Das Ventil ist unter dem Heizkessel. Füllt ihn wieder mit Wasser. Das sollte reichen.«

Ella will sie weiter nach dem Ventil und dem Wasser fragen und sich bei ihr bedanken, doch die Tür schließt sich, bevor sie etwas sagen kann.

Das schlechte Benehmen der Frau ist ein Schock.

Und dann, später, als sie in der Küche darauf wartet, dass der Toast fertig ist und der Heizkessel wieder leise zu brummen beginnt, wird ihr klar, dass die Frau gar keine schlechten Manieren hat. Sie war schlicht wütend. Und je mehr Ella darüber nachdenkt, desto mehr frustriert sie das. Denn sie hat nicht die geringste Ahnung, warum.

Kapitel 11
23. Dezember 2017
Lydia

Lydia weigert sich, Geheimnisse zu bewahren.

Sie ist nicht verzweifelt an anderen Menschen interessiert, und das hilft. Sie will nichts über eine Affäre wissen, über eine Schwangerschaft oder bevorstehende Entlassungen, denn mit jedem Geheimnis, das man teilt, teilt man auch die Last, und wer will sich schon eine zusätzliche Last aufladen? Lydia jedenfalls nicht. Sie will nicht die Geheimnisse anderer auf ihren Schultern tragen, dazu fehlt ihr schlicht die Kraft.

Bisher hat sie das Nichtwissen nie sonderlich gestört. Sie sieht oft, wie andere sich freuen, ein Geheimnis zu erfahren, doch sie will nichts damit zu tun haben, jedenfalls normalerweise nicht. Heute ist das jedoch anders. Lydia weiß, dass ihre Mutter ihre Gründe gehabt hat, und die will sie verstehen.

Sie kann ihre Schwestern hören. In der Küche grollt der Heizkessel, und Stühle quietschen auf den Fliesen des Wintergartens. Lydia weiß, dass sie sich zu ihnen gesellen sollte. Aber es ist so schön, kurz allein zu sein, und das trotz des leeren zweiten Bettes, das sie auf unangenehme Weise daran erinnert, dass einst zwei Schwestern in diesem Zimmer geschlafen haben, und das keine zwei Meter voneinander entfernt.

Lydia zieht den dicken Pullover über ihr Sweatshirt und schnürt sich die Turnschuhe. Sie wünschte nur, sie hätte daran gedacht, Pantoffeln mitzubringen, doch sie hat ganz vergessen, wie kalt es im Cottage sein kann. Zu guter Letzt wickelt sie sich noch einen Schal um den Hals; dann geht sie nach unten.

Ihre Schwestern sitzen im Wintergarten. Ein Rosenstrauß steht auf dem Tisch, und sie essen Toast mit Orangenmarmelade und trinken heißen Kaffee.

Jess hat die Zeitung vor sich ausgebreitet, die sie im Supermarkt gekauft hat.

»In der Kanne ist noch was«, sagt sie.

»Danke«, erwidert Lydia.

Sie geht in die Küche, um sich Kaffee zu holen, und steckt zwei Scheiben in den Toaster. Auf dem Tisch liegt das Lokalblättchen, und während sie wartet, liest sie ein wenig. Da sind Dutzende von Artikeln: Maßnahmen, um die Abwassermenge zu reduzieren; ein Rettungshund hat ein neues Heim im Dorf gefunden; die Polizei bittet um Mithilfe bei der Identifizierung einer Frauenleiche, die man weiter die Küste hinunter gefunden hat.

Lydia erinnert sich daran, dass es jeden Sommer ähnliche Geschichten gegeben hat, und ihre Mutter hat immer unbeholfen versucht zu erklären, warum Menschen manchmal von den Klippen fallen. Dabei war Lydia das nie komisch vorgekommen, denn sie wurden ja ständig gewarnt, dass ein kräftiger Windstoß ein Kind von der Felskante wehen konnte.

Lydia dreht die Zeitung um, um die Artikel zu verstecken, und dabei entdeckt sie eine ganze Seite voller Werbung für ein Marktfest im Dorfsaal, noch an diesem Nachmittag. Die Anzeige verspricht mehr als hundert Marktstände mit »dem besten Kunsthandwerk« sowie eine Bar mit Glühwein und Cider und einen Streetfood-Bereich. Lydia überlegt, wie schön es wäre, ein wenig Zeit allein zu verbringen und mit einem Glühwein in der Hand an den Ständen vorbeizuschlendern.

Sie schaut auf ihr Handy. Sie hat den Kfz-Mechaniker schon dreimal angerufen und ihm zwei Nachrichten hinterlassen, doch bis jetzt hat sie noch nichts von ihm gehört. Sie wählt erneut, und wieder wird sie direkt auf den Anrufbeantworter weitergeleitet.

Sie sitzt hier fest.

Allein.

Es sei denn, sie überzeugt ihre Schwestern davon, ebenfalls auf den Markt zu gehen.

Immerhin ist sie hier, um Zeit mit ihnen zu verbringen.

Mit Toast und Kaffee kehrt Lydia in den Wintergarten zurück. Das Lokalblättchen hat sie sich unter den Arm geklemmt.

»Gwendolyn«, verkündet Jess. »Was für ein Name!«

»Gwen?« Ella schaut zu ihr hinüber. »Wir haben eine Gwen auf der Arbeit.«

»Gwendolyn Hepburn-Forbes.«

»Wo hast du den denn her?«, fragt Ella.

»Aus der Zeitung«, antwortet Jess. »Aus den Bekanntmachungen. Das sind Freunde von uns. Sie kennen meine Schwiegereltern. Sie hatten einen Sohn.«

Lydia räuspert sich. »Habt ihr heute schon was vor?«, fragt sie.

Jess schüttelt den Kopf.

Ella zuckt mit den Schultern. Offenbar hat sie ihr noch immer nicht verziehen, dass sie die Einladungen verschickt und dann deshalb gelogen hat.

»Das war doch deine Idee«, sagt sie schließlich. »Was sollen wir denn tun?«

Ja. Genau.

Es waren ihre Einladungen.

Das hier war ihre Idee.

»Es gibt da einen Markt.« Lydia legt das Lokalblättchen auf den Tisch und deutet auf die Anzeige. »Im Dorf.«

Jess zieht das Blättchen zu sich heran.

»Klar«, sagt sie. »Das wird vielleicht ganz lustig. Und wenn wir schon im Dorf sind, kann ich mir auch gleich ein neues Ladegerät besorgen.«

Ella schweigt.

*

Lydia duscht, zieht sich an, und eine Stunde später sitzt sie am Fuß der Treppe und schnürt ihre warmen Winterstiefel.

»Bist du bereit?«, fragt Ella. »Ich fahre.«

»Aber …«

»Jess?«, ruft Ella. »Wir warten draußen.«

»Komme gleich!«, ruft Jess von oben zurück.

Lydias Vorfreude nimmt sofort ab, als man sie auf den Rücksitz abschiebt, und dann noch einmal, als sie viel zu schnell durch eine Kurve rasen und ein anderer Fahrer ihnen den Mittelfinger zeigt. Später finden sie nicht sofort einen Parkplatz, und Ella wirkt immer gereizter und frustrierter. Als sie schließlich hinter dem Supermarkt parken, ist Lydia erleichtert. Sie führt ihre Schwestern durch den Wind und in die vertraute Gasse zum Dorfsaal.

Von außen betrachtet ist das Gebäude vollkommen unscheinbar: ein einstöckiges, weiß getünchtes Haus mit grauen Ziegeln. Und an einem normalen Tag wäre es auch drinnen eher schlicht und wenig einladend: Blümchentapete, Laminatboden und alte Heizkörper, die nur notdürftig an den Wänden befestigt sind. Doch jetzt ist alles wunderschön dekoriert. Papierketten hängen zwischen den Deckenbalken, und an einem Ende steht ein Weihnachtsbaum mit bunten Kugeln. Entlang der Wände warten bunte Stände auf Besucher.

Lydia schlängelt sich durch die Menschenmenge, probiert hausgemachtes Chutney und Marmeladen und begutachtet selbst gemachten Modeschmuck und Papierschnittkunst. Sie kauft ein Postkartenset mit gepressten Blumen und zwei handgemachte Tonbecher für ihre Schwestern. Inmitten dieses warmen, geschäftigen Saals fühlt sie sich wie zu Hause. Hier ist sie unsichtbar.

Dann entdeckt Lydia ihre Nachbarin. Sie verkauft kleine Sträuße aus Winterblumen in selbst bemalten Krügen. Sie fragt nach zwei.

»Hey«, sagt Ella. »Ich dachte, hier gäbe es auch eine Bar.«

»Sofort«, erwidert Lydia. »Ich kaufe das nur schnell.«

»Ich brauche wirklich was zu trinken.«

»Du fährst doch.«

»Ja, und?«

»Sechs Pfund, bitte«, sagt Marianne und streckt erwartungsvoll die Hand aus. »Und die Bar ist da drüben.«

Die Schwestern drehen sich um. In der Wand neben dem Baum ist tatsächlich ein Ausschank.

»Danke«, sagt Ella. »Ich wollte schon vorbeikommen. Ich …«

»Sechs Pfund«, wiederholt Marianne und streckt weiter die Hand aus.

»Tut mir leid«, sagt Lydia.

»Gehört der Wagen euch?«, fragt Marianne. »Der im Graben?«

»Ja, das ist meiner«, gesteht Lydia. »Tut mir leid. Ich habe schon den ganzen Tag versucht, einen Mechaniker zu erreichen, aber niemanden an den Apparat bekommen. Ich muss ihn wirklich …«

»Ich könnte da was arrangieren«, sagt Marianne.

»Wirklich?« Lydia hebt überrascht die Augenbrauen. »Das wäre großartig. Vielen Dank.«

»Wie lange bleibt ihr?«, fragt Marianne und rückt ihre Krüge zurecht.

»Das haben wir noch nicht entschieden«, antwortet Ella und schaut zur Bar.

»Seid ihr nicht froh, wieder hier zu sein?«

»Das wissen wir noch nicht«, sagt Lydia. »Wir arbeiten noch daran.«

»Ich verstehe«, sagt Marianne. »Es muss seltsam für euch sein, zu dritt hier zu sein. Sonst wart ihr doch immer zu viert, nicht wahr? Es ist wirklich schrecklich, was passiert ist. Was für ein Schock. Ich muss ständig an sie denken.«

Kapitel 12
23. Dezember 2017
Ella

Ella marschiert zur Ausgabe und bestellt einen Glühwein, den sie in einem kleinen Plastikbecher auch bekommt. Das Zeug sieht wie Spülwasser aus, braun mit Sedimenten, aber es schmeckt nicht schlecht.

Ella wandert durch den Saal und schaut sich die Bestenlisten an den Wänden an. Sie zeigen die Ergebnisse von Tennis- und Schachturnieren, die vor Jahrzehnten stattgefunden haben. Dabei entdeckt sie, dass Eric Abshire vierzehn Jahre in Folge Schachmeister gewesen ist, bevor er 2004 von den Listen verschwand. Schließlich kommt sie wieder an der Ausgabe an und trinkt den Rest ihres Glühweins. Sie bestellt zwei weitere und sucht sich einen Weg durch die Menge, vorbei an Marktständen mit allem möglichen selbst gemachten Zeug: Glückwunschkarten mit fröhlichen Sprüchen, verdrehte Metallfiguren, handbemalter Weihnachtsbaumschmuck. Irgendwann gelangt sie am Eingang an.

»Das Zeug schmeckt besser, als es aussieht«, sagt sie zu ihrer älteren Schwester.

»Schlechter geht ja auch kaum.«

Jess steht an einem Stand, wo große Vasen verkauft werden. Sie arbeitet für eine Firma, die altmodische Haushaltsgegenstände herstellt, und nutzt die Gelegenheit, um sich vom Design für die nächste Saison inspirieren zu lassen. Vor zehn Jahren war sie noch eine einfache Sekretärin und Management etwas, das ihr einfach nur pompös und entrückt erschien. Jetzt ist sie selbst Teil des Managements.

Gerade noch war Lydia auf der anderen Seite des Saals, wo sie sich jeden Stand angeschaut hat. Nach kurzer Zeit hat sie bereits mehrere Taschen und Tüten in den Händen gehabt, doch jetzt ist sie verschwunden. In den letzten zehn Jahren hat Lydia stark an Gewicht zugelegt. Ihre Gliedmaßen sind zwar noch immer dünn, aber nicht ihre Hüfte, und auch ihr Gesicht wirkt deutlich rundlicher. Allerdings sieht sie noch immer gut aus. Ihr rotes Haar ist so dick und glänzend, dass man sie sofort sehen würde, wenn sie noch im Saal wäre.

»Willst du was kaufen?«, fragt Ella.

Die Frau neben dem Stand rutscht erwartungsvoll auf ihrem Stuhl herum.

Jess schüttelt den Kopf. »Ich habe mich nur umgeschaut. Komm.«

Sie greift nach dem Glühweinbecher und hakt sich bei ihrer Schwester unter.

Ella tastet ihre Patienten häufig nach Knoten und dergleichen ab, deshalb ist sie das warme Gefühl fremder Haut unter ihren Fingern durchaus gewohnt. Nicht gewohnt ist sie allerdings, dass sich jemand an sie schmiegt.

Im Gleichschritt verlassen sie den Saal.

Ella erschrickt ob der kalten Luft auf ihrer Haut, und der Wind lässt sie blinzeln. Lydia sitzt auf einer Bank. Trotz des Schals, den sie sich gleich zweimal um den Hals gewickelt hat, sind ihre Wangen rot. Sie steht auf, greift nach ihren Taschen und verliert das Gleichgewicht.

Jess springt vor und packt sie am Arm.

Ella tut es ihr gleich, nur auf der anderen Seite und ein wenig langsamer.

Das überrascht sie, denn normalerweise hat sie ein gutes Reaktionsvermögen. Auf der Arbeit ist sie bekannt dafür, immer als Erste zu bemerken, wenn ein Patient droht, das Bewusstsein zu verlieren, und sie springt sofort herbei, um ihm zu helfen.

»Alles in Ordnung mit dir?«, fragt Jess.

Die beiden Schwestern helfen Lydia wieder auf die Bank. Lydia reibt sich die Augen. Dann rutscht sie ein Stück zur Seite.

»Schaut«, sagt sie und deutet auf eine kleine, verwitterte Plakette auf der Rückenlehne.

»Antonia«, sagt sie und tippt mit dem Finger auf den Namen. »Da steht Antonia!«

»Und?«, fragt Ella.

»Jetzt schaut doch!«, wiederholt Lydia hartnäckig. »Das ist ihr Name.«

Ella beugt sich vor und liest die Inschrift:

IN LIEBEVOLLER ERINNERUNG
ANTONIA ABSHIRE
1970–1984

Ella zuckt mit den Schultern.

»Antonia!« Lydia dreht sich zu Jess um. »Du erinnerst dich doch, oder?«

Jess nickt.

»Siehst du?«, sagt Lydia.

»Hilf mir mal«, bittet Ella.

Dabei braucht sie keine Hilfe.

Sie erinnert sich nur allzu gut daran, wie dieser Geist ihren letzten Sommer im Cottage vergiftet hat.

Sie wollte kein Kind sein, das ans Übernatürliche glaubt. Sie wollte ein Stipendium für die beste Schule der Gegend. Sie wollte Wissenschaftlerin werden. Und sie wusste, dass Kinder, die dumm genug waren, an solchen Unsinn zu glauben, keine Stipendien bekamen. Aber manchmal hatte sie in jenem Jahr ein Klappern auf dem Dachboden gehört und das Wimmern eines Kindes, und sie hätte schwören können, dass sie eine geisterhafte Gestalt gesehen hatte, die eines Nachts in ihr Zimmer und wieder hinaus gehuscht war.

Ella hat ihre Schwester nicht um eine Erklärung gebeten, weil sie die Einzelheiten noch mal hören will, sondern weil sie wissen will, wie groß die Verzweiflung ihrer Schwester ist und ob man sie noch retten kann. Denn jetzt sind sie Erwachsene, und Erwachsene dürfen nicht an solchen Blödsinn glauben. Erwachsene wissen, dass das Klappern und Wimmern und die geisterhafte Gestalt nur das Produkt einer überbordenden Fantasie sind. Mit dem Übernatürlichen hat das nichts zu tun.

Aber Ella kann ihre Schwester einfach nicht analysieren. Was keine Überraschung ist; sie hat sie nie verstanden. Sind die Einladungen nur Teil eines unschuldigen Plans? Oder sind sie das Symptom von etwas weit Finstererem, ein Produkt der Paranoia ihrer Schwester und ihres Verlangens, die Vergangenheit aufzudröseln?

In Lydias Kopf hat schon mehr als einmal das reinste Chaos geherrscht. Sie ist unberechenbar.

»Erinnerst du dich wirklich nicht?« Lydia bleibt hartnäckig. »Das war doch der Anfang von allem. Das war, warum sie … warum wir … Es war …«

»Antonia«, sagt Ella. »Ja, richtig.«

»Richtig«, wiederholt Jess. »Aber hier geht es sicher um ein anderes Mädchen, das nur den gleichen Namen hat. Bestimmt haben im Laufe der Jahre Dutzende Antonias im Dorf gelebt.«

»Ach ja? Und wie viele?«

»Ein paar … mindestens«, antwortet Ella.

»Seht ihr das denn nicht?«, fragt Lydia. »Keine von euch? Wirklich nicht?«

»Lydia«, sagt Ella. »Ich denke nicht, dass das etwas ist, worüber man sich aufregen müsste.«

»Ich rege mich gar nicht auf!«

Trotz dieser Worte schnappt sie sich ihre Taschen und stapft zum Parkplatz.

»Ich mache mir wirklich Sorgen«, bemerkt Ella.

Jess nickt. »Gehen wir.«

Ella würde sich deutlich sicherer fühlen, wenn sie darüber diskutieren könnten, ob mit ihrer Schwester etwas nicht stimmt oder nicht. Es wäre äußerst hilfreich, wenn sie sich so schnell wie möglich darum kümmern würden. Falls nötig, sollten sie auch darüber nachdenken, formal einzugreifen, so wie sie es vor neun Jahren getan hatten, als die Panikattacken und die Paranoia unerträglich geworden waren.

Am leichtesten wäre es jedoch, einfach wieder nach Hause zu fahren.

Lydia steht an der hinteren Tür des Wagens, die Taschen zu ihren Füßen. Ella kann sich gar nicht vorstellen, was für einen Kram sie alles auf dem Markt gekauft hat. Nichts von dem, was sie gesehen hat, schien irgendetwas wert zu sein. Sie wirft die Schlüssel in Richtung ihrer Schwester. Doch Lydia hebt viel zu spät die Hände, und die Schlüssel landen auf dem Asphalt.

Sie schaut verwirrt drein.

»Ich habe was getrunken«, erklärt Ella.

»Und?«, fragt Lydia.

»Ich kann nicht mehr fahren.«

»Bei dem setze ich mich aber auch nicht hinters Steuer«, sagt Lydia.

Ella betrachtet ihr Auto. Es ist perfekt geparkt, ein Sportwagen, lackiert in einem teuren Grau. Dafür hat sie extra bezahlt. Es hat braune Ledersitze und Dutzende Knöpfe am Armaturenbrett. Es ist fast dreimal so lang wie der kleine rote Wagen, den sie in den Graben geschoben haben, und zugegeben: Die Motorhaube ist so lang und breit wie ein kleiner Wal. Ella hat extra auf dieses Auto gespart, mehrere Jahre lang. Sie ist stolz darauf, dass sie sich so schöne Dinge leisten kann und dabei auf niemanden angewiesen ist.

»Du schaffst das schon«, sagt sie.

»Ich bin nicht versichert.«

»Es sind nur gute drei Kilometer.«

Kurz fragt Ella sich, ob es vielleicht wirklich ein zu großes Risiko ist, ihre Schwester hinter das Steuer eines so teuren Fahrzeugs zu lassen, doch es ist schon zu spät. Lydia bückt sich nach dem Schlüssel und ihren Taschen. Zögernd öffnet sie die Autotür und setzt sich auf den Fahrersitz. Sie beugt sich nach hinten, um ihre Taschen zu verstauen. Dann stellt sie den Sitz ein. Sie zieht ihn nach vorne, bis ihre Brust das Lenkrad berührt. Schließlich startet sie den Motor. Als er mit einem tiefen Grollen zum Leben erwacht, zuckt sie unwillkürlich zusammen.

Jess steigt hinten ein, und Ella setzt sich auf den Beifahrersitz.

»Du schaffst das schon«, wiederholt sie. »Versprochen.«

Ella ist sich durchaus bewusst, dass Selbstvertrauen beinahe alles ist.

Lydia nickt und fasst sich rasch wieder – sehr zur Überraschung ihrer Schwester. Ella ermutigt sie, schneller zu fahren, noch schneller, und Lydia tritt das Gaspedal immer weiter durch. Die drei Schwestern lachen, je weiter die Tachonadel nach rechts wandert.

»So ist es richtig!«, ruft Ella und fährt das Fenster herunter. »Schnelleeer!«

Ella bemerkt überrascht, wie viel Spaß sie hat. Kurz sind die Einladungen vergessen. So hat sie sich schon seit Jahren nicht mehr gefühlt. Es ist, als wären ihre Schwestern einfach nur Freunde und nicht Familie. Lydia rast in die Einfahrt. Hinter ihnen fliegt der Kies auf. Dann reißt sie die Handbremse hoch.

»Puh«, seufzt sie. »Ich schwitze. Ich schwitze tatsächlich.«

»Aber es hat dir doch Spaß gemacht, oder?«, fragt Ella.

»Ich glaube, ich muss gleich kotzen«, sagt Lydia.

»Ach, hör doch auf!«, erwidert Ella. »Du bist ein Naturtalent.«

Sie sammeln ihre Einkäufe ein und gehen zum Cottage. Lydia läuft voraus. Ihr neu gewonnener Mut scheint sie nervös zu machen. Jess dreht sich um und hebt die Augenbrauen. Ella zuckt

mit den Schultern. Vielleicht hat sie sich ja unnötig Sorgen ge-
macht. Vielleicht waren die Einladungen ja wirklich ein ehrliches
Friedensangebot – ernst gemeinte Einladungen, um gemeinsam
Zeit zu verbringen.

Jess geht in Richtung Küche. »Ich werfe mal den Ofen an«,
sagt sie laut. »Wir können ja beim Abendessen plaudern. Soll ich
eine Flasche aufmachen?«

»Ja, bitte.«

Ella hofft, dass alles gut ist, und dennoch kann sie nicht anders, als sich Sorgen zu machen.

ZWANZIG JAHRE ZUVOR

Kapitel 13
27. Juli 1997

Die vier Schwestern saßen auf und um den Zauntritt, der die Straße vom Feld trennte. Sie flochten gerade Gänseblümchen zu Halsketten, als ein Auto mit getönten Scheiben neben ihnen parkte. Ein Junge von vielleicht dreizehn, vierzehn Jahren sprang vom Beifahrersitz und holte ein Surfbrett aus dem Kofferraum des Kombis.

»Alles okay?«, sagte er und lächelte die Schwestern an.

Die Mädchen machten sofort Platz, damit der Junge über den Zauntritt klettern konnte. Sie starrten ihn mit dem Brett auf der Schulter an. Sein lockiges Haar schimmerte im Sonnenlicht.

Jess bemerkte außerdem, wie sein T-Shirt auf einer Seite hochrutschte, und darunter kam braun gebrannte Haut zum Vorschein. Lydia wiederum, die andere Kinder an diesem Strandabschnitt nicht gewöhnt war, wollte ihm direkt hinterherrennen. Ella stand auf. Sie hatte noch nie jemanden surfen gesehen, und jetzt wollte sie die Gelegenheit nutzen. Rosa schnappte sich ihre Schuhe und rannte ihren Schwestern hinterher.

Unten am Strand setzten sie sich und gruben die Zehen in den Sand, während sie zuschauten, wie der Junge sein Brett in die Brandung lenkte. Rosa wollte sein wie er: furchtlos im Wasser, und Ella wollte sehen, wie er sich aufs Brett stellte. Jess fiel das Herz in die Hose, als er schließlich tatsächlich auf dem Brett stand und über die Wellen tanzte.

Dann – und es könnten Stunden gewesen sein – stapfte er wieder auf den Sand und blieb neben den Mädchen stehen.

»Hey«, sagte er.

»Das war cool«, bemerkte Ella. »Wo hast du das gelernt?«

»Weiß nicht«, antwortete er. »Da war ich noch ein Kind.«

Er setzte sich neben sie. Wasser tropfte von seinen Beinen und lief in dunklen Rinnsalen durch den Sand. Er spielte an seinem Lederarmband herum. Es war braun und geflochten, und die Enden waren schon ausgefranst.

»Das ist auch cool«, sagte Jess.

»Ja?«, erwiderte er. »Gefällt es dir?«

Jess nickte, und sie spürte, wie ihre Wangen brannten.

»Willst du es haben?«, fragte der Junge und begann, es auszuziehen. Dann hielt er inne und lächelte. »Aber falls ja, dann musst du es dir verdienen. Wohnt ihr in einem der Cottages?«

Die vier Schwestern nickten.

»Bei Marianne?«, fragte der Junge weiter.

»Nein«, antwortete Ella.

»In dem anderen?«

Er klang überrascht, als wären sie nicht jeden Sommer hier und als hätten ihre Großeltern nicht jahrzehntelang hier gelebt, bis zu ihrem Tod.

»Ja«, sagte Jess. »Wir sind schon gut eine Woche hier.«

»Boah«, erwiderte der Junge und lehnte sich auf seine Hände zurück. »Eigentlich wollte ich sagen, wer den besten Streich spielt, kann das Armband haben, aber ich nehme an, an so einem Ort spielt man keine Streiche.«

»Was meinst du damit?«, fragte Rosa.

»Wir *können* Streiche spielen«, beteuerte Jess. »Das machen wir ständig. So wie gestern mit der Maus.«

»Du hast doch gesagt …«, begann Lydia.

»Ich habe eine Maus in eine Decke gesteckt«, sagte Jess. »Du hättest sie mal schreien hören sollen.«

»Ach ja?«, sagte der Junge. Seine Augen leuchteten. »Kommt es euch da nicht schon komisch genug vor? Mit dieser Frau, die ständig aus dem Fenster starrt? Und dann all die Geschichten über ihr wisst schon.«

»Geschichten?«, hakte Ella nach.

»Ihr wisst schon«, wiederholte der Junge leise.

»Nö, wissen wir nicht«, erklärte Lydia.

»Na«, sagte der Junge. »Auf dem Dachboden.«

»Was ist denn auf dem Dachboden?«, fragte Jess.

»Boah!« Der Junge riss die Augen auf und lehnte sich lachend zurück. »Was auf dem Dachboden ist? Wisst ihr das wirklich nicht?«

»Nein«, antwortete Rosa.

»Los! Erzähl!«, forderte Jess den Jungen auf.

»Himmel«, seufzte er und hielt kurz inne. »Wo soll ich da anfangen …?«

»Bitte«, drängte Jess. »Ich will das wissen.«

»Es geht um einen Geist«, sagte der Junge.

»Ach ja?« Jess grinste schief. »Casper?«

»Hahaha!«, erwiderte der Junge. »Und nein, nicht Casper. Ein Mädchen. Antonia.«

»Ich glaube nicht …« Lydia wünschte, sie hätte sich gar nicht erst auf dieses Gespräch eingelassen und stattdessen Muscheln am Strand gesammelt. Rosa rutschte zu ihr, bis ihre kleinen Finger sich berührten.

»Sie ist mitten im Winter von den Klippen gefallen, mitten in einem Sturm«, erzählte der Junge. »Sie wurde von riesigen Wellen gegen die Felsen geworfen. Sie hat geschrien und geschrien, und dann hat man sie nie wiedergesehen.«

»Das ist doch Unsinn«, schnaubte Ella verächtlich.

»Oh nein«, widersprach der Junge. »Ich habe allerdings gehört, dass ihre Mutter sie noch immer sieht.«

»Was sonst noch?«, hakte Jess nach. »Warum ist sie hier?«

»Nun ja …«

Lydia spürte, wie ein Schluchzen in ihr aufkeimte. Panik breitete sich in ihr aus, drohte aus ihr herauszubrechen, und dann, plötzlich:

»Stopp! Bitte! Hör auf!«

Zuerst dachte Lydia, dass sie das geschrien hatte, denn sie hatte es mit Sicherheit gedacht, doch der Junge drehte sich von ihr weg.

Rosa war aufgesprungen und zitterte am ganzen Leib.

»Oh«, sagte der Junge.

»Hey.« Ella schaute zu ihrer Schwester. »Nicht.«

»Das ist doch nur eine Geschichte«, versuchte Jess sie zu beruhigen.

»Aber er hat gesagt …«

»Das ist nicht real«, erklärte Jess. »Das ist erfunden. Das stimmt nicht.«

»Sie ist nicht von den Klippen gefallen?«, fragte Rosa.

»Nein«, antwortete Ella und schüttelte den Kopf.

»Und sie wurde auch nicht von den Wellen weggetragen?«

»Natürlich nicht«, versicherte Jess mit fester Stimme.

»Seid ihr euch sicher?«, hakte Rosa nach. »Seid ihr euch sicher, dass es da keinen Geist gibt? Seid ihr euch wirklich sicher?«

»Ja, wir sind uns sicher«, sagte Lydia. »Wirklich.«

»Charlie!«, rief eine Frau vom Feld oben. »Es ist …«

»Ich muss los«, sagte der Junge.

»Kommst du noch mal zurück?«, fragte Jess.

Charlie hob sein Brett über den Kopf und machte sich auf den Weg über den Sand.

»Ich weiß nicht!«, rief er.

»Ich heiße übrigens Jess.«

»Ja? Vielleicht sehen wir uns ja, Jitz!«

Kapitel 14
27. Juli 1997

Den ganzen Nachmittag über dachte Rosa an den Geist des kleinen Mädchens, das im Meer gestorben und weggespült worden war, sodass niemand es je wiedergesehen hatte. Sie sah sie mehrmals durch offene Türen hindurch, gehüllt in etwas Dünnes wie ein Seidennachthemd. Und sie hörte sie auch: ein tiefes, stetes Stöhnen. Selbst hier in der Badewanne machte der Gedanke daran sie nervös.

»Spülst du mir die Seife ab?«, fragte sie und reichte ihrer Schwester über den hölzernen Badewannentisch hinweg eine kleine Plastikflasche.

Lydia spülte ihrer Schwester den Nacken ab. Dann drückte sie Rosas Kopf herunter und spülte auch das Haar aus. Dabei achtete sie sorgfältig darauf, dass kein Schaum in die Augen ihrer kleinen Schwester kam. Als sie die Hände einer anderen auf ihrer Haut spürte, fühlte Rosa sich kurz sicher, beschützt und umsorgt.

»Komm«, sagte Lydia schließlich. »Es wird kalt hier drin. Gehen wir.«

Lydia stieg aus der Wanne und stand zitternd auf den Fliesen, doch das erste Handtuch gab sie ihrer kleinen Schwester. Noch immer feucht, liefen sie in ihre jeweiligen Schlafzimmer, um rasch ihre Pyjamas anzuziehen und sich die Haare zu reiben, bis sie zwar nicht trocken waren, aber immerhin nicht mehr tropften.

Als sie angezogen war, sprang Rosa aufs Bett, um ihre Puppe unter der Decke hervorzuziehen. Sie hatte sie als Baby bekommen: eine Stoffpuppe in einem lila Schürzenkleid und mit blonden Wollzöpfen, die im Laufe der Jahre immer mehr ausgefranst waren.

»Wo bist du?«, fragte sie.

Rosa hörte ein Geräusch und drehte sich um. Ihre Schwester stand in der Tür.

»Wo ist wer?«, fragte Lydia.

»Raggedy«, antwortete Rosa. »Sie ist nicht hier.«

Lydia kam rein und zog das Laken vom Bett. Von Raggedy keine Spur. Ella erschien in der Tür.

»Unter deinem Bett vielleicht?«, schlug sie vor.

»Sie ist nicht da«, erklärte Rosa, und ihre Lippen zitterten.

»Mach dir keine Sorgen.«

Es war selten, dass die Zwillinge im Chor sprachen, die gleichen Worte zur selben Zeit, doch dann und wann passierte es.

»Wir werden sie schon finden«, erklärte Ella.

»Irgendwo wird sie schon sein«, ergänzte Lydia. »Ich schau mal unten nach.«

Rosa griff nach der Hand ihrer Schwester und weigerte sich, sie loszulassen. Selbst auf den Stufen klammerte sie sich an sie, sodass sie nur langsam vorankamen. Sie gingen ins Wohnzimmer, räumten die Kissen und Decken vom Sofa und kippten die Körbe aus, in denen sie all ihre Spielsachen aufbewahrten. Normalerweise wäre das ein großer Spaß gewesen, doch nicht unter diesen Umständen. Lydia schaute selbst an den lächerlichsten Orten nach: unter den Teppichen, in den kleinen Vasen und Krügen und sogar hinter den Vorhängen, in den Kissen und zwischen den Seiten der Bücher. Rosa setzte sich auf die unterste Treppenstufe. Ein paar Minuten später kam Lydia aus dem Wohnzimmer und gesellte sich zu ihr.

»Ich hätte sie nie irgendwo liegen lassen«, flüsterte Rosa. »Das hätte ich nie getan.«

Lydia überkam dieses erdrückende, traurige Gefühl, und ihr drehte sich der Magen um wie sonst nur, wenn sie an ihren Vater dachte. Sie kannte das nur als Heimweh oder wenn ihr in der Schule mal schlecht wurde. Rosa hingegen war noch nie wegen anderen Menschen oder bestimmter Dinge schlecht geworden.

»Nicht«, sagte Lydia. »Nicht weinen.«

»Aber sie ist weg …«

»Wir werden sie schon finden«, beruhigte Lydia sie. »Versprochen. Ich werde weitersuchen.«

Rosa zuckte unwillkürlich zusammen, als oben eine Tür zuknallte.

»Wo hast du sie hingetan?«, brüllte Ella.

»Warum gibst du mir die Schuld?«

Jess redete nur, sie schrie nicht. Trotzdem war ihre Stimme die lauteste.

»Weil es deine Schuld ist! Das weiß ich!«

Jess hüpfte die Stufen hinunter, sprang über ihre beiden Schwestern hinweg und stürmte ins Wohnzimmer.

»Aha!«, rief sie ein, zwei Minuten später. »Habt ihr überhaupt gesucht?«

Jess trat wieder in die Tür und wedelte mit der Puppe herum. Rosa streckte sofort die Hand danach aus, doch Jess warf die Puppe hoch in die Luft.

»Wo war sie denn?«, fragte Lydia.

»Das ist meine!«, schrie Rosa. Sie schnappte sich ihre geliebte Puppe, drückte sie sich mit aller Kraft an die Brust und flüsterte irgendetwas in das zerzauste, wollige Haar.

»Sie saß neben dem Kamin«, antwortete Jess.

»Nein«, sagte Lydia. »Das ist unmöglich. Wir haben überall nachgesehen …«

»Dann habt ihr eben nicht besonders gut nachgesehen«, erwiderte Jess.

Rosa verstand das nicht. Sie hatten am Kamin gesucht. Tatsächlich hatten sie überall im Wohnzimmer gesucht, in jeder noch so kleinen Ecke.

Wie konnte das nur sein?

Rosa schaute zwischen ihren Schwestern hin und her. Sie zankten sich immer noch, und so schlich Rosa sich wieder in ihr Zimmer zurück. Sie schloss die Vorhänge, kletterte ins Bett und schaltete das Nachtlicht ein, damit sie keine bösen Träume bekommen würde. Dann versuchte sie, die Stimme in ihrem Kopf zum Schweigen zu bringen, die immer und immer wieder dasselbe flüsterte: der Geist, der Geist, der Geist …

Kapitel 15
28. Juli 1997

Manchmal – aber wirklich nur manchmal – gab Jess zu, dass sie bei einem Streich zu weit gegangen war. So hätte sie zum Beispiel die Puppe nicht verstecken sollen. Sie hatte sich eigentlich vorgestellt, dass ihre Schwestern mit Lupen bewaffnet wie Detektive durchs Haus schleichen würden. Sie hatte sich vorgestellt, wie sie mal »kalt« und mal »heiß« rufen würde, bis sie die Puppe unter dem Sofa entdeckt hätten.

Doch Rosa war verzweifelt gewesen.

Jess wollte diesen Jungen unbedingt beeindrucken und das Armband gewinnen, und deshalb brauchte sie jetzt etwas Besseres. Sie stand auf dem Treppenabsatz vor einer geschlossenen Holztür. Seit sie am Morgen über den Geist geredet hatten, war sie versucht gewesen, die Tür zu öffnen, denn nach und nach waren immer mehr Geschichten hinzugekommen: flackernde Lichter in der Dunkelheit, ein Stöhnen mitten in der Nacht. Diesmal wollte Jess ihren Schwestern so richtig Angst machen.

Sie zog an der Tür, und sie ging auf, aber nur ein paar Zentimeter. Jess zog noch einmal, diesmal kräftiger, und die Tür schabte über den Teppich, bis der Spalt breit genug war, um hindurchzuschlüpfen. Sie konnte die unterste Stufe gerade so sehen, schmal und voller Dreck und Staub. Sie stieg die Stufen hinauf. Dann sah Jess wieder eine Tür – klein, quadratisch und ebenfalls aus Holz –, und auf der rechten Seite dieser Tür glitzerte ein Schlüssel in einem Schloss. Jess drehte ihn, und die Tür öffnete sich knarrend. Staub fiel wie Asche vom Rahmen. Jess stieg auf den Dachboden, und die Tür schloss sich hinter ihr wieder.

Drinnen war es gar nicht so dunkel, denn das Dach war alt, und die Lücken zwischen den Schindeln waren an einigen Stellen mehrere Zentimeter breit. Trotzdem war es unheimlich. Überall lag Mäusekot, und Spinnweben schimmerten in dem schwachen Licht, mit toten Insekten als Beute. Eine leichte Brise drang durch die Ritzen auf den Dachboden und blähte ab und an die einst weißen, verdreckten Laken auf, die längst vergessene Möbel bedeckten. Und da waren Geräusche, ein Knarren, Kratzen, Quietschen. Jess musste sich ermahnen, dass auch Gebäude sich manchmal lebendig anfühlten, dass sie stöhnen konnten und dass das kein Beweis für einen Geist war.

Sie ließ ihren Blick durch den Raum schweifen: Da war die Hängematte, die im letzten Sommer kaputtgegangen war, eine Holzpritsche, auf der sie alle im Laufe der Jahre schon einmal geschlafen hatten, und eine Mahagonikiste, die einmal auf dem Kaminsims im Wohnzimmer gestanden hatte. Gedankenverloren griff Jess danach.

Und dann war da etwas Gelbes, das urplötzlich aus der Wand brach wie ein Geist aus den Schatten und vor ihr explodierte. Jess schrie, und auch ihre Angst explodierte. Jess wirbelte zur Tür herum und versuchte, sie aufzureißen, doch sie war verklemmt. Jess gab erneut einen Schrei von sich, ein groteskes, gutturales Geräusch, das rasch zu einem Wimmern wurde.

*

Lydia hatte von der Treppe aus zugesehen, als ihre Mutter ihr Notebook zuklappte und zusammen mit den Kalkulationsbögen zum Auto brachte, hatte genickt, als ihre Mutter mehrmals sagte, dass die Mädchen sich benehmen sollten, dass sie erst zur Badezeit wieder zurück sein würde und dass sie den Tee bereits vorbereitet hätte. Auch ihre Schwestern hatten immer wieder genickt: Ja, sie würden brav sein; ja, sie würden keinen Ärger machen, und ja, sie würden sich falls nötig an die Nachbarn wenden.

Die Mädchen hatten den Großteil des Nachmittags im Freien verbracht. Sie hatten eine Schnur aus der Besenkammer zwischen zwei Bäume gespannt und erfolglos versucht, darauf zu balancieren. Dann hatten sie so getan, als wären sie Schlangenmenschen im Zirkus, bis es Rosa langweilig wurde. Sie nahm die Schnur ab und schlug damit nach ihren Schwestern. Sie sei eine Löwenbändigerin, sagte sie, und die anderen freche Löwen.

Lydia wollte sich jedoch nicht auspeitschen lassen, und so ging sie rein, um sich ein Sandwich zu holen. Dann setzte sie sich aufs Sofa und bedeckte ihre Beine mit einer Decke, damit sie sich nicht vollkrümelte. Anschließend ging sie wieder raus. Rosa saß auf einem Stuhl auf der Terrasse. Teile ihres Sandwiches lagen auf dem Metalltisch und die Kruste im Gras. Lydia sah, wie Vögel darum herumhüpften und danach pickten.

Und dann kam ein lauter Schrei von oben. Es war, als wären die verschiedenen Teile von Lydias Seele brutal gegeneinandergeknallt. Der vernünftige schrie, dass vielleicht jemand verletzt war, doch der andere sagte nur immer wieder ein und dasselbe Wort: Antonia, Antonia …

Rosa packte Lydias Hand, und gemeinsam standen sie in der Tür. Lydia schaute durch den Flur. Alles sah so schmuddelig und feucht aus wie das Innere eines Abwasserrohrs oder ein unterirdischer Tunnel. Rosa zog ihre Schwester in den Flur und zur Haustür. Dort drehten sie sich um, und als sie die Treppe hinaufschauten, da sahen sie auf der obersten Stufe den Schatten eines kleinen Mädchens. Rosa wirbelte sofort herum, bereit, wieder in den Garten zu rennen, doch Lydia war wie erstarrt.

»Hallo?«, flüsterte sie.

»Ja?«

»Ella!« Rosa schnappte hörbar nach Luft und krabbelte auf allen vieren die Treppe hinauf.

»Was zum Teufel war das?«, fragte Ella. »Habt ihr das auch gehört?«

Lydia hatte noch immer furchtbare Angst. Sie bewegte sich nur langsam. »Das muss … Glaubt ihr nicht?«

»Das ist von da gekommen«, sagte Ella und deutete auf die Tür zum Dachboden.

*

Jess ballte noch einmal die Faust um den Türknauf und rüttelte so hart daran, dass sie Angst hatte, er würde gleich aus dem Holz brechen. Sie versuchte ihn zu drehen, doch er rührte sich nicht.

Da war kein Geist.

Es hatte nie einen Geist auf dem Dachboden gegeben.

Das war nur der Windfang gewesen, das gelbe Ding, mit dem sie bei Wind zum Strand hinuntergingen.

»Ella!«, schrie Jess. »Lydia!«

Dann wartete sie stumm.

»W … Woher kennst du unsere Namen?«, heulte Rosa.

»Ich bin's! Jess!«

Kein Schreien und kein Heulen.

»Jess?«

»Ella?«, rief sie. »Ja! Ich bin's!«

»Warum?«, schrie Rosa. »Was hast du …?«

»Ich sitze hier fest«, erklärte Jess. »Ich kann nicht mehr raus. Die Tür klemmt.«

Dann waren mit einem Mal ganz viele Stimmen zu hören. Es klang, als wären da draußen nicht nur drei, sondern sechs Schwestern, und alle redeten sie durcheinander, und das so schnell, dass man sie nicht verstehen konnte.

»Bist du allein?«, fragte Rosa.

»Ja«, antwortete Jess. »Hier drin bin nur ich.«

»Und da ist kein …?«, begann Lydia.

»Nein, verdammt!«

»Okay«, rief Ella. »Keine Panik!«

Jess hörte, wie die erste Tür geöffnet wurde, die zur Treppe. Dann stapfte jemand die Stufen hinauf. Jess schlug mit der Faust von innen gegen die zweite Tür.

»Hallo?«, rief sie. »Bekommt ihr die auf?«

»Ich versuche es«, antwortete Ella. »Du musst nicht mehr schreien. Ich kann nur nicht …«

»Es ist der Knauf«, sagte Jess.

»Da bewegt sich nichts«, sagte Ella. »Die Tür ist abgeschlossen.«

»Nimm den Schlüssel.«

»Hier ist keiner.«

Verschiedene Realitäten rangen in Jess miteinander: Da war ein Geist bei ihr, und wenn sie sich umdrehte, dann würde sie ihn sehen. Da war ein Geist bei ihren Schwestern, der die Tür zuhielt. Da war kein Geist. Da war nie einer gewesen.

»Der ist doch direkt da«, rief Jess. »Er steckt im Schlüsselloch.«

»Da ist nichts«, wiederholte Ella und fügte dann leiser hinzu: »Hier steckt kein Schlüssel.«

Rosa stand auf dem Treppenabsatz. Sie wimmerte.

»Es ist sinnlos«, sagte Ella. »Ich bekomme das nicht auf.«

»Was meinst du damit?«

»Die Tür ist vollkommen verklemmt.«

»Dann such jemanden, der sie wieder *entklemmen* kann!«

Lydia, die bis jetzt geschwiegen hatte, wollte einfach nur irgendwo anders sein: weg vom Dachboden, weg von dem Geist. »Ich laufe schon«, rief sie.

»A… Alles wird gut«, schluchzte Rosa. »Es dauert nicht mehr lang.«

Die Haustür öffnete und schloss sich wieder, und dann, weniger als eine Minute später, ging sie wieder auf und zu. Lydia stolperte die Treppe hinauf. Oben angekommen rief sie: »Sie sind nicht da! Sie haben nicht aufgemacht! Da ist niemand!«

»Und was machen wir jetzt?«, fragte Rosa.

Ella seufzte. »Warten.«

*

Jess wartete mehrere Stunden – vielleicht auch weniger –, bis sie endlich das Auto ihrer Mutter hörte.

»Der Geist«, heulte Rosa, als ihre Mutter ins Haus kam. »Der Dachboden!«

Jess hörte ihre Mutter stöhnen. »Was?«, fragte sie.

»Jess«, sagte Ella. »Sie ist auf dem Dachboden. Wir bekommen die Tür nicht auf.«

Schritte auf der Treppe.

»Wenn das ein Scherz sein soll …«, begann ihre Mutter.

»Ist es nicht«, erklärte Lydia. »Versprochen!«

»Jess?«

»Mom?«

»Wo ist der Schlüssel?«

Rosa war inzwischen vollkommen hysterisch und hustete nur: »D… der … der Geist!«

»Oh, verdammt«, sagte ihre Mutter.

Und dann krachte etwas gegen die Tür. Das Holz splitterte, und das Licht im Dachboden wurde ins dunkle Treppenhaus gesaugt. Die Tür hing lose an den Scharnieren, und ihre Mutter stand da, die Hände in die Hüfte gestemmt und mit tiefen Falten auf der Stirn.

»Raus da«, befahl sie.

Jess' Wangen waren tränenverschmiert und ihre Kleider voller Staub und Dreck. Mit gesenktem Kopf stand sie auf dem Treppenabsatz und hob ihn nur kurz alle paar Sekunden.

»Warum hast du …?«, begann ihre Mutter. »Was hast du dir dabei gedacht?«

»Tut mir leid«, flüsterte Jess.

»Wir hatten doch eine Abmachung, oder? Ihr habt versprochen, euch zu benehmen.«

Jess nickte.

»Ihr hättet so einen schönen Tag haben können: draußen spielen, Zeit miteinander verbringen. Und du bist die Älteste. Du hättest es eigentlich besser wissen müssen.«

»Ich ...«

»Das interessiert mich nicht«, fiel ihre Mutter Jess ins Wort. Dann ging sie in ihr Zimmer und schlug die Tür hinter sich zu.

»Was ist passiert?«, fragte Lydia. »Wo war der Schlüssel denn?«

Rosa verzog ihr kleines Gesicht.

»Glaubst du ...?«, begann sie, doch dann hielt sie inne. Sie hatte viel zu viel Angst, als dass sie den Satz hätte beenden können.

»Glaube ich was?«, hakte Jess nach.

»Dass sie es war?«, sagte Ella. »Der Geist?«

»Sie hat einen Namen«, warf Rosa ein.

»Nein, sie hat keinen Namen, weil es sie nicht gibt«, erklärte Jess. »Es gibt hier keinen Geist.«

Jess war sich dessen jetzt sicher. Dass sie je daran gezweifelt hatte, ärgerte sie. Sie war fest davon überzeugt, dass eine ihrer Schwestern den Schlüssel gestohlen hatte. Sie schaute ihnen der Reihe nach in die Augen, doch sie sah nur Verwirrung und eine leichte, aber beunruhigende Panik. Schließlich verschränkte sie die Arme vor der Brust.

»Und wer hat dann den Dachboden wieder abgeschlossen?«, fragte Lydia.

»Und was ist mit meiner Puppe?«, fügte Rosa hinzu. »Ich hätte sie nie unten gelassen. Niemals. Nie, nie, nie.«

»Und ...«, begann Ella.

»Lasst das«, fiel Jess ihr ins Wort. »Ich weiß, dass eine von euch das war. Ich weiß, dass eine von euch den Schlüssel genommen hat. Wer? Wer hat das getan? Ich will das wissen, und zwar sofort.«

2. WEIHNACHTSTAG

Kapitel 16
26. Dezember 2017
Marianne

In dem Sommer begann ich, mich gegen die Mädchen zu wenden.

Ich mochte es nicht, wenn sie Klingelmännchen bei mir spielten. Ich mochte ihre hohen Schreie nicht. Ich war oft in meinem Garten und schnitt die Hecke, wenn so ein Kreischen von nebenan mir durch Mark und Bein fuhr.

Eines Tages – und es war einer der heißesten – hatte die Älteste es irgendwie geschafft, auf dem Dachboden festzusitzen. Ich dachte zuerst, die Mädchen würden einfach wieder Blödsinn machen, und so habe ich ihr Schreien ignoriert. Ich reagierte auch nicht, als sie an meine Tür klopften.

Die Einzelheiten kannte ich nicht, jedenfalls nicht vor dem nächsten Tag, als ihre Mutter draußen im Garten war. Ihre Wangen waren auffällig rot und ihre Augen glasig. Offenbar trank sie Gin aus einer Plastikflasche. Sie sagte, dass ihre Älteste über eine Stunde lang auf dem Dachboden festgesessen habe und dass ihre Jüngste in der Zeit vollkommen durchgedreht sei. Sie habe ständig irgendwas von einem Geist gemurmelt.

Mich überkam dieses leere Gefühl, als sie sprach, und ich hatte ein schlechtes Gewissen.

Ich hatte in meinem Wintergarten gesessen, an meinem Tee genippt und fleißig gelesen, während diese Mädchen furchtbare Angst gehabt hatten. Ich schämte mich für mein Verhalten. Im Geiste verzieh ich ihnen bereits all das Klopfen und Schreien. Und dann sagte sie es:

»Sie haben dem Geist sogar einen Namen gegeben.«

Sie lachte, hob die Flasche und ließ den letzten Schluck in ihren Mund tropfen.

»Antonia! Ist das zu glauben?«

Sie drehte sich wieder zu ihrem Cottage um.

»Wie auch immer …«, sagte sie.

Ich nickte und lächelte, doch mein Gesicht war wie erstarrt, während meine Augen sich mit Tränen füllten.

Ich schaute ihr hinterher, und sie winkte mir noch einmal zu, bevor sie im Haus verschwand.

Als ich wieder nach Hause kam, setzte ich mich auf dieses Sofa hier.

Ich schluchzte.

Denn das war der Name meiner Tochter. Denn meine Tochter ist nicht mehr hier. Denn nur ich kann meine Tochter sehen. In dunklen Nächten gleitet ihre kleine Silhouette über die Felder, und sie kommt wieder nach Hause, um mir ihre Traurigkeit zu gestehen, anstatt sich den Wellen zu ergeben. Denn sie existiert nur noch in meiner Fantasie. Sie ist kein Geist, sondern Fiktion, die Geschichte, wie sie hätte sein sollen. Denn sie war das erste kleine Mädchen, das mitten in der Nacht auf die Klippen gelaufen ist, das erste kleine Mädchen, das dort gestorben ist.

*

Der jüngere Beamte, der Mann, hatte die ganze Zeit über den Kopf in die Hände gelegt, als seien ihm die Fragen seiner Partnerin peinlich. Dann hob er den Blick wieder, und sein Fingernagel musste an etwas hängen geblieben sein, denn da war ein kleiner Blutstropfen auf seiner Stirn. Es war mir unangenehm, ihn anzustarren, und so drehte ich mich zu seiner Kollegin um.

Die Falten auf ihrer Stirn waren inzwischen tiefer geworden, und sie kniff die Augen zusammen, als sie nickte und sagte: »Das tut mir leid. Das wusste ich nicht.«

Ich zuckte mit den Schultern.

Ich habe sie nie ihren Namen sagen hören, diese Mädchen, aber sie waren so laut wie eh und je, schrien im Garten und brüllten über die Einfahrt hinweg. Da konnte ich nicht anders, als sie zu hassen. Ich weiß, es ist vollkommen inakzeptabel, wenn ein Erwachsener Kinder nicht mag. Aber es gibt wirklich furchtbare Kinder, wie es auch furchtbare Erwachsene gibt, und es nützt niemandem etwas, wenn man so tut, als wäre das nicht so. Damals haben wir noch nicht einmal darüber nachgedacht, dass der Tod der Jüngsten etwas anderes sein könnte als ein Unfall. Doch irgendetwas hatte sich verändert.

Ich konnte es deutlich sehen, und ich war mit Sicherheit nicht die Einzige.

Etwas Böses und Unbarmherziges war in diesen Mädchen erschienen.

Und jetzt?

Nun, eine Schwester bei einem schrecklichen Unfall zu verlieren, ist verheerend.

Aber zwei?

Das sieht verdächtig aus.

ZWEI TAGE ZUVOR

Kapitel 17
23. Dezember 2017
Jess

Jess hat die Zutaten schon am Morgen geschnitten, unmittelbar nachdem sie aus dem Supermarkt gekommen ist: die Zwiebeln, Karotten und den Sellerie, das Rindfleisch und den Pancetta sowie den Rosmarin. All das hat sie dann mit jeder Menge Rotwein in die Kasserolle gegeben. Das Gefäß – Gusseisen mit orangefarbener Emaille – hat einst ihrer Mutter gehört. Jess fragt sich, ob sie vielleicht etwas in einer ähnlichen Farbe machen könnte. Vor Kurzem hat sie begonnen, eigene Tonwaren zu verkaufen, die sie auf einer Töpferscheibe in ihrem Schuppen herstellt, und ihre Designs werden immer beliebter. Sie hat sogar schon darüber nachgedacht, ihre Firma zu verlassen, wo sie seit zehn Jahren die Waren anderer Leute hat verkaufen müssen, und stattdessen in einen eigenen Laden zu investieren. Mit einem Kind – oder in Zukunft vielleicht auch mit mehreren – wäre es leichter, wenn sie flexible Arbeitszeiten hätte. Im Augenblick ist ihr Bauch noch klein und unter der Kleidung kaum zu sehen, aber oft sieht sie schon vor ihrem geistigen Auge, wie er beim Autofahren das Lenkrad berührt. Sie war überrascht, als dieses Bild zum ersten Mal erschien, und schockiert, weil sie das so aufregend fand. Kinder waren für sie immer etwas gewesen, was andere Frauen bekamen, nicht sie.

Jess muss die Kasserolle ein paar Stunden im Ofen lassen, bis alles durchgegart ist. Dieses Essen kocht sie oft. Es sieht beeindruckend aus und schmeckt köstlich, ist aber bemerkenswert einfach herzustellen. Außerdem ist es das Lieblingsessen ihres Mannes, weil es ihm einmal eine Beförderung eingebracht hat …

oder zumindest sagt er das immer, und sein Boss ist in der Tat beeindruckt gewesen.

Jess legt die Hand auf den Heizkörper: kalt.

Sie holt ihr Handy aus der Tasche und sieht, dass ihr Mann ihr eine Nachricht geschickt hat:

Alles okay? Wissen sie es schon?
Ich vermisse dich wie Hölle x

Sie tippt eine kurze Antwort:

Chaotisch. Wie erwartet! Noch nicht.
Ich vermisse dich auch xx

Dann wählt sie trotz des blinkenden Akkuzeichens oben auf ihrem Display die Nummer der Ferienhausagentur. Sie hat vergessen, im Dorf ein Ladegerät zu kaufen. Eine Frau nimmt den Anruf an. Sie entschuldigt sich für den kaputten Heizkessel und verspricht, sich darum zu kümmern.

Jess geht in den Wintergarten. Sie kann sich nicht daran erinnern, als Kind hier gegessen zu haben. Gegessen wurde immer nur am Küchentisch. Doch auch im Wintergarten stehen ein schöner Tisch aus rustikaler Eiche und ganze zwölf Stühle. Auch ist es hier heller und bunter, viel schöner als in der Küche. Aus den großen Fenstern kann man die kahlen Äste und den alles bedeckenden Frost draußen sehen. Noch dazu ist der Wintergarten ein Ort, an dem ihre jüngste Schwester zwar nicht gänzlich fehlt, aber zumindest leiser ist.

Jess deckt den Tisch. Sie faltet die Servietten und platziert sie neben den Tellern. Dabei ist sie übertrieben präzise. Sie versucht sich darauf zu fokussieren, um die ekelhaften Schuldgefühle auszublenden, bei denen sich ihr der Magen dreht. Es ist schlicht inakzeptabel, an den Frauen zu zweifeln, die einst das Fundament ihres Lebens gebildet haben, und doch tut sie es, wenn auch gegen ihren Willen. Es schmerzt sie, diese Worte auch nur zu denken, aber sie kann ihren Schwestern nicht vertrauen. Lydia hat wegen der Einladungen gelogen, und Ella wirkt viel zu besorgt für jemanden, der sich fast ein ganzes Jahrzehnt lang nicht um seine Familie gekümmert hat. Das – und da ist sich Jess sicher – ist auch der Grund dafür, warum sie so extrem reagiert und die Nachbarin über den Garten hinweg angeschrien hat wie eine Dreizehnjährige. Sie verhält sich wie die Person, die sie einst war.

Es klopft an der Haustür.

Jess läuft schnell hin.

Charlie steht auf der Veranda und hält einen Schlüsselbund in der Hand. Bei Tageslicht sieht er älter aus als noch im Büro. Er hat dunkle Flecken unter den Augen, einen Stoppelbart und Schatten auf der Haut. Aber auf eine verwitterte, ländliche Art ist er noch immer attraktiv mit seiner weiten Jeans und dem karierten Hemd, das sich an den Oberarmen spannt.

»Oh«, sagt Jess. »Du bist's.«

»Tut mir leid«, erwidert er und steckt die Schlüssel wieder weg. »Ich dachte, ihr wärt aus.«

»Kein Problem«, sagt Jess. »Wie kann ich …?«

»Meine Mum«, sagt er. »Sie hat angerufen und gesagt, dass ihr mich braucht.«

»Ah, der Heizkessel.« Jess nickt. »Der funktioniert schon die ganze Zeit nicht.«

»Das haben wir gleich«, sagt Charlie und geht an Jess vorbei und direkt in die Küche. »Lass mich mal nachsehen.«

Jess steht im Flur. Sie fühlt sich unbehaglich und weiß nicht, was sie als Nächstes tun soll. Sie hört, wie Charlie den Küchenschrank öffnet und dann die Metallklappe des Heizkessels. Jess geht nach oben und holt ihre Schwestern. Lydia kichert bei der Vorstellung, dass der Schwarm ihrer Kindheit unten in der Küche ist. Jess versucht, sie davon zu überzeugen, dass sie ein wenig spazieren gehen sollten, nur für eine Stunde, um ihm nicht im Weg zu sein.

»Aber es wird schon dunkel«, protestiert Lydia. »Und es wäre doch nett, wenn …«

»Nein«, fällt Ella ihr ins Wort. »Jess hat recht. Lass uns gehen.«

*

Jess beeilt sich, ihre Wanderstiefel zuzuschnüren. Dann wickelt sie sich den Schal um den Hals und zieht den Reißverschluss ihres wasserdichten Mantels zu. Sie ist erleichtert, dass ihr Mann so vernünftig ist, immer auf gute Kleidung zu achten. Jess hat ihn schon auf viele Jagden begleitet, aber immer nur bei den anderen Frauen gesessen und nie daran teilgenommen.

Der Wind trifft Jess wie ein Schlag, als sie zum zweiten Mal an diesem Tag die Tür öffnet. Er weht um ihren Leib und dringt in das kleine Cottage vor. Jess scheucht ihre Schwestern auf die Veranda hinaus, ruft ein kurzes »Bis später« und zieht die Tür hinter sich zu. Sie führt ihre Schwestern über den Zauntritt und in das Feld, wo sie an der Hecke entlangmarschieren. Dann wendet sie sich nach rechts in Richtung der untergehenden Sonne. Sie mag das Brennen in ihren Schenkeln, aber sie ist den Anstieg nicht mehr gewöhnt, und als sie den Schritt beschleunigt, zieht sich ihr die Brust zusammen. Sie denkt, dass das zusätzliche Gewicht und die Hormone in ihrem Blut mit Sicherheit auch ihren Beitrag dazu leisten.

Jess lugt über den Klippenrand und schaut auf die Felsen, die im Licht der untergehenden Sonne funkeln. Ein Stück weiter links gibt es ein paar besondere Steine, rosafarben und typisch für diesen Teil der Küste, aber es ist viel zu bewölkt, als dass man sie richtig erkennen könnte.

Ella tritt neben sie. »Alles okay mit dir?«, fragt sie. »Bist du jetzt genug gerannt?«

»Was?«, erwidert Jess.

»Wir sind doch nicht nur dem Sonnenuntergang entgegen gesprintet, um deinem Lover zu entkommen, oder?«

»Fick dich«, knurrt Jess.

Lydia lacht.

Schweigend stehen sie ein paar Sekunden beieinander und schauen in die Ferne, wo der Regen in die Wellen fällt, und die Wolken ziehen auf sie zu.

»Die besten Erinnerungen meines Lebens sind an diesem Ort entstanden«, sagt Lydia.

»Oder im Garten«, fügt Ella hinzu. »Manchmal auch unten am Strand.«

Jess hat so viele Erinnerungen an diesen Ort, und gelegentlich flackern sie in ihr auf, doch der Verlust überschattet sie alle. Rosa hat den Sand geliebt und den Streifen, wo das Wasser aufs Ufer traf, den Bereich, wo ihre Zehen nass wurden, ihre Knöchel aber nicht. Rosa liebte es, die Klippen hinaufzurennen und dort im Wind zu stehen, sagte aber auch immer, dass sie nicht so nah am Rand stehen sollten, damit der Wind sie nicht noch hochhob und ins Meer wehte. Jess kann hier nicht stehen, ohne von Traurigkeit überwältigt zu werden.

»Auch die schlimmsten Erinnerungen sind mit diesem Ort verbunden«, beichtet sie.

»Glaubst du, es wäre alles anders gelaufen, wenn sie nicht gestorben wäre?«, fragt Lydia.

»Daran hege ich nicht den geringsten Zweifel«, erwidert Jess.

»Ja, es wäre anders«, sagt Lydia. »Du wärst nicht … *Wir* wären nicht …«

»Lyds …«, beginnt Jess.

»Andererseits war dieses letzte Jahr auch das schönste von allen, nicht wahr?«, sagt Lydia.

»Ja, das mit unserer Höhle zum Beispiel«, sagt Jess und grinst. »Dem Versteck unter der Trauerweide.«

»Und als du auf dem Dachboden festgesessen hast«, fügt Ella lächelnd hinzu.

»Festgesessen?« Jess hebt die Augenbrauen. »Ich denke, *eingeschlossen* ist das bessere Wort dafür.«

»Ich bin zur Nachbarin gelaufen, um sie um Hilfe zu bitten«, sagt Lydia. »Erinnert ihr euch?«

»Ja, und sie ist nicht gekommen.« Ella nickt.

»Sie war aus«, sagt Jess.

»Sie hat uns ignoriert«, korrigiert Lydia sie.

Jess kann ihre Nachbarin nicht so sehen wie die anderen: als manipulative Witwe mit bösen Absichten, wie eine Hexe aus einem Kinderbuch. Sie ist einfach eine buckelige Wichtigtuerin, die es liebt, am Fenster zu stehen und ihre Nachbarn zu beobachten. Eine weitere gebrochene Frau.

»Warum, glaubst du, hasst sie uns?«, fragt Ella.

»Wir wissen doch überhaupt nicht, ob sie uns alle hasst«, erwidert Jess. »Vielleicht auch nur dich.«

Da ist sie wieder: diese Verbeugung vor ihrem impulsiven, jüngeren Ich.

»Aber ich habe doch gar nichts getan!«, protestiert Ella.

»Vielleicht ist es ja etwas, was wir als Kinder gemacht haben«, schlägt Lydia vor.

»Das kann nicht sein«, widerspricht Ella. »Und falls doch – würde sie uns das wirklich jetzt noch übel nehmen, so viele Jahre später?«

Jess schweigt. Für die Zwillinge ist die Vorstellung offenbar unmöglich, dass man Kinder für Dinge verdammt, die schon Jahrzehnte zurückliegen. Jess ist sich da nicht so sicher.

»Vielleicht hat es ja gar nichts mit uns zu tun«, sagt Lydia. »Vielleicht war es ja Mom. Vielleicht hasst unsere Nachbarin ja nicht uns, sondern sie.«

»Nun, damit wäre sie nicht allein«, bemerkt Ella.

Jess wartet auf mehr, doch sie gehen einfach nur den Hang

zum Ufer hinunter, vorsichtig, Schritt für Schritt. Sie sieht, wie die Wellen sich an den Felsen brechen, Schaum in die Luft spritzen und sich dann zischend wieder zurückziehen. Sie spürt ihre Kraft förmlich.

Lange Zeit hat Jess es regelrecht geliebt, die ganze Nacht über aufzubleiben und im Kleid vom Vortag wieder zur Arbeit zu gehen. Sie hat es genossen, Sambuca zu trinken, während Musik ihr bis in die Knochen fuhr, und wenn ihre Füße so wehtaten, dass sie sich nach stundenlangem Tanzen doch einmal setzen musste. Als Folge davon war sie immer müde gewesen und hatte ständig einen Kater gehabt, als hätte sie einen Teil von sich irgendwie verlegt. Als sie ihren Mann kennenlernte, hat sie geglaubt, endlich gefunden zu haben, was ihr fehlt. Jetzt ist sie sich dessen jedoch nicht mehr so sicher.

Im Cottage fühlt Jess Teile ihres alten Ichs – natürlich nicht die Drinks und die Drogen, aber diese Wildheit –, als wäre auch ihr altes Ich irgendwie unvollständig. Sie fragt sich, ob dieses alte Ich auch so zischt, kracht und spuckt wie die Wellen und nur darauf wartet, auszubrechen. Sie glaubt ... nein, sie *hofft*, dass ihr Plan funktioniert. Sie muss einen Weg finden, um für das Kind in ihrem Leib eine Mutter zu sein. Doch dafür muss sie erst einmal das freilassen, was sie am meisten plagt: ihre Schuldgefühle.

Kapitel 18
23. Dezember 2017
Lydia

Marianne ist vorn in ihrem Garten und schneidet Holunderzweige, als die Schwestern wieder zum Cottage zurückkehren. Sie hält sofort inne und starrt die Mädchen an, als diese auf ihrer Veranda stehen bleiben. Jess zieht sich die verdreckten Stiefel aus, stellt sie zur Seite und versucht, die Tür zu öffnen.

»Scheiße«, flucht sie. »Abgeschlossen.«

Lydia ist davon ausgegangen, dass eine der anderen den Schlüssel mitnimmt. Sie steckt die kalten Hände in die Manteltaschen und tastet nach Löchern im Futter.

Und dann zuckt sie erschrocken zusammen, als sie hinter sich ein schweres Atmen hört.

Marianne steht da, direkt hinter ihr, und hält eine große Heckenschere in den Händen, wie eine Waffe. Sie trägt eine grüne Schürze.

»Er ist vor etwa fünfzehn Minuten wieder gefahren«, sagt sie.

»Oh.« Jess hebt die Augenbrauen. »Okay. Danke.«

Verlegen steht Marianne auf der Terrasse, als sei es nicht an ihr, jetzt zu gehen. Lydia bemüht sich um ein warmherziges Lächeln. Die Falten auf Mariannes Stirn vertiefen sich.

»Ist alles in Ordnung?«, fragt Lydia.

»Mit mir, Liebes? Jaja. Und mit euch?«

»Äh …«, sagt Lydia. »Nein. Eigentlich nicht. Nein. Wir haben unseren Schlüssel nicht dabei. Er liegt drinnen.«

»Okay«, sagt Marianne. Ihre Stimme klingt sanft und fest. »Wartet hier.«

Langsam schlurft sie zu ihrem Garten und in ihr Haus. Ein paar Minuten später kehrt sie wieder zurück und hat einen Schlüssel mit einem roten Plüschanhänger in der Hand.

»Der ist für *dieses* Cottage?«, fragt Jess verwundert.

»Zwischen zwei Mietern mache ich immer sauber«, erklärt Marianne.

»Ah, ja«, sagt Lydia. »Danke.«

Kaum ist die Tür geöffnet, reißt Marianne ihren Schlüssel wieder aus dem Schloss. Dann macht sie auf dem Absatz kehrt und geht wieder. Der rote Schlüsselanhänger steht in starkem Kontrast zum Frost im Garten. Lydia fühlt so etwas wie Angst in ihren Schläfen, aber es ist aktiver, hartnäckiger: Es ist eine Frage, die dringend einer Antwort bedarf.

*

Lydia hat sich in eine Decke gewickelt und sitzt vor dem Kamin auf dem Boden. Ella hat sich auf dem zweiten Sofa ausgestreckt. Zwei Weinflaschen stehen auf dem Kaffeetisch. Jess hat irgendwas von wegen Dinner gesagt – dass der Ofen kühler, langsamer sei –, und so riecht es zwar schon fantastisch, aber sie müssen immer noch warten. Lydia ist versucht, sich ein Sandwich zu machen – genau wie damals im Sommer –, doch sie will niemanden beleidigen.

Ella stöhnt. Sie setzt sich mühsam auf, beugt sich vor und schenkt sich Wein nach. »Du auch noch?«, fragt sie und hält Lydia die Flasche hin.

Jess kommt rein und schüttelt den Kopf. »Für mich nicht. Danke. Ich denke, eine Stunde wird es noch dauern«, sagt sie. »Tut mir leid.«

Ella stöhnt erneut.

»Es ist ja nicht deine Schuld«, sagt Lydia. »Ich bin mir sicher, es ist das Warten wert.«

Sie stellt ihr leeres Glas ab.

»Ich denke, dann gehe ich vorher noch baden«, sagt sie.

Sie steht auf, zieht die Decke um ihre Schultern und geht nach oben.

Lydia glaubt nicht, dass es je in diesen Fluren gespukt hat. Sie weiß, dass da nur vier kleine Mädchen mit überbordender Fantasie waren, die sich nach etwas gesehnt haben, was ihre gleichförmigen Tage füllen konnte. Es hatte ihr gefallen, dass sie zur Abwechslung mal vereint gewesen waren, dass sie sich nicht ständig gezankt und sich Streiche gespielt hatten. Sie waren Verbündete im Kampf gegen das große Böse gewesen.

Lydia erinnert sich daran, dass ihre jüngste Schwester das auch genossen hatte, auch wenn sie die Angst am deutlichsten gefühlt hatte. Mehrere Monate lang hatte sie unter Albträumen gelitten. Das hatte sich noch verschlimmert, nachdem ihr Vater sie verlassen hatte, und oft war sie auch schlafgewandelt. Einmal hatte ihre Mutter sie oben an der Treppe gefunden, mit offenen Augen, doch in Gedanken war sie woanders gewesen. Als dann die Sache mit dem Geist aufgekommen war, hatte das ihre Fantasie nur noch mehr angeregt.

Lydia weiß noch immer nicht so recht, warum der Name auf der Bank so wichtig gewesen ist. Es könnte natürlich sein, dass der Schrecken, der solchen Dingen innewohnt, Hand in Hand mit einem Hauch von Trost geht, denn ein Geist ist der Beweis für ein Leben nach dem Tod. Und für vier Schwestern, die auf furchtbare Art plötzlich nur noch zu dritt sind, ist das eine angenehme Vorstellung.

*

Lydia verbringt eine halbe Stunde im warmen Wasser. Der Schaum kitzelt sie unter dem Kinn, und ihre Fingerspitzen schwellen an, und die Haut schrumpelt. Es ist das erste Mal seit

Tagen, dass die Wärme bis in ihre Knochen vordringt. Sie riecht wieder wie ihre Mutter: Rhabarber und Rosen. Das hat etwas seltsam Tröstendes an sich, als gäbe es da draußen jemanden, der sie wirklich liebt – ihre Mutter, wie sie einst war, nicht, wie sie jetzt ist.

Lydia liegt noch in der Wanne, als sie einen Anruf bekommt. Der Mechaniker sagt, dass er den Wagen abholen, reparieren und noch vor Mittag am nächsten Tag wieder zurückbringen wird, und Lydia dankt ihm von ganzem Herzen.

»Kein Problem. Für die Abshires tue ich doch alles.«

Damit verabschiedet er sich.

Abshire.

Antonia Abshire.

Was stand noch mal auf der Plakette?

IN LIEBEVOLLER ERINNERUNG
ANTONIA ABSHIRE

Lydia klettert aus der Wanne und lauscht dem Wind, der draußen ums Haus tobt. Sie geht in ihr altes Kinderzimmer und zieht die Vorhänge zu. In der Stadt nimmt sie die Dunkelheit nie so wahr. Hätte man sie vor einer Woche gefragt, dann hätte sie gesagt, dass die Endlosigkeit der Nacht auf dem Land ihr Angst mache. Doch tatsächlich ist das Gegenteil der Fall. Was ihr an den Nerven zehrt, ist nicht die Dunkelheit an sich, sondern die Vorstellung, dass dort etwas lauert.

Was, wenn ihr Geist nach einem kleinen Mädchen benannt worden ist, das einst im Nachbarcottage gewohnt hat? Unmöglich ist das nicht. Was, wenn ihre Mutter die Einladungen *nicht* geschickt hat? Was, wenn sie stattdessen von der Frau nebenan gekommen sind?

»Atme«, flüstert Lydia ins Fenster. »Atme.«

Rasch zieht sie sich an, doch sie findet ihre Wollsocken nicht.

Heute Morgen hat sie sie noch getragen. Sie steckt eine Hand unters Kissen. Vielleicht hat sie die Socken ja in die Beine ihres Pyjamas gestopft. Aber da ist nichts, keine Socken … nur ein Band und Plastikperlen.

Lydia hebt das Kissen.

Nein.

Das kann nicht sein.

Das ist schlicht unmöglich.

Lydia weiß, das ist der Tod: hager, ungewaschen und begraben im Körper einer kleinen Puppe. Lydia spürt nicht, wie sie der Angst erliegt, fühlt nicht, wie ihr Mund sich zu einem Schrei öffnet. Aber plötzlich steht ihre ältere Schwester in der Tür und keucht panisch.

»Lydia?«, schreit sie, die Augen weit aufgerissen. »Was ist los? Was ist passiert?«

Lydia schluchzt und schnappt nach Luft.

»Lydia? Bitte! Was ist denn los?«

Lydia deutet auf die Puppe, die seit Jahren verschwunden war.

Die Puppe war der Schatz ihrer kleinen Schwester, und ihre Mutter hat sie an jenem furchtbaren Tag an sich genommen, als sie das Cottage für immer verlassen haben. Die drei Schwestern hatten sich wegen der Puppe gestritten – lieblos und unangemessen –, bis ihre Mutter sie ihnen schließlich aus den Händen gerissen hatte. Dabei hatte der Arm der Puppe sich gelöst. Die Naht war aufgeplatzt, und Teile der Füllung waren herausgefallen.

Jetzt liegt die Puppe genau so hier. Ihr Arm hängt nur noch an einem Faden, und ihre gelbe Krone ist verblasst. Mehrere Jahre lang hat sie auf der Fensterbank im Schlafzimmer ihrer Mutter gelebt, doch schließlich war sie zusammen mit ihr verschwunden.

»Und die war letzte Nacht noch nicht da?«, fragt Jess.

Lydia schüttelt den Kopf. »Definitiv nicht.«

Lydia hat die ersten Stadien der Angst durchgestanden, bis zu dem Moment, wenn die Panik einem den Magen umdreht, doch ihr Herz schlägt noch immer wie wild, und ihre Hände sind kalt und feucht. Erneut schüttelt sie den Kopf, diesmal sanfter, und versucht den Schrecken zu verdrängen.

Jess wendet sich vom Bett ab und geht in Richtung Flur. Kurz keimt die Angst wieder auf. Lydia kann nicht allein hierbleiben, nicht mit der Puppe, nicht mit diesem Geist.

Jess bleibt in der Tür stehen.

»Ella?«, ruft sie. »Könntest du mal herkommen?«

»Was ist denn los?«, ruft Ella zurück. »Alles okay da oben?«

»Wir haben nur …«, beginnt Jess.

»Komm einfach her!«, unterbricht Lydia sie.

Ella stapft die Stufen hinauf. »Was ist denn?«

Jess nickt in Richtung Puppe.

Ella geht an ihr vorbei ins Schlafzimmer.

»Nein«, keucht Ella. »Das kann doch nicht sein. Ist das …?«

»Ja!«, schreit Lydia.

»Okay. Keine Panik.« Jess wischt sich die Hände an der Hose ab. »Essen wir erst einmal. Dann können wir reden. Ich werde mich jetzt umziehen, okay? In einer Minute bin ich unten.«

Lydia beobachtet, wie ihre ältere Schwester den Flur hinunter verschwindet, und sie erlaubt ihrem Zwilling, sie an der Hand zu nehmen und aus dem Raum zu ziehen. Gemeinsam gehen sie die Treppe runter. Lydias Gedanken überschlagen sich, und sie ist froh, dass jemand neben ihr geht.

Abshire. Marianne. Antonia. Rosa. Raggedy.

Die kalten Fliesen unter ihren Füßen bringen Lydia wieder in die Realität zurück. Es ist das gleiche Gefühl wie bei heißem Sand im Sommer, und sie läuft zu dem Stuhl am Kopf des Tisches.

»Da ist noch mehr«, sagt Jess. Sie steht in der Tür. »Schaut.«

Sie hält etwas Kleines, Schmales, Eckiges in der Hand: einen Messingschlüssel.

»Der war in meiner Tasche.« Sie deutet auf ihre Pyjamahose. »Ich hatte sie aufs Fußende des Bettes gelegt.«

Lydia steht auf und tritt näher, um sich den Schlüssel genauer anzusehen.

»Darf ich?«, fragt sie mit leiser, ruhiger Stimme.

Lydia dreht ihn in der Hand. Er hat eine dicke, runde Eisenreite und einen dreiteiligen Bart. Es ist der Schlüssel zum Dachboden.

Ella schaut zur Decke hinauf. »Und die Puppe war in deinem Bett?«

Lydia nickt.

»Glaubt ihr … Glaubt ihr, da ist auch etwas für mich?«

»Ich komme mit dir«, sagt Lydia. »Natürlich nur, wenn du willst.«

»Wir gehen alle«, erklärt Jess.

Im Laufe der Jahre hat Lydia schon Dutzende Male versucht, ihren Schwestern ihre Ängste zu erklären, und sie hat sie stets als die zwei Teile ihrer Persönlichkeit beschrieben, die miteinander im Krieg liegen: die vernünftige Seite und die irrationale. Es ist Jess und Ella immer schwergefallen, das zu verstehen, aber vielleicht fühlen sie es ja jetzt, während sie durch den Flur schlurfen und die Treppe hinauf. Sie klammern sich aneinander, alle drei voller Angst.

Ella betritt das Schlafzimmer ihrer Eltern und schaltet das Licht an.

Nichts hat sich verändert: die grüne, bestickte Tagesdecke, der fleckige, beige Teppich …

»Schau im Bett nach«, fordert Lydia ihre Schwester auf.

Ella nimmt das Kissen von der Decke.

»Nichts«, sagt sie. »Und der Rest meiner Sachen ist im Badezimmer: Zahnbürste, Waschlappen …«

»Deine Nachtcreme?«, fragt Lydia.

Ella schaut auf den Nachttisch. Dann bückt sie sich, öffnet die Schranktür und holt einen gestreiften Kulturbeutel heraus. Langsam zieht sie den Reißverschluss auf und dreht ihn um. Ihr Gesichtsausdruck wechselt von Nervosität zu echter Angst.

»Was ist?«, ruft Lydia. »Was ist da?«

Ella hält einen Spielzeugsoldaten in die Höhe. Er hat einen Plastikfallschirm, der von einem grünen Faden gehalten wird, wie man ihn im Garten für Stauden verwendet.

»D... Der gehörte zu einem Schulprojekt von mir. Erinnert ihr euch?«, stottert Ella.

Lydia wird diesen grünen Plastiksoldaten nie vergessen. Sie wird nie vergessen, was sie ihm angetan hat, ihre böse Tat.

»Ja«, schluchzt Lydia. »Ich erinnere mich an ihn.«

Endlich ergibt alles einen Sinn. Es ist ihre Schuld.

Kapitel 19
23. Dezember 2017
Ella

»Es muss eine von ihnen sein«, erklärt Ella.

Jess verteilt das Essen aus ihrer Kasserolle auf drei Teller. Seit der Entdeckung des dritten Objekts oben hat sie nur wenig gesagt. Sie hat ihre Schwestern schlicht an den Tisch gescheucht und die Kasserolle aus der Küche und die Weingläser aus dem Wohnzimmer geholt.

Ella streckt die Hand nach ihrem Teller aus.

»Danke«, sagt sie. »Das sieht toll aus.«

»Hoffentlich ist es das Warten wert«, sagt Jess.

Lydia hat eine Tartandecke über ihre Beine gelegt wie eine alte Frau im Pflegeheim. Ihr Gesicht ist aschfahl. Es ist, als könne man ihr die psychische Störung an der Haut ansehen. Sie hält ihr Telefon in der Hand und hat das Kinn vorgeschoben. Ihre Augen huschen hin und her, hin und her …

»Lydia?«, fragt Ella. »Alles in Ordnung mit dir?«

»Nein«, antwortet sie. »Es ist gar nichts in Ordnung.«

»Kannst du darüber reden?«, fragt Jess.

»Ja«, sagt Lydia. »Nein … Ja … Wer war das? Und warum?«

»Charlie«, antwortet Ella.

Jess rutscht auf ihrem Stuhl herum.

»Ich denke nicht«, sagt Jess.

»Warum nicht? Er hat doch einen Schlüssel, und er war hier.«

»Aber woher hätte er die Puppe bekommen sollen? Und den Soldaten? Und glaubst du wirklich, er hat mich vor zwanzig Jahren auf dem Dachboden eingesperrt und seitdem den Schlüssel behalten?«

»Er hat uns damals schon Streiche gespielt. Unmöglich ist das nicht.«

»Da war er doch auch noch ein Kind«, sagt Jess.

»Was erst recht Sinn ergibt.« Ihre Schwester lässt sich nicht beirren. »Vermutlich hat das Zeug jahrzehntelang bei ihm rumgelegen.«

»Nein.« Lydia schüttelt den Kopf.

Keine der Schwestern hat bis jetzt ihren Teller angerührt. Dampf steigt von dem Essen auf und verwirbelt in der Luft zwischen ihnen. Die Kasserolle steht mitten auf dem Tisch, der Deckel leicht schief, sodass es so aussieht, als würde er gleich herunterrutschen. Lydia greift nach ihrem Messer und drückt es in das saftige Stück Fleisch.

»Er war's nicht.«

Seit ihrem Besuch auf dem Markt hat Ella diese Zweifel verspürt, und inzwischen ist sie sich sicher. Lydias Motiv ist nicht einfach nur ein heilsames Wiedersehen. Es ist mehr als nur die Aussicht, ihre Beziehung zu erneuern; es ist etwas Gefährliches.

»Hast du eine bessere Erklärung dafür?«, fragt Ella.

»Ja, die habe ich«, antwortet Lydia.

»Ach, ja?« Ella hebt die Augenbrauen.

Lydia nickt.

»Marianne.«

»Ach, komm schon«, sagt Jess. »Ich weiß, ihr beide hasst sie, aber das ist einfach …«

»Sie hat einen Schlüssel«, wirft Ella ein.

»Marianne Abshire«, sagt Lydia.

Ella hat die Gabel schon halb zum Mund geführt, doch jetzt ist sie wie erstarrt und flüstert mehrfach den Namen vor sich hin. Warum kommt er ihr so vertraut vor? Und dann erinnert sie sich: Eric Abshire, der Schachmeister, dessen Name auf der Wand im

Dorfsaal steht. Und sie: Antonia Abshire, das tote Kind, dessen Name vor dem Saal auf eine Bronzeplakette graviert ist.

Jess schaufelt Brokkoli auf ihren Teller.

Ella kaut.

Lydia starrt die beiden an. Sie wartet.

»Antonia war ihre Tochter«, sagt Jess schließlich.

Ella rechnet im Kopf. Zum Zeitpunkt ihres Todes war Antonia gerade einmal vierzehn Jahre alt.

Lydia wartet darauf, dass die Gesichtserkennung ihr Handy freischaltet, dann dreht sie das Display zu ihren Schwestern herum. Ella nimmt das Handy und kneift die Augen zusammen. Auf dem Bildschirm ist die Webseite des Dorfes zu sehen, eine pixelige Überschrift und ein Sammelsurium von stark bearbeiteten Fotos der Küste.

IM HAFEN GEFUNDENE TEENAGERLEICHE ALS SCHÜLERIN AUS DEM DORF IDENTIFIZIERT.

»Und?«, sagt Ella.

»Lies weiter.«

Es handelt sich um einen archivierten Zeitungsartikel aus den Achtzigern, der erst vor drei Jahren hochgeladen worden ist. Ella überfliegt ihn. Ganz unten steht das Wichtigste:

Ihre Eltern, Eric und Marianne Abshire, haben uns gebeten, der Gemeinde für ihr Mitgefühl und ihre Unterstützung in dieser schweren Zeit zu danken. Anstelle von Blumen bitten sie um Spenden für die National Association for Mental Health (NAMH), im Gedenken an ihre Tochter.

Marianne Abshire. Antonia Abshire.

Ella reicht das Handy an Jess weiter.

»Das ist ja furchtbar«, sagt Ella.

»Nein«, sagt Lydia. »Ich meine, ja ... natürlich ... Aber darum geht es nicht.«

Ella ruft die Webseite auf ihrem eigenen Handy auf. Mehrere andere Seiten sind dort verlinkt: ein Flohmarkt auf dem Feld hinter ihrem Garten zugunsten einer Organisation, die sich mit psychischen Krankheiten befasst; ein Theaterstück, das auf einer Jubiläumsveranstaltung in der Schule aufgeführt werden soll. Die Einnahmen kommen ebenfalls der NAMH zugute. Es ergibt einfach keinen Sinn, dass ihr Geist denselben Namen hat wie das verstorbene Mädchen, das einst nebenan gelebt hat ... und dann plötzlich doch.

»Charlie«, sagt sie. »Er war doch derjenige, der uns von ihr erzählt hat, nicht wahr?«

»Ja«, antwortet Jess. »Und?«

Sie stopft sich ihr Essen in den Mund, als hätte sie schon seit Wochen nichts mehr zu sich genommen. Ihr Gesicht ist knallrot.

»Vielleicht hat er ja was damit zu tun?«, sagt Ella.

»Wer war es denn nun?«, fragt Jess. »Es muss einer der beiden gewesen sein. Das willst du doch damit sagen, oder?«

»Er war im Cottage. Er war hier.«

»Aber es ergibt einfach keinen Sinn, dass er ...«

»Hört auf«, mischt Lydia sich ein. »Stopp! Genug! Hört auf!«

Sie ist aufgestanden, das Besteck in den geballten Fäusten, und drückt die Griffe auf den Tisch. Sie zittert, und ihr Blick huscht zwischen ihren Schwestern hin und her.

»Ich ... Ich muss euch etwas sagen«, sagt sie. »Ich muss etwas erklären.«

Ella hat diesen Moment gefürchtet, seit ihre Schwester zugegeben hat, die Einladungen verschickt und sie zu einem Treffen mit ihrer Vergangenheit eingeladen zu haben. Es ist durchaus möglich, dass das, was als Nächstes kommt, vollkommen sinnlos sein wird – das unzusammenhängende Gefasel eines Geistes, der langsam im Wahnsinn versinkt.

»Red weiter«, fordert Jess sie auf.

»Es ist schlimmer, als ihr denkt«, sagt Lydia.

»Das fällt mir schwer zu glauben«, erwidert Jess. »Schließlich reden wir gerade über mehr oder weniger Fremde, die in unser Cottage einbrechen, um hier obskure, finstere Dinge zu verstecken ...«

»Es geht nicht nur darum«, sagt Lydia, »sondern auch um die Einladungen.«

»Was?« Ella reißt überrascht die Augen auf. »Du hast doch gesagt ...«

»Das war gelogen.«

Ella fühlt sich, als wäre sie einem sorgfältig ausgelegten Faden gefolgt, um endlich Sinn im Verstand ihrer Schwester zu finden, obwohl sie doch jeder Schritt nur weiter in die Irre geleitet hat. Lydia hat die Einladungen nicht verschickt. Lydia ist eine Lügnerin.

Ella versucht, den Weg zurück zu finden, aber sie ist einfach nicht schnell genug.

»Aber warum?«, fragt sie schließlich. »Warum solltest du das tun?«

»Weil ich geglaubt habe, sie seien ... Ich dachte, ihr würdet nicht bleiben, wenn ... Ich war mir sicher.«

»Drück dich bitte etwas deutlicher aus.«

»Ich dachte, Mom hätte uns eingeladen.«

»Was zum ...? Lydia!«, ruft Ella. »Das ist doch verrückt.«

»Ich wollte nur ...«

»Du hast uns angelogen! Jess ...«

Jess hat die Ellbogen auf den Tisch gestützt und den Kopf in die Hände gelegt.

»Ich muss euch auch etwas sagen«, sagt sie seufzend.

»Was?«

»Ich habe auch gelogen. Ich war's. Ich habe die Einladungen geschickt. Ich habe aber nichts mit diesen Sachen zu tun. Das schwöre ich euch bei unser aller Leben. Aber wenn wir herausfinden wollen, was hier los ist, dann müssen wir ehrlich zueinander sein.«

»Steckt ihr beide unter einer Decke? Habt ihr …?«

Ella weiß nicht mehr, wem sie überhaupt noch vertrauen soll. Es kommt ihr schlicht unglaublich vor, dass beide Schwestern sie in so kurzer Zeit hintereinanderweg belogen haben.

»Nein«, antwortet Lydia. »Ich habe nichts … Du warst das?«

Lydia lässt sich zurückfallen, und der Stuhl quietscht auf den Fliesen. Sie klammert sich so fest an den Tisch, dass ihre Knöchel weiß hervortreten, als hätte sie Angst zu stürzen. Sie schnappt hörbar nach Luft und stößt sie zischend wieder aus.

»Atme«, flüstert sie. »Atme.«

»Lydia?«, fragt Ella besorgt.

»Atme!«, schreit Lydia.

»Lyds?« Jess reißt die Augen auf.

»Nein«, schreit Lydia. »Nein!«

Sie schlägt so heftig mit der flachen Hand auf den Tisch, dass der Deckel der Kasserolle sich wieder schließt, ihr Weinglas überschwappt und das Messer von ihrem Teller springt und auf den Boden fällt.

»Ich kann …«, beginnt Jess.

»Du bist eine Lügnerin«, sagt Lydia. »Man kann dir nicht vertrauen. Nichts, was du jetzt sagst, wird sich noch real anfühlen.«

»Es tut mir wirklich leid.«

»Und dieses Cottage, dieser Ort, er … Irgendetwas stimmt mit ihm nicht. Es sind noch andere Leute hier … wie Geister … Sie wandern durch die Flure und fassen unsere Sachen an.«

Ella schaut über den Tisch zu ihrer älteren Schwester, die offenbar zu dem Schluss gekommen ist, dass in dieser Situation

Schweigen Gold ist. Jess zuckt nur mit den Schultern und senkt dann schuldbewusst den Kopf. Ella würde am liebsten allein sein, um diesen Horror zu entwirren, doch Lydia braucht sie. Es ist das Gleiche wie immer: Eine von ihnen opfert sich, um die anderen zu beschützen, und es ist immer sie. Sie kommt als Letzte.

»Lydia?«, sagt Ella im selben Tonfall, in dem sie auf der Arbeit auch ihre Patienten beruhigt.

»Ja?«

»Du hast Angst.«

»Ja.«

»Das verstehe ich. Sollen wir nach oben gehen? Kommst du mit?«

Lydia nickt.

»Aber *sie* nicht«, faucht Lydia und deutet über den Tisch.

Jess starrt auf ihren Teller.

»Nein«, sagt Ella. »Am besten nicht. Jess kann hierbleiben.«

Ella braucht Raum. Sie braucht Zeit zum Nachdenken. Sie weiß nicht, wie groß das Risiko ist, wie gefährlich ihre Situation. Aber sie ist sich sicher, dass sie das meiste weiß, mehr als ihre Schwestern, und deshalb ist sie auch die Einzige, die sie beschützen kann.

»Und? Kommst du?«, fragt Lydia.

»Ja«, antwortet Ella.

2. WEIHNACHTSTAG

Kapitel 20
26. Dezember 2017
Marianne

Ich begann, sie nicht als Individuen zu sehen, als drei eigenständige Mädchen, sondern als einen gesichts- und namenlosen Tyrannen. Ich liebte die Jahre ohne sie, wenn den ganzen Sommer über Feriengäste kamen, die mir zuwinkten, mich anlächelten und höflich nach dem Weg fragten.

Es gefiel mir nicht, dass sie wieder da waren.

Und ich erachtete es auch nicht als notwendig, das zu verbergen.

Als dann die Polizei kam, um mich nach weiteren Einzelheiten zu jenen ersten Tagen zu fragen, als man hätte denken können, dass sie wirklich wieder zusammenfinden und eine Verbindung zu einem Teil ihrer Kindheit herstellen wollten, sah ich deshalb auch keinen Grund, über diese ersten zwei Tage zu lügen.

Ich erzählte, dass eine von ihnen jeden Morgen am Strand joggen gewesen war und dass sie nachmittags lange Spaziergänge unternommen hatten, und gemeinsam hatten sie den Markt im Dorfsaal besucht. Ich erzählte von dem Auto, das verlassen auf der Straße gestanden hatte, und von dem kaputten Heizkessel. Ich ließ auch nicht die Weinflaschen aus, die ihre blaue Mülltonne füllten.

Ich ging die ganze Woche durch, Tag für Tag. Erst später wurde ich vorsichtiger.

Wir erreichten den »Heiligabend Abend«, wie meine Tochter ihn immer genannt hat, den 23. Dezember.

Ich hatte mir den Wecker auf sechs Uhr gestellt, denn die

Enkel waren bei mir, ihre Eltern aber noch in der Stadt. Früher habe ich mich gern um die Kinder gekümmert, doch in den letzten Jahren ist mir das immer schwerer gefallen, vor allem wegen der Arthritis in meinen Daumen und Handgelenken. Ich begann zwar früh, war aber noch nicht fertig, wenn die Kinder aufwachten. Die Geschenke versteckte ich in dem kleinen Schlafzimmer hinten, aus dem man auf den Garten schauen kann. Dort schloss ich mich dann später ein, und ich hatte gerade mit dem Einpacken eines weiteren Geschenks begonnen, als ich ein Geräusch draußen hörte, wie ein Vogel, der aus dem Nest gefallen ist, ein dumpfer Schlag auf dem Gras.

Ich lehnte mich ans Fenster und presste die Wange ans Glas, um zu ihrem Wintergarten zu schauen. In der offenen Tür sah ich eines der Mädchen – der *Frauen*. Sie hatte einen Spaten vor sich ins Gras geworfen und zog sich gerade die Stiefel an und schloss den Mantel. Dann trat sie in den Regen hinaus und zog die Tür hinter sich zu.

Mit dem Spaten in der Hand rannte sie durchs Gras.

Ich sagte den Polizisten, dass ich mich anschließend wieder um meine Geschenke gekümmert hätte.

Ganz ehrlich war ich allerdings nicht.

Ich versuchte nicht, die Mädchen zu schützen. Damit hatte das nichts zu tun. Ich wollte einfach nicht, dass die Beamten dachten, ich hätte nichts anderes zu tun gehabt, als meinen Nachbarinnen hinterherzuspionieren, denn das stimmt nicht. Ich habe mich die meiste Zeit über auf meine eigene Familie konzentriert.

In dem Fall drehte ich mich jedoch nicht wieder zu den Geschenken um, sondern öffnete das Fenster ein Stück. Regen fiel auf meinen Teppich, aber ich wollte besser sehen können. Ich beobachtete, wie eine weitere Schwester der anderen nach draußen folgte. Ich sah sie gemeinsam in der nassen Erde graben. Das Loch war nicht tief, und dann holte sie eine alte, in Plastik gewickelte Kiste raus ... wie eine kleine Leiche.

Und da begann es: der Streit.

Sie stießen einander herum und kämpften um die Kiste. Und sie waren bösartig, wie Ungeziefer, und sie fletschten die Zähne, während sie um die Kiste rangen.

Es war so dunkel, dass ich die einzelnen Objekte nicht erkennen konnte, als die Kiste ins Gras fiel und aufsprang.

TEIL 3

ZWEI TAGE ZUVOR

Kapitel 21
23. Dezember 2017
Jess

»Es ist ein solches gottverdammtes Gemetzel«, sagt Jess.

Er mag es nicht, wenn sie flucht. Für ihn sind Schimpfworte ein Zeichen von Faulheit. Aber Jess ist derart frustriert, dass sie nicht anders kann. In ihrer fünfjährigen Ehe hat er sie nur einmal dafür tadeln müssen, und zwar, als sie nach ein paar Gläsern Champagner zu viel eine andere Frau als … Nun, heutzutage würde sie so ein Wort nicht einmal mehr denken.

Sie seufzt.

Auf der Suche nach einer bequemeren Position windet Jess sich unter ihrer Decke. Sie erinnert sich an ihre Teenagerzeit, an die unzähligen, geheimen Anrufe und wie sie sich unter der Bettdecke leise mit ihren Freunden unterhalten hat. Sie will nicht, dass ihre Schwestern sie hören. Sie hat am Esstisch gesessen und gehört, wie sie nach oben gegangen sind: Die eine hat gewimmert und über Lügen gejammert, und die andere hat versucht, sie zu beruhigen.

»Das ist doch lächerlich, oder siehst du das anders?«, fragt Jess.

Ihr Mann räuspert sich, wie immer, wenn er nicht sofort eine Antwort parat hat.

»Denkst du nicht?«, hakt Jess nach.

Vor ihrem geistigen Auge sieht sie, wie er die Stirn in Falten legt, während er nachdenkt und versucht, sich in den Kopf ihrer Schwestern zu versetzen, der Situation einen Sinn zu entnehmen. Sie kann einfach nicht glauben, dass man jetzt ihr die Schuld an allem gibt – ausschließlich! –, wo doch sie alle in den letzten beiden Tagen gelogen haben, und zwar immer wieder.

»Du hast doch immer gesagt, dass sie ... dass sie *anders* ist«, sagt er schließlich. »Dass es nie ... nicht seit ...«

Er spricht von Dingen, die Jess furchtbar Angst machen: von der Paranoia ihrer einen Schwester und vom Tod der anderen. Und doch fühlen diese Worte sich nicht so furchterregend an, wenn sie aus seinem Mund kommen. Seine sanfte Stimme hat etwas Beruhigendes an sich, genau wie die Art, wie er seine Sätze zusammenfügt. Da ist einfach kein Platz für Angst.

Es wäre wunderbar, ihn so auch über ihr Kind reden zu hören. Zu hören, wie er etwas so Furchterregendes in etwas Tröstliches verwandelt. Es wäre eine Erleichterung, ihm die Wahrheit zu beichten: dass da ein Kind in ihr heranwächst – eine Tochter, wie sie inzwischen weiß –, und dass ihr das Angst macht.

»Und Ella?«, fragt er. »Was ist mit ihr?«

»Wir haben noch nicht miteinander gesprochen.«

»Meinst du über die Einladungen?«

»Das«, antwortet Jess, »und auch nicht über den Rest.«

»Es ist noch nicht vorbei, Liebling. Es gibt immer noch ...«

»Ich habe sie sagen hören, dass sie morgen wieder fahren wollen, sobald der Mechaniker den Wagen repariert hat.«

Kurz schweigt er.

»Das ist ein Problem, stimmt's?«, sagt Jess.

»Aber es ist ja nicht sofort«, erwidert er. »Bevor sie morgen früh fahren, ist doch noch Zeit, oder?«

»Ein wenig. Vielleicht.«

»Nun, da hast du's«, sagt er.

Jess atmet tief durch. »Oder«, sagt sie, »wir könnten es schlicht vergessen.«

Obwohl sie es sich selbst noch nicht eingestanden hat, hofft Jess, dass er sagt, von seinem Standpunkt aus sei das kein Problem. Sie will ihn seufzen hören, hören, wie er ihr zustimmt, dass ihre

Schwestern vielleicht doch nicht so wichtig sind, dass sie zwei genügen. Sie will bestätigt bekommen, dass ihre Familie keine Rolle spielt – für den Fall, dass sie es nicht schafft, das durchzuziehen. Jess geht noch einmal die letzten zwanzig Jahre ihres Lebens durch. Das macht sie täglich, manchmal sogar stündlich. Es ist wie ein Film im Schnelldurchlauf. Sie kann sich so leicht ein Leben nur mit ihm allein vorstellen. Mit dem Gedanken, dass auch Kinder dazukommen könnten, hat sie durchaus zu kämpfen, und sie drückt immer die Pause-Taste, bevor sie es nicht mehr aushält.

»Was denkst du?«

»Ich könnte nach Hause kommen«, antwortet Jess.

Er schweigt wieder.

Jess schließt die Augen und stellt sich kurz ihr Schlafzimmer mit dem Holzfußboden, den weißen Wänden und den gestreiften Kissen vor. Sie mag den Gedanken an ihre Badewanne, eine dunkelblaue, frei stehende Wanne mit silbernen Füßen, und darüber ein Oberlicht, auf das immer der Regen prasselt. Sie will ihre warmen Kaschmirsocken tragen und sich mitten in der Nacht nach unten schleichen, um sich ein Glas kaltes Wasser zu holen, auf ihr Plüschsofa zu setzen und im Dunkeln ihren Garten zu betrachten. Sie will nur an ihn denken, an ihn und sich.

»Warum?«, fragt er nun. »Warum solltest du das wollen?«

»Dann könnten wir Weihnachten zusammen sein.«

»Wir sind jedes Jahr zusammen.«

Jess erwidert nichts darauf.

»Und wir *werden* auch jedes Jahr zusammen sein.«

Jess will ihm erwidern, dass es dafür keine Garantien gibt, dass das Leben einem bisweilen einen Strich durch die Rechnung macht. Sie will ihm erklären, dass sie nicht wie er ist – er hat ja auch nie jemanden verloren –, und dass das Leben viel zerbrechlicher wirkt, wenn man schon einmal erleben musste, wie es zerbrochen *ist*.

»Jess?«

»Ja«, sagt sie. »Ich bin noch da.«

»Das hier ist wichtig«, sagt er. »Das hier ist … Es ist … Du wärst doch gar nicht dort, wenn es nicht wichtig für dich wäre.«

Jess weiß, dass er recht hat. Er hat immer recht. Denn es ist wirklich wichtig für sie, Zeit mit ihren Schwestern zu verbringen, sie besser zu verstehen. Es gibt da immer noch Dinge, die einfach keinen Sinn ergeben, die nie Sinn ergeben haben. Wenn Jess es mit der Mutterschaft ernst meint, dann muss sie darauf vertrauen, dass auf sie Verlass ist.

»Ich will ja, dass du nach Hause kommst«, fährt er fort. »Natürlich will ich das. Aber ich will auch, dass du dich dort dem stellst, was dich immer wieder heimsucht. Damit du diesen Ort und die Vergangenheit endlich hinter dir lassen kannst.«

»Ich weiß«, seufzt Jess. »Das will ich doch auch.«

Sie hat schon öfter zum Cottage fahren wollen, sogar obwohl ihr allein der Gedanke daran jedes Mal den Magen umdrehte. Sie hatte das Gefühl, dass dort Dämonen lauern, und das hat sie noch immer: nicht der weiß gewandete Geist, der ihre Schwestern umtreibt, sondern die Erinnerungen und Geheimnisse, die in alten, verstaubten Kisten auf sie lauern. Sie hat sie schon seit Jahren öffnen wollen, denn da war immer dieses Übelkeit erregende Gefühl, dass mehr hinter dem Tod ihrer Schwester steckte, als man ihr damals gesagt hat.

Vielleicht hätte sie ihre Vergangenheit wirklich vergessen und ihr neues Leben – als Ehefrau, Kunsthandwerkerin, vielleicht auch Hausfrau – annehmen können, wenn sie nicht angefangen hätten, über Kinder zu reden. Es war alles so schnell gegangen, und dann hatte ihr Mann plötzlich gefragt »Wann?«, gefolgt von »Bald?« und schließlich »Jetzt?«.

Jess hatte sich daraufhin ein gemeinsames Leben vorgestellt, vielleicht auch eines mit Kindern, doch dann waren ihre Gedanken rasch zu ihrer eigenen Kindheit zurückgewandert: vier kleine Mädchen mit Kleidern wie in den Achtzigern und Neunzigern, die durch den Garten eines von Rosen überwucherten Cottages hüpfen. Und dann waren ihre Gedanken unweigerlich weitergezogen: für immer die Jüngste, für immer tot. Während der letzten paar Monate hatte sie gedacht, ob es nicht einfacher sein würde, wenn auf den Ultraschallbildern ein Sohn zu sehen wäre. Vielleicht könnte Jess dann ihrem Mann die Wahrheit sagen, die Reise abbrechen und sich ein neues Leben aufbauen. Doch so simpel ist das nicht. Sie kann ihre Zukunft nicht von ihrer Vergangenheit trennen, ohne diesen letzten dünnen Faden des Netzes zu durchschneiden.

Nachdem ihre Periode zum ersten Mal ausgeblieben war, hatte Jess sich einen Schwangerschaftstest gekauft, doch erst nach dem zweiten Ausbleiben hatte sie ihn auch benutzt. Sie hatte es schon gewusst, bevor der zweite blaue Strich erschienen war. Und sie hatte gedacht, dass ihr die Entscheidung leichtfallen würde. Sie wollte kein Kind.

In jenen Wochen hatte Jess sich immer wieder die Fragen ihres Mannes angehört, subtile, sanfte Rückfragen: Wäre ein solcher Urlaub nicht zu anstrengend mit Kindern? Sollten sie nicht lieber ein großes Familienbadezimmer planen als ein zweites Gästezimmer? Und Jess hatte fleißig genickt, gelächelt und erkannt, dass es nicht Spielplätze und Badezeiten waren, was ihr Angst machte, sondern der Gedanke, dass sie als Mutter versagen könnte.

In den Wochen vor der ersten Ultraschalluntersuchung hatte er gemerkt, dass etwas nicht stimmte.

Es hatte eine Weile gedauert, doch schließlich war es ihm gelungen, sie auseinanderzunehmen – zumindest teilweise. Es war zwar nicht so, als sei ihre Vergangenheit ein Geheimnis, aber bestimmte Teile davon hatte sie schlicht verschwiegen: ihre Vermutungen, ihre Ängste. Die plötzliche Depression, die ihr die Mutter genommen hatte. Plötzlich war es viel einfacher, über diese Dinge zu reden; vielleicht weil die Alternative – die Gegenwart: ihre Schwangerschaft – unmöglich Thema zu sein schien.

Und er, der sensible Problemlöser, hatte sich sofort auf die Suche nach einer Lösung gemacht.

»Ich könnte zu dir kommen«, sagt er nun, »wenn das hilft.«

»Nein«, erwidert sie.

»Oh.«

»Danke«, sagt sie, denn er klingt verletzt. »Aber das muss ich allein durchstehen.«

»Du hast recht«, sagt er. »Es ist eine wichtige Gelegenheit für dich, und es könnte die einzige sein, die du bekommst. Ich dachte, du würdest … Ich dachte, inzwischen …«

»Ich habe es hinausgezögert, aber jetzt muss ich weitermachen.«

»Und? Wie lautet der Plan?«

»Morgen früh werde ich als Allererstes das Gespräch suchen. Ich kann sie nicht einfach wieder fahren lassen.«

»Und dann?«

Jess weiß es nicht.

Sie erinnert sich an alles, was sie besprochen haben. Sie erinnert sich an den Plan – drei Schwestern an einem Tisch, die wie Erwachsene miteinander reden –, doch jetzt kommt ihr das Ganze so unwahrscheinlich vor.

Lydia ist wie ein überstimuliertes, schlecht gelauntes Kleinkind in den Schlaf gewiegt worden, und Ella ist mit Sicherheit wütend, schließlich haben beide Schwestern sie belogen. Ein formelles Beisammensitzen kommt für sie vermutlich nicht infrage.

»Jess?«

»Ja?«

»Du musst dich mehr anstrengen. Du kannst nicht weiter rumeiern.«

»Das werde ich auch nicht.«

»Also, was willst du tun?«

»Ich werden sagen, was gesagt werden muss, auch wenn sie mir nicht zuhören wollen.«

»Und die Nachbarin?«, fragt er.

Jess hätte ihm nichts davon erzählen sollen. Sie hätte ihre Angst nicht teilen sollen, dass die Nachbarin in ihr Cottage geschlichen sein könnte, um hier unheimliche Gegenstände zu verstecken.

Sie antwortet nicht darauf.

»Ich habe einen besseren Plan«, sagt er. »Ich weiß, er wird dir nicht gefallen, aber ich fürchte, das ist der einzige Weg. Ich will dir helfen. Ich werde …«

Und dann wird es unter der Decke plötzlich dunkel.

Jess hält ihr Handy vor sich und tippt aufs Display, doch es bleibt dunkel.

Das Handy ist tot.

Sie kriecht unter der Decke hervor und legt sich in die Kissen.

Es muss der Akku sein.

Sie tippt noch einmal auf ihr Telefon.

Nichts.

Was hat er sagen wollen? Was war sein besserer Plan?

Kapitel 22
23. Dezember 2017
Lydia

Lydia leidet schon seit Jahrzehnten unter Schlafstörungen. Wenn es gut läuft, hat sie nur Schwierigkeiten, ein- und durchzuschlafen. Wenn es schlecht läuft, ist es aber noch viel schlimmer. In der Vergangenheit hat sie manchmal nächtelang nicht geschlafen, sondern die ganze Zeit nur an die Decke gestarrt und die Risse im Putz gezählt. Sie hat deutlich gefühlt, wie sie ihre Konzentrationsfähigkeit verloren hat, bis sie schließlich alles nur noch verschwommen wahrgenommen hat. Dann hat sie sich krankgemeldet und auf dem Sofa gehockt. Nur geschlafen hat sie noch immer nicht.

Zu Hause hat sie Schubladen voller Schlaftabletten und Regale voller Bücher zum Thema. Sie hat versucht, sich mittels Meditation und bestimmter Atemtechniken zu entspannen, doch jetzt funktioniert auch das nicht ... nicht mit dem Wissen, dass ihre Welt im Schlaf nur aus Tod, Angst und Trauer besteht.

Deshalb wundert es Lydia nicht, dass sie in dieser Nacht mit Albträumen zu kämpfen hat, die so lebensecht wirken. Hinter geschlossenen Augen sieht sie Geister, die durch die Flure des Cottages wandern, die drei Schwestern im Schlaf anstarren und ihnen finstere Amulette ins Zimmer werfen. Natürlich weiß Lydia, wie lächerlich es ist – wie lächerlich *sie* ist –, dass sie sich derart Sorgen macht. Sie weiß, dass es auf dem Dachboden nicht spukt. Und doch kann sie das Gefühl nicht abschütteln, dass hier irgendetwas nicht stimmt, dass sie etwas heimsucht.

Schließlich ergibt Lydia sich in den frühen Morgenstunden

den schrecklichen Bildern in ihrem Kopf. Dabei geht es nicht um Geister, sondern um die Vergangenheit und um diesen Ort. Sie fragt sich, wie es sich wohl anfühlen mag, in einer Höhle festzusitzen, während vor einem das Wasser steigt und den Ausgang blockiert.

Die Vorstellung, dass die Flut noch stundenlang steigen wird, macht ihr schreckliche Angst. Wie es sich wohl anfühlt, zu ertrinken?

Lydia erinnert sich an den Schwimmunterricht in der Schule, als ihre gesamte Klasse das Wassertreten lernen sollte. Sie erinnert sich daran, wie Bobby Jones mit dem Mund immer wieder unter die Wasseroberfläche kam, wie er den Kopf zurückwarf und seine Augen glasig schimmerten. Der Lehrer hatte daraufhin in die Pfeife geblasen und war ins Wasser gesprungen. Er war hektisch zu Bobby geschwommen und hatte ihn aus dem Becken gezogen.

Wie sich herausstellte, hatte Bobby tatsächlich zu ertrinken gedroht, doch er hatte weder geschrien noch gestrampelt. Alles war vollkommen still verlaufen. Er hatte ja auch kaum atmen, geschweige denn sprechen können, und was das Strampeln betraf, so hatte er genug damit zu tun gehabt, über Wasser zu bleiben. Seitdem hat Lydia stets nach so einem Verhalten Ausschau gehalten, wann immer sie am Strand oder in der Nähe eines Schwimmbeckens gewesen ist. Es wäre schon nett, einmal ein Leben zu retten, denkt sie. Sie weiß zwar, dass sie selbst nie ins Wasser springen würde, aber sie könnte Alarm schlagen und Hilfe holen, und das wäre schon eine Heldentat an sich. Ihre Schwestern hingegen wären binnen Sekunden im Wasser – dessen ist sie sich sicher –, denn das ist Heroismus für sie: direkt, dramatisch, voller Energie.

Lydia ist kalt, sehr kalt. Sie liegt im Bett und stellt sich vor, dass die Höhle sich vor zwanzig Jahren auch so kalt angefühlt haben muss. Im Sommer war es tagsüber zwar immer warm, doch gegen Abend kühlte es schnell ab, und am Strand herrschte auch immer Wind.

Das Wasser muss ihr zuerst in die Schuhe gedrungen sein.

Lydia erinnert sich noch genau an diese glitzernden, pinkfarbenen Sandalen, die extra dafür gedacht waren, im Meer zu laufen.

Dann muss es ihr die nackten Beine hinaufgestiegen sein, bevor es schließlich die Shorts erreichte. Mit Sicherheit hat es sie am Bauch gekitzelt, und schließlich hat es den Nacken erreicht.

Lydia wäre vermutlich in der Lage gewesen, Wasser zu treten, wie sie es gelernt hatte, zumindest für ein, zwei Stunden, aber nicht lange genug, nicht bis zur Ebbe. Heute würde sie wahrscheinlich noch schneller sterben, denn sie ist schon seit Jahren nicht mehr geschwommen.

Rosa konnte jedoch nicht Wasser treten.

Genau wie Bobby im Schwimmbecken hat sie vermutlich den Kopf zurückgelegt.

Lydia öffnet die Augen.

Sie will nicht an diese Dinge denken. Sie würde lieber an ihre Wohnung denken und wie schön es sein wird, morgen wieder dorthin zurückzukehren. Sie will daran denken, was sie essen und was sie sich im Fernsehen anschauen wird. Sie will an den Geruch ihrer eigenen Bettwäsche denken, und so lenkt sie ihre Gedanken dann auch in diese Richtung.

Aber ihr Geist kehrt immer wieder an den Strand zurück, in die Höhle und zu der steigenden Flut.

Wieder und wieder sieht Lydia Schatten in den Ecken des Raums.

Es ist wahrscheinlicher, dass sie lernt, den Sonnenuntergang, die Jahreszeiten und die Umlaufbahn der Erde zu kontrollieren als den Strudel in ihrem Kopf.

Was würde ihre kleine Schwester wohl von der Frau halten, zu der sie herangewachsen ist? Rosa hatte Streiche gehasst. Sie hatte es gehasst zuzusehen, wenn ihre Schwestern Krieg gegeneinander führten. Sie wollte nur Teil einer harmonischen Viererbande sein. Wäre sie jetzt diejenige, die kocht, Wein ausschenkt und ihre

Schwestern an den Tisch ruft? Hätte sie ein schönes, stabiles Leben, vielleicht mit Kindern, die das Cottage mit fröhlichem Lärm erfüllen würden? Wie würden sie als Familie wohl aussehen, wenn sie das Cottage in jenem Sommer nie besucht hätten, wenn es nie eine Höhle gegeben hätte und auch keine Albträume?

Atme, ermahnt Lydia sich selbst. *Atme.*

Sie beobachtet aus dem Fenster, wie die Sonne langsam den Himmel erhellt. Sie hat aufmerksam gelauscht für den Fall, dass es hier doch Geister geben sollte, und jetzt ist sie erleichtert, als sie echte, kräftige Schritte hört.

Ella bereitet sich vermutlich gerade auf ihren Morgenlauf vor. Sie bindet sich das Haar zu einem Knoten und zieht ihre enge Jogginghose an. Lydia gefällt die Vorstellung, Sport zu treiben, und sie ist sich ihrer Speckröllchen durchaus bewusst, aber der Gedanke schüchtert sie auch ein. Sie mag es nicht, wie ihre Beine sich anfühlen, wenn sie zu schnell läuft. Sie mag es nicht, zu keuchen und zu schwitzen, und den anschließenden Muskelkater. Sie kann nicht schwimmen. Sie will nicht. Und sie hat Angst, in Wassernähe außer Atem zu kommen.

Ella wird unten das Licht einschalten. Nicht mehr lange, und das Cottage wird sich schon wieder sicherer anfühlen.

Lydia denkt an den Soldaten, der darauf gewartet hat, von ihrer Schwester gefunden zu werden. Sie erinnert sich an ihn vor zwanzig Jahren. Seine Waffe war mit weißem Faden umwickelt. Sie weiß, dass der Soldat eigentlich als Botschaft für sie gedacht war, egal, was auch sonst hier geschieht. Sie schüttelt den Kopf. Sie wird sich nicht von diesen Gedanken quälen lassen, nicht jetzt. Sie wird sich voll und ganz darauf konzentrieren, wieder nach Hause zu fahren.

Lydia fragt sich, ob die Nachbarin sie wohl aus dem Fenster beobachten wird, wenn der Mechaniker ihr Auto in die Einfahrt schleppt. Sie fragt sich, ob sie wohl zuschauen wird, wie sie ihren kleinen Koffer in den Kofferraum wuchtet und sich vom Cottage zurückzieht, vom Dorf, der Küste, und wieder zu ihrem Leben in der Stadt zurückfährt. Lydia wird nicht einmal einen Blick ins Fenster der Ferienhausagentur werfen, wenn sie daran vorbeifährt, und sie wird auch nicht warten, um ihrer älteren Schwester Lebewohl zu sagen. Sie wird einfach ihre Sachen zusammenpacken und verschwinden. Dieser Ort wird sie zwar weiter heimsuchen, aber wenigstens wird nichts ihre Ängste noch weiter anfachen. Sie wird ihre Geschichte stagnieren lassen, eine reglose Erinnerung statt eines wilden Stroms.

Lydia hört, wie die Haustür zuschlägt. Ihre Schwester rennt jetzt zum Meer hinunter, um sich vom Wind, den Wellen und dem wilden Frost erfrischen zu lassen. Lydia schaut auf die Uhr neben ihrem Bett: Es ist kurz nach sieben.

Und dann hört sie nebenan weitere Schritte, die sich aus dem Zimmer, zur Treppe und nach unten bewegen.

ZWANZIG JAHRE ZUVOR

Kapitel 23
29. Juli 1997

Am Morgen nach dem Drama auf dem Dachboden war Ella als Erste wach.

In ihrem Schlafzimmer war es heiß, und so sprang sie auf Zehenspitzen zur Treppe und hüpfte ins Wohnzimmer hinunter. Sie hatte ihren Rucksack unter das Sofa gestopft, wo ihn niemand finden konnte und sie ihn auch nicht verlieren würde. Darin steckten auch die Notizen für ihr Schulprojekt. Ella breitete die Blätter auf dem Couchtisch aus, setzte sich auf den Boden und griff nach ihrem Stift.

Sie hatte schon viel erledigt. Sie hatte Fallschirme in verschiedenen Formen und Größen aus Plastiktüten gebastelt und sie mit Fäden an einen kleinen Spielzeugsoldaten gebunden. Dann hatte sie ihn über den Klippenrand geworfen und die Fallzeit mit einer Stoppuhr gemessen. Schließlich war sie zum Strand hinuntergelaufen und hatte ihn hochgeholt.

Ella hatte dieses Projekt schon einmal gemacht, Anfang des Jahres. Damals hatte sie Soldaten über das Geländer der heimischen Treppe geworfen. Auch aus dieser Zeit hatte sie Notizen. Doch dann hatte ihr Vater verkündet, dass er sie verlassen würde, und ihre Mutter hatte ihn darin noch unterstützt, und danach war alles irgendwie im Chaos versunken. Als Folge hatte Ella ihren Bericht überstürzt abgegeben und eine derart schlechte Note bekommen, dass sie das Stipendium für die schicke Schule am anderen Ende der Stadt vergessen konnte. Sie hatte ihren Lehrer angefleht, ihr eine zweite Chance zu geben, und schließlich hatte er anerkannt, dass die Umstände außergewöhnlich waren, und ihr ein paar Extrawochen eingeräumt, um noch einmal neu anzufangen.

Ella zeichnete eine ordentliche Tabelle und pflegte die Zahlen aus ihren Notizen ein. Dabei sah sie, dass ihr Soldat mit einem größeren Fallschirm langsamer fiel und mit einem kleineren schneller. Als die anderen aufwachten und durchs Cottage polterten, versuchte sie, sich weiter zu konzentrieren, selbst als ihre ältere Schwester über sie hinwegkletterte und sich aufs Sofa stellte.

»Was machst du?«, fragte Ella.

»Da ist ein Auto«, antwortete Jess. »Das ist dieser Junge!«

Ella stand auf und schaute im selben Moment aus dem Fenster, als der Junge über den Zauntritt kletterte und sich auf den Weg übers Feld machte. Das Surfbrett hatte er sich über die Schulter gelegt. Ella hatte noch so viel zu tun: die Schaubilder, ihre Schlussfolgerungen … Ihr zog sich der Magen zusammen, wann immer sie an das Projekt und die weiterführende Schule dachte, die für besonders kluge Kinder gedacht war, für Kinder, die später Erfolg im Leben haben würden.

Lydia erschien in der Tür.

»Es reicht«, sagte sie. »Das ist nicht … Da ist ein Geist und … Warum macht ihr euch eigentlich keine Sorgen?«

»Äh …«, erwiderte Jess. »Weil *ihr beide* die Sachen klaut?«

»Wir …«, begann Lydia.

»Ich gehe jetzt zum Strand«, verkündete Jess. »Und zwar allein.«

Jess sprang vom Sofa – wobei sie mit der Hand den Tisch berührte, sodass drei Seiten mit Notizen zu Boden flatterten – und stapfte aus dem Wohnzimmer. Ella spürte, wie ihre Zwillingsschwester neben sie glitt.

»Das wird übel ausgehen«, flüsterte Lydia.

Anfangs konnten sie die Worte nicht verstehen. Nur ein stetes Murmeln, Reste einer Konversation, die aus der Küche zu ihnen tröpfelten. Doch dann wurden die Stimmen lauter und die Sätze kürzer, bis auch die Worte klar wurden.

»Das ist nicht fair!«, schrie Jess.

»Mit ›fair‹ hat das nichts zu tun!«, brüllte ihre Mutter zurück.

»Aber es passiert doch gar nichts! Ich kann wirklich allein gehen!«

Es folgte eine kurze Pause.

»Ich verstehe ja, dass dich das frustriert«, sagte ihre Mutter schließlich.

Ella kannte das Muster: Ihre Mutter fing gemäßigt an, wurde dann etwas lebhafter und beruhigte sich schließlich wieder. Diesen Stil hatte sie sich angeeignet, nachdem sie ihren Vater ein paar Monate zuvor aus dem Haus getrieben hatte. Vermutlich stammte das aus dem Ratgeber *Hilf deinen Kindern durch die Scheidung*, der schon seit Wochen auf dem Nachttisch ihrer Mutter lag und der sie auch ins Cottage begleitet hatte.

»Dann lässt du mich also gehen?«

»Nein.«

»Aber warum …?«

»Nein.«

»Aber du hast doch gesagt …«

»Nein.«

»Ich hasse dich!«

»Du hasst nicht mich, sondern Regeln.«

Und dann polterten Schritte die Treppe hinauf, eine Tür wurde zugeschlagen. Schließlich kehrte wieder Stille ein. Ella drehte sich wieder zum Tisch um und zog mehrere Linien mit einem durchsichtigen Lineal.

*

Es wurde immer schwerer, sich zu konzentrieren. Es begann mit lauter Musik, die in jeden Winkel drang, und es ging mit Türen weiter, die ständig geöffnet und wieder geschlossen wurden, dann: schriller, kakofoner Gesang, laute Gespräche und schepperndes Spielzeug, Füße, die endlos die Treppe rauf- und runterpolterten.

Ella ging in die Küche, um sich zu beschweren, und fand ihre Mutter am Tisch, vor sich ihre Papiere, den Kopf auf die Hände gestützt.

»Es ist zu laut, stimmt's?«, sagte Mom und rieb sich übers Gesicht. »Das geht nicht nur mir so, oder?«

»Ja, es ist laut«, bestätigte Ella. »Ich kann mich nicht konzentrieren.«

»Worauf?«, fragte ihre Mutter.

»Auf mein Projekt.« Ella beschrieb eine Kurve in der Luft, wie ein Fallschirm. »Erinnerst du dich?«

»Ach ja«, erwiderte ihre Mutter. »Natürlich.«

Ella erinnerte sich daran, wie ihre Eltern sie daheim in die Küche gerufen und ihr erklärt hatten, der Lehrer habe gerade angerufen. Ob sie daran interessiert sei, ein Stipendium für eine tolle Schule zu bekommen? Ella wusste noch genau, wie stolz ihre Eltern gegrinst und wie sie gesagt hatten, das sei natürlich ihre Entscheidung, kein Druck, und Ella wollte ihnen einfach nur gefallen. Anfangs war ihre Mutter so glücklich und aufgeregt gewesen. Sie hatte Ella mit ihrem Projekt unbedingt helfen wollen und sogar Entwürfe für die Fallschirme gezeichnet.

»Könntest du mal mit ihr reden?«, bat ihre Mutter nun und deutete zur Decke. »Vielleicht hört sie ja auf dich.«

»Das wage ich zu bezweifeln«, erwiderte Ella.

»Bitte.«

»Aber ...«

»Bitte.«

Ella wollte sagen, dass es nicht ihre Aufgabe war, einen Streit zwischen ihrer Mutter und ihrer Schwester zu schlichten. Weil sie nicht die Regeln festlegte. Und auch nicht brach. Sie wollte einfach nur in Ruhe an ihrem Projekt arbeiten.

Rosa kam in die Küche gerannt.

»Mummy!«, rief sie. »Ich brauche dich. Sofort. Dringend.«

»Oder vielleicht könntest du …« Ihre Mutter schaute Ella flehend an. Dann wandte sie sich ihrer Jüngsten zu, die mit einem kleinen Plastikarm in der Luft fuchtelte. »Kann dir nicht auch deine Schwester helfen, Liebes?«

Rosa starrte ihre Schwester an und legte den Kopf schief.

»Kannst du einen kaputten Arm heil machen?«, fragte sie.

»Ich kann es zumindest versuchen«, antwortete Ella. »Wenn du willst, heißt das.«

Rosa nickte, und Ella baute ein Krankenhaus aus Baumwollkissen und Decken, die eigentlich mehr mannsgroße Tücher waren. Dann steckte sie den Arm ins Schultergelenk und verband die Puppe mit Gaze.

»Wie lange dauert es, bis es wieder besser ist?«, fragte Rosa.

»Ich denke, eine Stunde«, antwortete Ella.

»Danke«, sagte Rosa und streichelte der Puppe die Wange. »Was machen wir denn solang?«

Ella sah die Papiere, die noch immer auf dem Tisch lagen. Sie hatte gut ein halbes Dutzend Zahlen eingetragen und ebenso viele Linien gezeichnet. So würde sie nie rechtzeitig fertig werden.

»Könnten wir nicht alle zusammen zum Strand runtergehen?«, schlug Rosa vor.

Ella gefiel der Gedanke an frische Luft, und wenn sie ehrlich war, wollte sie nichts lieber als für einen Moment aus dem Cottage raus. Aber sie wollte auch keinen Streit provozieren. Jess jammerte zwar schon den ganzen Morgen, dass sie zum Strand wollte, allerdings allein.

»Ich glaube nicht, dass Jess gerade Zeit mit mir verbringen will«, sagte Ella. »Obwohl …«

»Aber sie will doch an den Strand.« Rosa faltete die Hände wie zum Gebet. »Bitte?«

»Na schön«, sagte Ella. »Frag sie.«

*

Anfangs wollte Jess nicht, doch dann stimmte sie zu, dass ihre Schwestern sie zum Strand begleiteten. Als sie übers Feld und zum Sandstreifen hinuntermarschierten, hielt Rosa die Hand ihrer ältesten Schwester. Unten angekommen, lief sie zur Wasserkante voraus. Charlie stapfte aus dem Wasser, um sie zu begrüßen. Er bückte sich und lachte über den dummen Spruch auf ihrem T-Shirt. Rosa grinste. Die Aufmerksamkeit gefiel ihr.

»Und? Irgendwelche guten Streiche?«, rief Charlie, als die anderen drei auf ihn zukamen.

Rosa tippte sich an den Kopf und flüsterte ihm etwas zu.

»Ihr habt den Geist getroffen?«, rief er.

Jess schmückte die Geschichte nur leicht aus. Sie erzählte, dass sie stundenlang auf dem Dachboden festgesessen hatte und dass ihre Schwestern vor Angst geschrien hätten, während sie vollkommen furchtlos geblieben war. Dabei schaute Jess ihre Schwestern der Reihe nach an, und sie war dankbar für ihr Schweigen. Sie rollten nur hier und da mit den Augen, doch das verzieh sie ihnen.

»Wer war es denn nun?«, fragte Charlie. »Wer hat den Schlüssel geklaut?«

»Nun, das ist doch offensichtlich, oder?«, erwiderte Rosa.

Jess starrte ihre jüngste Schwester an. Rosa war mit Sicherheit nicht dafür verantwortlich.

»Antonia«, fuhr Rosa fort. »Wer denn sonst?«

Charlie lachte. »Okay«, sagte er. »Wer kommt sonst noch infrage?«

Jess schaute auf sein Armband. Wasser tropfte vom Leder in den Sand.

»Na? Wie willst du dir das verdienen?«, fragte er, als er Jess'
Blick bemerkte.

»Ich war stundenlang auf dem Dachboden …«

»Das war nicht dein Streich. Und wenn niemand die Verantwortung dafür übernimmt … Dann ist jetzt wohl etwas Größeres
fällig. Ich meine, das ist ja auch ein fantastischer Preis, oder?«

Schweigen.

»Ich sehe euch dann morgen, okay?«, fragte Charlie, und die
vier Schwestern nickten.

EIN TAG
ZUVOR

Kapitel 24
24. Dezember 2017
Jess

Jess hat von ihrem Mann geträumt, von Gesprächen mit ihm am Esstisch, wo sie schon viele Probleme gelöst haben. Er war ihr Unterbewusstsein, das Fragen stellte, Antworten anbot und nach logischen Erklärungen dafür suchte, wie jemand an alle drei Gegenstände gekommen sein könnte. Im Traum trank er einen kräftigen Schluck Rotwein und leckte sich die Lippen. Die Flasche stand zwischen ihnen.

»Man darf nicht vergessen«, sagte er, »dass mindestens fünf Leute gestern Nachmittag Zugang zum Cottage gehabt haben. Deine Schwestern darfst du auch nicht vergessen.«

Mit diesen Worten im Kopf ist Jess aufgewacht.

Sie will noch nicht einmal darüber nachdenken, dass eine ihrer Schwestern für solch eine Grausamkeit verantwortlich sein könnte, aber unmöglich ist es nicht. Ella könnte durchaus zwei der drei Gegenstände behalten haben: den Soldaten, der ihr ja schon immer gehört hat, und den Schlüssel. Lydia wiederum könnte auch diejenige gewesen sein, die vor zwanzig Jahren den Schlüssel gestohlen hat, und vielleicht hat sie ihn damals ja im Cottage versteckt und ihn vor Kurzem wieder herausgeholt. Allerdings hat Jess nicht den Hauch einer Idee, wie eine von ihnen an die Puppe hätte kommen sollen.

Jess nippt an dem schalen Wasser, das schon die ganze Nacht neben ihrem Nachttisch steht, und überlegt, was ihr Mann wohl sagen würde, wenn er hier wäre. Zunächst würde er vorschlagen, sie solle zu jener Zeit zurückgehen, da die Puppe von Bedeutung war. Jess erinnert sich an das Ende des Sommers: an das Gezanke, das Gezerre und an die Füllung, die hervorquoll, nachdem der Arm abgerissen war. Sie erinnert sich daran, wie ihre Mutter deswegen geweint hatte. Es waren ihre ersten Tränen gewesen.

Jess erinnert sich an die Fensterbank, auf der die Puppe fast ein Jahrzehnt lang gesessen und Staub gesammelt hat. Sie ist sich sicher, dass die Puppe mit ihrer Mutter verschwunden ist, zumindest am selben Tag. Aber es ist auch nicht unmöglich, dass eine ihrer Schwestern sich die Puppe in all dem Chaos geschnappt hat.

Jess springt aus dem Bett, kaum dass die Haustür zugeschlagen ist. Auf Zehenspitzen schleicht sie die Treppe hinunter. Sie will Lydia nicht wecken. Unten findet sie die Puppe genau so, wie sie sie verlassen hat. Sie sitzt auf dem Sideboard im Wintergarten. Sie hat die Schwestern beim Essen beobachtet und die Enthüllung über die Einladungen mit angehört.

Es hatte sich richtig angefühlt, zu gestehen, denn zu dem Zeitpunkt war es ihr so vorgekommen, als gäbe es hier noch eine weitaus größere Bedrohung. Doch jetzt – ohne Adrenalin, das durch ihren Körper strömt und ihren Puls beschleunigt – ist das nicht mehr so klar. Hätte sie die Schuld nicht jemand anderem in die Schuhe schieben können?

Jess greift nach der Puppe: einarmig, schlappohrig, ausgefranst.

Rosa war immer fest davon überzeugt gewesen, dass die Puppe zum Leben erwacht, wenn sie schläft. Jess hatte manchmal mitgespielt und die Puppe umgesetzt, sodass es am Morgen so aussah, als hätte sie sich in der Nacht bewegt. Rosa liebte das: ihre Puppe am Türknauf, versteckt hinter der Garderobe, auf der Fensterbank. Jess wünschte nur, dass ihre Schwester recht gehabt hätte, denn dann hätte sich das mit der Puppe von selbst erklärt.

Jess dreht die Puppe in den Händen und sucht nach Hinweisen, welchen Weg sie in den letzten zehn Jahren genommen haben könnte. Doch sie findet nichts, nur den typischen Duft ihrer

Mutter – Rosen und Rhabarber – und einen anderen … irgend-etwas Chemisches.

Jess versucht sich in Erinnerung zu rufen, was für die Schwes-tern in jenem Sommer besonders wichtig gewesen ist. Sie folgt ihrer Erinnerung in die Abstellkammer … zum Wäscheständer, der nun zusammengeklappt an der Wand steht.

Dann geht sie in die Küche, starrt auf die vier Stühle und er-innert sich an die vielen Mahlzeiten, die sie hier geteilt haben. Sie hätte etwas fühlen sollen, denn dieser Ort war so lange so wichtig für sie … oder?

Jess setzt sich an den Tisch und schlägt die Hände vors Ge-sicht.

Nur langsam gibt sie nach. Zuerst kämpft sie gegen die Er-kenntnis an, die sie wie ein Schlag in den Magen trifft. Sie wird nie wirklich wissen, was hier in jenem Sommer geschehen ist. Es ist ihr nicht gelungen, Raum für ein ehrliches Gespräch zwischen den Schwestern zu schaffen. So wird sie für den Rest ihres Lebens mit diesen Fragezeichen leben müssen – und wenn ihr Leben da-durch anders verläuft, dann ist das eben so.

Jess legt den Arm über ihren kleinen Bauch, der schon gegen den Bund ihrer übergroßen Pyjamahose drückt. Stumm entschul-digt sie sich bei dem winzigen Leben in ihr. Sie könnte ihre Toch-ter noch immer zur Adoption freigeben, an eine bessere Mutter, doch das will sie nicht – obwohl es ein Geschenk für ihr Kind wäre. Sie will es versuchen. Vielleicht schafft sie es ja, allein mit ihren Dämonen fertigzuwerden, wenn ihre Schwestern wieder nach Hause gefahren sind.

Sie wird sie heute fahren lassen.

Resigniert steht sie auf und schrubbt die Kasserolle, die über Nacht in der Spüle eingeweicht ist. Dann spült sie Geschirr und Besteck und räumt alles in die Schränke zurück. Sie lauscht den Geräuschen des Heizkessels und ist erleichtert, dass sie sich ih-rer Kindheit nicht mehr wird stellen müssen. Auf der Arbeitsplatte liegt eine Visitenkarte: Charles Clarke, Ferienwohnungen. Sie stopft sie in die Schublade und geht ins Wohnzimmer zurück, faltet die Decken und legt sie über die Sofalehnen. Sie reinigt den Kamin und schiebt die Stühle unter den Tisch im Wintergarten. Alles soll wieder so aussehen wie bei ihrer Ankunft.

Sie nimmt die Strickjacke ihrer Schwester aus pastellfarbener Wolle, die in einem abstrakten Muster gestrickt ist. Jess will sie über das Geländer hängen, damit sie nicht vergessen wird, doch ihre Finger gleiten in die Taschen.

Jess hofft, dort ein Handy zu finden – ein einziger Anruf könnte die Situation retten. Aber natürlich hat ihre Schwester das Handy zum Laufen mitgenommen. Sie hört damit Musik und misst die Strecke. Ihre Taschen sind leer.

Doch als Jess ihre Hand wieder zurückzieht, berühren ihre Finger etwas Scharfes: Plastik. Es ist ein Gefrierbeutel, zerknüllt wie eine Serviette. Sie streicht ihn auf dem Tisch glatt und betrachtet ihn. Ihre Mutter hat diese Beutel immer in langen Rollen gekauft, jeder mit einem einfachen Verschluss oben und einem weißen Etikett vorne.

Jess steckt die Hand hinein und findet ein kleines vergilbtes, zusammengefaltetes Blatt Papier. Die Karte. Sie erinnert sich daran, wie sie sie mit Filzstift an genau diesem Tisch gezeichnet hat. Sie erinnert sich daran, wie sie mit ihren Schwestern um das Grün gestritten hat, den sie für das Gras brauchte und der deshalb der begehrteste aller Stifte war. Sie weiß, dass sie schon damals gebrochen waren, erschöpft von der anfänglichen Trauer. Ihre Beziehung war bereits zerstört.

Am Schluss haben sie die Karte auf dem Dachboden versteckt.

Jess hatte sie völlig vergessen.

Ihre Schwester offenbar nicht.

Kapitel 25
24. Dezember 2017
Ella

Sie verbrachten jenen Sommer mit Schreien und Kreischen, mit gegenseitigem Piesacken und Zanken. Es war eine verbindende Erfahrung für die Schwestern, doch von außen betrachtet sah es wohl ziemlich chaotisch aus: vier Mädchen, die schreiend durch den Garten rannten und hysterisch lachten. Unmöglich zu wissen, was die Nachbarin in diesen Wochen sah, hörte oder dachte. Es könnte durchaus sein, dass die Tentakel ihrer Tragödie weiter reichten, als ihnen damals klar gewesen ist. In jedem Fall muss es schwer gewesen sein, zu sehen, wie die Geschichte sich wiederholte.

Als Ella sich bei der medizinischen Fakultät bewarb, wollte sie eines Tages mit Kindern arbeiten. Während ihres Studiums bekam sie tatsächlich einen Praktikumsplatz auf der Kinderstation, doch zu ihrer großen Überraschung hasste sie die Arbeit dort. Sie würde das natürlich nie laut sagen – besonders nicht in Gegenwart anderer Ärzte –, aber sie mochte es nicht, wie Kinder gegen ihre Finger kämpften, sie wegstießen, wenn sie ihnen die Hände auf die Haut legte, und manchmal bissen und kratzten sie auch. Außerdem schrien sie manchmal und wehrten sich gegen ihre Diagnosen, weil sie keine Tabletten nehmen wollten oder Angst vor Spritzen und Operationen hatten. Ella empfand das als ausgesprochen frustrierend. Kurz darauf gelangte sie zu der Erkenntnis, dass es viel zu stressig war, kleine Leben zu retten. Mit älteren Patienten fühlte sie sich weitaus wohler, teilweise auch, weil deren Weg nicht mehr so lang war.

Ella sieht ihn noch immer: den gebrochenen Leib ihrer Schwester im Sand.

Sie hatte das Schreien als Erste gehört, und sie hatte sofort gewusst, dass sich ihr ein furchtbares Bild bieten würde. Soweit das überhaupt möglich war, konnte sie sich auf den Moment des Schocks vorbereiten.

Lydia dagegen hatte weniger Glück: Sie war diejenige gewesen, die ihre Schwester fand, und damit auch die Erste, die mit ihrem Tod konfrontiert worden war. Seitdem litt sie darunter. Ella war überzeugt gewesen, dass das das Motiv für die Einladungen gewesen war: eine Art Abrechnung oder Gedenken. Es war ihr nicht in den Sinn gekommen, dass ihre Schwester gelogen haben könnte, denn wie alle anderen hatte sie vergessen, dass verletzliche Menschen auch flatterhaft und unbeständig sein konnten.

Jess hingegen ist weder verletzlich noch unbeständig.

*

Leise schließt Ella die Tür auf. Sie vermutet, dass ihre Schwestern noch schlafen. Sie zieht ihre verdreckten Schuhe aus und stellt sie an den Rand der Veranda. Dann geht sie rein. Als sie jemanden am Fuß der Treppe im dunklen Flur sitzen sieht, erschrickt sie.

»Himmel«, keucht sie. »Hast du mir vielleicht einen Schrecken eingejagt!«

Jess trägt noch immer ihren Pyjama. Sie hat die Arme vor der Brust verschränkt und die Schultern bis unter die Ohren gezogen.

»Was ist? Stimmt was nicht?«

Ella schaut kurz in die Küche, doch überall ist es still.

»Was ist denn los?«

Ella beugt sich nach links, um das Licht einzuschalten. Dann sieht sie das Papier im Schoß ihrer Schwester.

»Was ist das?« Doch sie weiß es sofort. »Oh …«

»Ja, oh.«

»Ich kann das erklären«, erwidert Ella.

»Prima«, sagt Jess. »Dann mal los.«

Ella zieht sich ihre feuchte, verschwitzte Jacke aus und hängt sie auf.

Sie sieht etwas Vertrautes in der neuen Falte zwischen den Augenbrauen ihrer Schwester, in ihren heruntergezogenen Mundwinkeln und in der Art, wie ihr Körper vor Wut zu schrumpfen scheint. Sie sieht ihre Mutter. Sie denkt an jenen Sommer zurück. Ihre Mutter war so unterkühlt und gereizt, als trüge sie selbst nicht die Hauptschuld an ihrer Situation. Natürlich hätte sie ihren Mann bitten können zu bleiben. Sie hätte Ehe und Familie über ihre Wut stellen können.

Ella hat keinerlei Interesse an der Ehe oder sonst einer Beziehung. Denn sie will nie in dieser Situation sein: gezwungen, die Fehler eines anderen zu akzeptieren. Denn sie würde das Richtige tun – auch wenn sie es besser weiß – und die Familie zusammenhalten. Auch an dieser heuchlerischen Situation erkennt sie etwas Vertrautes wieder. Jess ist diejenige, die hier falsch gehandelt hat. Sie hat gelogen, was die Einladungen betrifft, und zugelassen, dass eine andere die Schuld dafür auf sich nimmt. Dennoch ist sie jetzt diejenige, die vor Wut kocht.

Ella verschränkt die Finger und streckt die Arme. Es knackt bis in ihren Rücken.

»Ich bin kurz nach unserer Ankunft auf den Dachboden gegangen. Ich wollte sie suchen«, erklärt sie.

»Das habe ich mir schon gedacht.«

»Nein. Ich wollte, dass *wir* sie finden. Es sollte ein besonderer Moment werden, etwas Sentimentales, Verbindendes. Ich habe mit nichts von alledem gerechnet oder dass es so enden würde.«

Sie streckt die Hand aus und ist erleichtert, als ihre Schwester ihr das Papier zurückgibt.

»Warum hast du dann nichts gesagt?«, fragt Jess.

»Ich weiß es nicht«, antwortet Ella. »Es hat sich schlicht nicht ergeben.«

Jess nickt. »Das verstehe ich«, sagt sie. »Und jetzt?«

»Ich bin mir nicht sicher. Ich denke, der Augenblick ist schon vorbei.«

Jess lächelt traurig. »Das musst du mir nicht sagen«, antwortet sie seufzend. »Das Ganze war ein Riesenfehler, nicht wahr? Es gibt hier nichts mehr für uns.«

»Tut mir leid«, sagt Ella. »Du bist bestimmt enttäuscht.«

»Nein, mir tut es leid«, erwidert Jess. »Die Einladungen ... Ich hätte ...«

»Lass es«, fällt Ella ihr ins Wort. »Es ist zu spät. Und sinnlos. Wir sollten nach Hause fahren.«

»Ich werde jetzt erst einmal duschen.«

»Mach das«, erwidert Ella. »Sagst du mir Bescheid, wenn du fertig bist?«

Jess steigt die Treppe hinauf und verschwindet im Badezimmer.

So viele Dinge müssten noch ausgesprochen werden, Fragen zu Täuschung und doppeltem Spiel. Und es gibt da noch etwas, etwas Wichtiges, um das Ella sich kümmern muss.

Ella steht vollkommen still da, bis sie Wasser durch die Rohre rauschen hört. Die Dusche ist angeschaltet. Dann schnappt sie sich ihre Jacke vom Haken und läuft zur Hintertür. Als sie das nasse Gras sieht, rennt sie zur Veranda, um ihre Laufschuhe zu holen. Ein dünner Schweißfilm liegt auf ihrer Haut, und die kalte Luft lässt sie rasch frieren. Ella ist dankbar für die Endorphine, die durch ihre Adern strömen, denn die machen die eisige Luft erträglich.

Die Richtungsangaben beginnen an der Trauerweide im hinteren Teil des Gartens, und von da führt eine gepunktete Linie mit eingekreisten Zahlen weiter.

ZEHN SCHRITTE
NACH RECHTS.

Ella schlurft in die angegebene Richtung und versucht sich vorzustellen, dass ihre Füße und Beine ein bisschen kürzer sind.

FÜNF SCHRITTE
NACH LINKS.

ZWEI SCHRITTE
ZU DEN
LUFTMATRATZEN.

Natürlich sind da jetzt, mitten im Winter, keine Luftmatratzen im Garten, aber sie sind zum Glück mit Blau und Pink in der Karte eingezeichnet; also weiß Ella so ungefähr, wo sie ursprünglich gelegen haben.

An der Stelle angekommen, bleibt sie erst einmal stehen.

Nichts deutet darauf hin, dass hier irgendwann einmal gegraben wurde. Dabei waren sie damals noch Kinder, und ordentlich zu arbeiten, war nicht gerade ihre oberste Priorität gewesen. Sorglos hatten sie einfach den Spaten ins Gras gerammt. Der Rasen war anschließend vollkommen ruiniert gewesen. Aber das war zwanzig Jahre her, und jetzt bilden die gefrorenen Halme einen nahtlosen Teppich auf der harten Erde. Die Schwesternschaft ist zerbrochen, doch die Welt um sie herum hat sich wieder erholt.

Ella sucht nach etwas, das die genaue Stelle verraten könnte, aber sie findet nichts. Sie zieht einen Schuh aus und läuft zum Weg, um mit dem Schuh eine Handvoll Kiesel einzusammeln. Dann läuft sie wieder zurück, kippt den Schuh aus, drückt die Kiesel in die Erde und hofft, dass sie dort liegen bleiben werden. Sie ignoriert die kalte, nasse Socke und humpelt zum Cottage zurück.

Dort angekommen, geht sie nach oben und in ihr Schlafzimmer. Sie zündet eine kleine Kerze auf ihrem Nachttisch an und hält das Papier an die Flamme. Als nur noch eine kleine Ecke übrig ist, löscht sie sie in ihrem Wasserglas.

Ella atmet schnell und tief.

Ihre Schwestern dürfen nicht herausfinden, was sich in dieser Kiste verbirgt.

Das darf sie ihnen nicht zumuten.

ZWANZIG JAHRE ZUVOR

Kapitel 26
29.–30. Juli 1997

Jess hatte schon viele Bewertungen ihrer schulischen Leistungen gesehen, und alle waren sie sich in der Beurteilung einig: fröhlich, kreativ, flatterhaft. Sie betrachtete sich selbst als Vogel, der sich nie allzu fest an etwas klammerte. Diesen Wesenszug sah sie auch in ihrer Mutter, die offensichtlich die Nase voll von den Streitereien ihrer Töchter hatte und den Mädchen einen Fresskorb vorbereitet hatte, den sie zum Strand mitnehmen sollten. Darin entdeckten sie wie erwartet Sandwiches und Chips, aber auch sechs Zitronenscheiben und vier Portionen Schokoladeneis, die sie natürlich sofort aßen, bevor sie schmelzen konnten.

Jess war als Erste mit ihren Sandwiches fertig und entwarf einen Hinderniskurs für ihre Schwestern, bei dem sie über Felsen springen und ins Wasser tauchen mussten, bevor sie eine Flagge in der Ferne umrundeten und wieder zu ihren Decken zurückrannten. Sie machte es ihnen zweimal vor, und ihre Schwestern versuchten es sich einzuprägen.

»Okay«, sagte Jess schließlich. »Habt ihr alles kapiert?«

Sie freute sich, drei nickende Köpfe zu sehen.

»Vielleicht solltet ihr zuerst ein wenig üben«, schlug sie vor. »Oder wollt ihr direkt loslegen?«

Danach ging alles kreuz und quer. Rosa bekam im Wasser Angst, und ihr gefiel die Vorstellung nicht, untertauchen zu müssen. Lydia wiederum trug ihre dämlichen Plastiksandalen, und als sie damit auf einem Felsen ausrutschte und sich die Knie aufschürfte, wollte sie sofort zum Cottage zurück und sich ein Pflaster holen, obwohl nur ein paar Tropfen Blut zu sehen waren.

»Wie wäre es, wenn wir das ein wenig vereinfachen?«, schlug Ella vor.

Jess war froh, wenigstens eine Schwester zu haben, die bei Vernunft geblieben war.

Ella hatte auch direkt eine Idee: Es sollte noch immer ein Hindernislauf werden, aber mit weniger Hindernissen. Rosa musste nicht ins Meer, und Lydia wurde von der Schürfwunde an ihrem Knie abgelenkt. Tatsächlich hatten sie ab da so viel Spaß, dass sie fast die Glocke ihrer Mutter überhört hätten, die sie zum Essen rief.

Hungrig, durstig und vollkommen erschöpft von der stundenlangen Rennerei setzten sie sich an den Tisch. Ella glänzte vor Schweiß, aber sie freute sich, dass sie so viele Rennen gewonnen hatte. Lydia wiederum konnte nicht aufhören zu gähnen, selbst beim Essen und später im Bad. Rosa schlief in ein Handtuch gewickelt auf ihrer Tagesdecke ein.

Als Jess an diesem Abend ins Bett ging, hatte sie noch immer den Geruch des Meeres im Haar. Der Tag war perfekt gewesen, einfach himmlisch. Für den folgenden Tag erwartete sie etwas Ähnliches, und auch für den danach, denn sie war noch nicht ganz ein Teenager und immer noch Optimistin.

Doch das sollte der letzte Abend sein, an dem sie rundum glücklich einschlief.

*

Der Rasen war feucht von Tau, und die Schwestern saßen auf der Veranda und spielten mit den nackten Zehen im nassen Gras.

»Was sollen wir spielen?«, fragte Ella. »Sumpf?«

Ziel des Spiels war es, ihr Versteck unter der Trauerweide zu erreichen, ohne das Gras zu berühren, das als »Sumpf« galt, komplett mit Krokodilen unter der Oberfläche. Es war ein Rennen, und sie durften nur die Dinge benutzen, die bereits draußen waren: die Terrassenstühle, die Luftmatratzen, die sie manchmal mit zum Strand nahmen, und die Säcke mit Blumenerde, die ihre Mutter für die Beete gekauft hatte.

Ella gewann – wie immer –, denn sie war die Einfallsreichste. Sie nahm zwei Kissen vom Rattansofa, warf eins ins Gras, trat darauf, warf das zweite ein Stück weiter, sprang rüber, griff sich das erste, warf nun das nach vorne, sprang darauf und so weiter. Jess kam als Zweite ins Ziel. Sie hatte sich Eimer unter die Füße gebunden, in denen ursprünglich Stiefmütterchen gewesen waren.

»Mit denen wirst du versinken«, hatte Lydia ihr hinterhergerufen. Sie saß noch immer auf der Veranda und blies lustlos eine Luftmatratze auf.

»Das sind schwimmende Gummistiefel«, erklärte Jess.

»Ich werde euch alle schlagen!«, rief Rosa.

»Und ich werde es gar nicht erst versuchen«, sagte Lydia.

Rosa rannte am Rand des Gartens entlang, über die Erde, und zertrampelte die Blumenbeete. Das war zwar nicht wirklich regelkonform – man sollte den »Sumpf« ja überqueren –, aber Rosa war die Jüngste, und da drückten die anderen schon mal ein Auge zu. Schließlich hüpfte Rosa von einer Baumwurzel zur anderen und zertrat vor lauter Eile noch ein paar Wildblumen, und schließlich sprang sie kopfüber in ihr Versteck.

*

Während die Schwestern ein Spiel nach dem anderen spielten und ihren Tag mit frei erfundenen Orten und Menschen füllten, wurde es immer wärmer. Natürlich kam es auch wieder zu Zank, wenn zum Beispiel eine von ihnen ihre Rolle vergaß, um nach einer Wespe zu schlagen, oder wenn eine von den anderen als zu herrisch gesehen wurde und die anderen sich zur Rebellion entschieden. Trotzdem war der Morgen in vielerlei Hinsicht perfekt. Sie hatten schlicht keine Zeit, um sich über Geister und Schlüssel

Gedanken zu machen oder über die Herausforderungen, die hübsche Jungs ihnen am Strand stellten – auch wenn die Schwestern jedes Mal zum Zaun liefen, wenn sie einen Wagen näher kommen hörten.

Kurz nach Mittag ging Jess ins Cottage, um nach dem Mittagessen zu fragen.

»Oh«, sagte ihre Mutter und schaute zur Uhr. »Die Zeit vergeht wirklich wie im Flug.« Sie wandte sich wieder ihrer Arbeit zu. »Wollt ihr wieder draußen essen?«

Jess fand die Decke und holte vier in Folie gewickelte Sandwiches aus dem Kühlschrank, dazu vier Satsuma und vier Tüten Chips. Damit lief sie raus, um das Essen unter ihren Schwestern zu verteilen. Sie schaute zu, wie die drei anderen die Sandwiches untereinander tauschten, denn die eine wollte Käse und die andere mochte eine bestimmte Art von Schinken nicht. Rosa weigerte sich jedoch, ihren Thunfisch zu teilen, und warf die Krusten für die Vögel auf den Rasen. Jess gelang es, eine Satsuma in einem Zug zu schälen. Bei Ella blieb ein bisschen Schale haften, und weil sie keine Lust hatte, sich weiter damit abzumühen, biss sie einfach auf der geschälten Seite hinein.

Jess legte sich auf die Decke und suchte nach Formen in den Wolken. Lydia drehte ein paar Gänseblümchen in den Fingern, die sie gepflückt hatte. Seufzend sammelte Ella den Müll ein, um ihn später wieder mit reinzunehmen.

»Können wir ein anderes Spiel spielen?«, fragte Rosa.

»Und was zum Beispiel?«

Rosa schwieg ein, zwei Minuten. »Verstecken?«

»Okay«, sagte Jess.

»Wer sucht als Erste?«, fragte Rosa.

»Du«, antwortete Jess.

Rosa war besonders schlecht darin, sich zu verstecken. Häufig fand man sie immer wieder am selben Ort: zusammengerollt in einer Ecke ihrer Höhle, die Augen fest zugekniffen. Sie war auch eine unzuverlässige Sucherin, und oft wurde ihr schon langweilig, bevor sie auch nur die Erste gefunden hatte. Deshalb versteckten sich die Schwestern immer an eher offensichtlichen Stellen.

Ella wurde als Erste gefunden und war als Zweite mit Suchen dran. Wann immer die Zwillinge suchten, versuchte Jess, ein besonders cleveres Versteck zu finden, und so war sie mehr als nur verärgert, als sie schon nach wenigen Minuten gefunden wurde. Sie spielten mehrere Runden, doch jede ging schnell.

»Das ist langweilig«, sagte Jess schließlich. »Es gibt einfach keine neuen Verstecke hier.«

»Wir könnten weiter weg gehen«, schlug Ella vor.

»Und wohin?«

»Irgendwohin.«

»Ich weiß nicht«, sagte Lydia. »Wir brauchen Grenzen.«

»Okay«, sagte Ella. »Schön.« Sie drehte sich auf der Stelle. »Okay«, sagte sie wieder. »Wie wäre es damit? Ihr könnt euch irgendwo im Garten, im Cottage oder am Strand verstecken, im Feld oder an der Straße, aber nicht jenseits der Abzweigung zum Dorf.«

»Dafür müssen wir erst fragen«, sagte Jess. »Okay, ich mach das.«

Sie lief zur Hintertür. Ihre Mutter saß noch immer in der Küche und hämmerte mit dem Finger auf dem Taschenrechner herum. Jess stellte rasch ihre Frage – in der Hoffnung, dass ihre Mutter einfach Ja sagen und abwinken würde –, und tatsächlich funktionierte diese Strategie auch.

»Was hat sie gesagt?«, rief Lydia.

»Ja!«, erwiderte Jess.

»Das habe ich euch doch gesagt«, bemerkte Ella.

»Du suchst als Erste«, rief Lydia.

Jess blieb neben ihnen stehen und schloss die Augen. »Aber nur bis fünfzig. Ihr müsst also schnell sein.«

Sie hörte Schritte und schweres Atmen im Garten, jenseits des

Zauns und vielleicht auch im Feld oder weiter weg in Richtung Strand.

»… neunundvierzig, fünfzig!«, rief sie schließlich. »Ich komme!«

Als Erste entdeckte sie Lydia, geduckt hinter dem Zauntritt im Feld. Dann ging sie zum Strand und suchte dort, vergeblich. Später fand sie Ella, nahe der Einfahrt hinter einem Busch.

»Ich habe noch nicht an der Straße nachgesehen«, sagte Jess. »Und im Cottage war ich auch noch nicht.«

Sie ging zur Kreuzung, schlängelte sich durch das Gestrüpp und sprang in den Graben. Dann machte sie wieder kehrt und durchsuchte das Cottage. Sie überlegte, auch auf dem Dachboden nachzusehen, doch stattdessen ging sie hinaus, um in dem kleinen Wäldchen auf der Rückseite des Gartens zu suchen.

Sie konnte ihre jüngste Schwester nirgends finden.

Und dann erkannte sie ihren Fehler.

Sie suchte an den neuen Orten, doch ihre kleine Schwester war mit Sicherheit nicht mutiger geworden.

»Ich hab's«, verkündete sie den Zwillingen, die ihr mit ein paar Metern Abstand folgten. »Ich weiß, wo sie ist.«

Jess lief zu ihrem Versteck an der Trauerweide und riss die Decke vom Wäscheständer. Es war leer. Sie hörten das Knarren der Hintertür, und als sie sich umdrehten, stand dort ihre Mutter und läutete zum Abendessen.

Wie lange spielten sie schon?

»Wie viel Uhr haben wir?«, rief Jess.

»Es ist ein wenig spät. Fast sieben.«

Jess schaute zu den Zwillingen.

»Wo ist sie?«, fragte sie.

»Ich weiß nicht«, antwortete Ella. »Sie ist allein losgelaufen.«

»Ihr habt sie nicht gesehen?«, hakte Jess nach.

Lydia schüttelte den Kopf. »Das war vor Stunden.«

»Mädchen!«, rief ihre Mutter.

»Wir müssen es ihr sagen«, sagte Lydia.

»Ella«, sagte Jess. »Mach du das.«

»*Ich* habe sie doch nicht verloren!«

»Aber es war deine Idee, das Gebiet zu vergrößern.«

»Du warst diejenige, die um Erlaubnis gefragt hat.«

»Mädchen«, rief ihre Mutter erneut. »Kommt jetzt!«

»Na schön«, sagte Jess. »Ich mach's.«

Sie hatte keine Angst, denn sie glaubte noch immer, dass Erwachsene alle Probleme lösen konnten.

Sie irrte sich.

Kapitel 27
30. Juli 1997

Jess hatte erklärt, dass sie nur drei waren, obwohl sie eigentlich vier hätten sein sollen, dass eine von ihnen sich noch immer versteckte. Lydia hatte gesehen, wie ihre Mutter hin und her geschaut hatte, als könne sie das fehlende Kind allein dadurch finden. Dann hatte sie sich nach vorn gebeugt, um Jess tief in die Augen zu schauen – was immer furchterregend war –, und sich abrupt wieder aufgerichtet.

»Mädchen«, hatte sie gebrüllt. »Rein jetzt. Essen!«

Die Schwestern wurden auf ihre Plätze gescheucht, und ihre Mutter rannte wieder hinaus. Laut hallten ihre Schritte auf der Terrasse wider, und ihr rotes Haar flatterte am Küchenfenster vorbei. Nahe der Trauerweide rief sie noch einmal. Schließlich sprintete sie an der Seite des Cottages entlang und durch die mit Efeu überwucherte Gasse.

»Rosa? Komm sofort her! Rosa?«

»Rosa! Es ist Zeit zu essen. Deine Schwestern sind schon drin. Rosa?«

»Rosa?«

»Rosa!«

Als sie schließlich wieder in die Küche marschierte, war ihr Mantel bis auf den Arm hinuntergerutscht, und ihr Pony klebte nass an ihrer Stirn.

»Nur im Garten, richtig? Nicht weiter?«

Lydia sah, wie ihre Schwestern sich besorgt anblickten.

»Nein«, antwortete Ella. »Wir haben dir doch gesagt … Wir …«

»Ich habe dich gefragt«, übernahm Jess. »Ich habe dich gefragt, ob wir auch weiter gehen dürfen.«

»Weiter gehen? Wohin?«

»Zum Strand«, antwortete Jess. »Und zur Straße.«

»Regnet es?«, fragte Lydia.

»Ja, es regnet«, antwortete ihre Mutter. »Und wo habt ihr sie zum letzten Mal gesehen?«

»Auf dem Weg zum Strand runter«, sagte Lydia. »Ich habe mich am Zauntritt versteckt.«

»Und sie ist weitergelaufen?«

»Ja«, bestätigte Lydia.

»Das ist nicht gut«, sagte ihre Mutter. »Die Flut. Sie …«

Sie lief noch einmal ums Haus herum und rief den Namen ihrer Tochter, bis ihr die Stimme versagte. Jess stand auf und stellte ihren Teller in die Spüle. Ella tat es ihr nach. Sie lehnte sich an die Arbeitsplatte und schaute zuerst zur Küchenuhr hinauf, dann aus dem Fenster.

»Ich werde euren Vater anrufen«, sagte ihre Mutter, als sie wieder in den Raum stürmte. »Macht bitte alles sauber. Unter der Spüle sind Spülmittel und ein Tuch für den Tisch.«

Es dauerte nicht lange, da heulten Sirenen auf der Straße. Die Mädchen rannten aus der Küche ins Wohnzimmer, stellten sich aufs Sofa und steckten die Köpfe unter den Vorhängen hindurch, um besser sehen zu können, was draußen vor sich ging. Ihre Mutter stand inmitten einer Gruppe von Beamten. Sie gestikulierte wild und deutete immer wieder zum Strand. Am Nachbarcottage ging das Licht an, und die Silhouette einer Frau trat auf die Veranda. Die Schwestern beobachteten, wie der Schatten sich an einen der Holzpfeiler lehnte, aber nur kurz; dann ging die Frau wieder hinein. Einen Augenblick später kam ein Mann heraus – älter, krumm – und ging zu einem der Polizisten.

Jess verkündete, dass sie den Polizisten helfen würde, dass sie nicht einfach hier sitzen und nichts tun würde, wenn ihre Schwester in Gefahr schwebte. Lydia hingegen wollte nicht gehen, sondern stattdessen auf dem Sofa bleiben und Wache halten. Ella wiederum ging zum Fernseher und schaltete ihn ein. Die Titelmusik einer Polizeiserie plärrte aus den Lautsprechern.

»Das dürfen wir nicht sehen«, sagte Lydia.

»Es ist doch ohnehin vorbei«, erwiderte Ella.

»Mach das sofort aus! Habt ihr ... Habt ihr nicht ...?«

Ihre Mutter stand in der Tür. Ihre Kleidung war voller dunkler, nasser Flecken, und aus dem Haar tropfte Regen auf ihre Wangen.

»Was ist passiert?«, fragte Ella.

»Es tut mir leid«, sagte Lydia.

»Ich weiß«, erwiderte ihre Mutter. »Und jetzt ins Bett mit euch.«

Lydia stieg vom Sofa. Sie war erleichtert über den Befehl ihrer Mutter. Jetzt wusste sie wenigstens, was sie tun sollte. Oben putzte sie sich die Zähne, zog sich ihren Pyjama an und krabbelte unter die Decke. Sie hörte noch immer Stimmen draußen. Sie redeten von Rastern, Suchtrupps und der Küstenwache.

»Sie ist acht Jahre alt.«

»Mit heller Haut.«

»Und rotem Haar.«

»Dass sie ein blaues Top trägt, wird uns da draußen nicht helfen.«

*

Jess ging die Einfahrt hinunter und zog die Kapuze ihres Mantels zu. Der Regen war nicht kalt, nicht wie im Winter, doch sosehr sie sich auch bemühte, das Wasser lief ihr in den Nacken. Da waren Gruppen von Erwachsenen, alle in Regenmäntel gehüllt und mit Gummistiefeln, die bis zu den Knien reichten. Sie marschierten zu den ihnen zugewiesenen Suchbereichen, zu verschiedenen Ecken des Feldes und unterschiedlichen Strandabschnitten. Anweisungen wurden hin und her gebrüllt: Sucht im Unterholz, hinter den Felsen, in den Höhlen links …

Ihre Mutter saß auf der Veranda und hatte die Knie angezogen. Ihre Schultern zitterten. Ihr Vater war vermutlich noch immer in der Stadt und wartete auf Neuigkeiten.

Jess konnte sehen, wie die Wellen sich am Strand brachen, schwach beleuchtet vom Mondlicht. Es hatte immer Regeln gegeben, die manchmal zwar locker, aber immer eindeutig gewesen waren: keine Schuhe oben, täglich baden. Und noch eine: Sobald das Wasser die Felsen erreichte, sollten die Mädchen zum Cottage zurück. Sie durften noch nicht einmal in die Nähe des Strandes, wenn das Meer den Sand verschlang.

Jetzt waren die Felsen fast vollständig unter Wasser.

Rosa hätte schon einen wirklich guten Grund gebraucht, um sich so weit zu entfernen. Sie mochte es ja noch nicht einmal, sich *vor* dem Cottage zu verstecken statt im Garten, so tief war die Angst vor Fremden in sie eingebrannt. Und die Gasse neben dem Cottage war immer schon feucht und dunkel gewesen. Innen würde sie sich ebenfalls nicht verstecken – teils wegen dem Geist, aber vor allem aufgrund der Tatsache, dass in dunklen Ecken Spinnweben lauerten. Es ergab schlicht keinen Sinn, dass sie allein zum Strand hinuntergegangen und dann auch noch dortgeblieben war.

Jess sah etwas im Wasser.

Mehrere Erwachsene waren in der Nähe, doch sie bewegten sich in die falsche Richtung. Jess rannte los – intuitiv und ohne nachzudenken. Sie lief den Kiespfad hinunter und auf den Sand. Dort angekommen, kniff sie die Augen zusammen, um im Zwielicht besser sehen zu können. Sie kletterte auf einen nassen Felsen und spürte, wie sie mit ihren billigen Kindergummistiefeln wegzurutschen drohte. Sie glitt leicht nach links, und ein kalter, scharfer Stein zerriss ihr die Hose und verletzte sie am Bein. Jess fühlte sich plötzlich wirklich wie ein Kind: in einem zu großen Regenmantel und zu kleinen Gummistiefeln. Vor ihr erstreckte sich das gewaltige Meer, und in ihr keimte eine furchtbare Panik auf.

»Hilfe«, schrie sie. »Hilfe! Hier drüben!«

Mehrere Taschenlampen drehten sich in ihre Richtung, und das Licht war so hell, dass Jess unwillkürlich zurückwich. Dabei verlor sie den Halt auf dem Felsen und fiel in einen flachen Tümpel. Sekunden später tauchte sie hustend wieder auf und suchte nach Halt.

Die Hand einer Frau schoss auf sie zu. Es war ihre Nachbarin. Sie zog Jess in die Höhe und führte sie weg von den Felsen und auf den Sand.

»Bist du okay?«, fragte sie und beugte sich vor.

»Ich habe etwas gesehen.«

»Was?«, fragte ihre Nachbarin. »Was hast du gesehen?«

»In der Nähe der Felsen. Da treibt etwas.«

»Rühr dich nicht vom Fleck«, sagte die Frau und rief: »Hier drüben!«

Mehrere Leute rannten über den Strand. Ihre schweren Mäntel behinderten sie genauso sehr wie der tiefe Sand. Ein Mann in Watthose erreichte sie als Erster und stapfte ins Wasser.

»Ich sehe was«, rief er. »Ich hab's gleich!«

Jess konnte kaum atmen.

Sie war sich ihrer durchnässten Kleider genauso bewusst wie der Wunde an ihrem Bein, und sie zitterte am ganzen Leib.

»Das ist Treibholz!«, rief der Mann, und Jess zuckte unwillkürlich zusammen.

»Was hat das zu bedeuten?«, fragte sie.

»Das ist nur Holz, das an den Strand gespült worden ist. Nichts, worüber du dir Sorgen machen müsstest. Aber das ist eine gute Stelle. Jetzt mach, dass du wieder heimkommst. Trockne dich ab, und vielleicht …«

»Marianne!«

Jess' Nachbarin drehte sich um.

»Wir haben sie!«

Jess wollte etwas sagen, doch ihre Nachbarin rannte bereits.

»Sanitäter!«, rief jemand.

Jess stand wie erstarrt im Sand, während die Erwachsenen den Weg hinunter- und auf den Strand stürmten. Sanitäter in Warnwesten waren ebenfalls dabei.

»Bernie?«

Jess hörte jemanden den Namen ihrer Mutter rufen, oben am Cottage.

»Wir haben sie!«

Es ging hin und her zwischen den Suchtrupps und Polizisten, zwischen den Sanitätern und ein paar Passanten, die genau wie Jess wie erstarrt waren, weil endlich etwas passierte. Jess sah, wie die Menge ihrer Mutter Platz machte.

Jess stand weiter auf dem Sand.

Überall um sie herum herrschte jetzt Stille. Weiter den Strand hinunter bewegten sich zwar noch die Lichter, und dort waren auch Geräusche zu hören, doch nichts in unmittelbarer Nähe. Jedenfalls war das so, bis ein ganzer Schwarm von Menschen auf Jess zudonnerte: eine Masse rennender Erwachsener. Taschenlampen erhellten den Sand, und die Männer hielten eine Trage zwischen sich. Sie glitten an Jess vorbei, den Kiesweg hinauf und zu dem Krankenwagen, dessen Blaulicht noch immer blinkte. Jess folgte ihnen zum Cottage und beobachtete, wie die Trage in den Krankenwagen gewuchtet wurde. Sie sah, wie auch ihre Mutter einstieg.

»Was ist passiert?«, rief Ella.

»Ist sie verletzt?«, schrie Lydia.

Beide trugen sie ihre Sommerpyjamas – gestreifte Baumwollhosen und geknöpfte Oberteile –, und zum Schutz vor dem Regen blieben sie auf der Veranda.

»Ich weiß es nicht«, antwortete Jess. »Ich habe sie nicht gesehen.«

Eine Polizeibeamtin trat auf die Schwestern zu.

»Mädchen«, sagte die Frau. »Lasst uns reingehen.«

Sie rührten sich nicht.

»Sie wird schon wieder gesund werden. Wir haben sie in einer Höhle gefunden. Die Flut hat sie dort gefangen. Sie hat einen Schock, und ihr ist kalt, aber es geht ihr gut. Vertraut mir. Es gibt keinen Grund, sich Sorgen zu machen.«

Lydia begann, hysterisch zu schluchzen, und schlug die Hände vors Gesicht.

»Es … Es tut mir so leid«, heulte sie.

Die Beamtin beugte sich vor und drückte sie an sich, wie eine Mutter ihre Tochter an sich drückt, auf eine Art, auf die die Schwestern schon lange nicht mehr gedrückt worden waren.

»Komm, Süße«, sagte die Polizistin. »Willst du eine warme Milch?«

»Nein«, antwortete Lydia. »Nein. Ich muss … Ich muss das erklären … Es tut mir so leid.«

»Ich kümmere mich um sie«, sagte Ella. »Danke.«

Jess drehte sich um und lief zum Krankenwagen, wo ihre Schwester auf dem Rand der Trage saß. Ihre Füße baumelten in der Luft.

»Rosa«, rief Jess.

Rosas Gesicht war knallrot und geschwollen, tränenüberströmt und müde, aber sie lächelte schwach. Jess sprang in den Wagen und drückte sie fest an sich. Als Umarmung war das fast schon zu brutal. Rosa wand sich in dem festen Griff.

»Lass mich los«, forderte sie. »Du tust mir weh!«

»Du bist okay!«

Rosa nickte.

»Was ist denn passiert?«

Jess sollte es noch viele Monate nicht erkennen, und bis sie es verstand, sollten noch einmal Jahre vergehen, aber das nervöse Gefühl in ihren Gliedern war der Beginn der Schuldgefühle, die sie jahrzehntelang plagen sollten. Sie war diejenige, die die Schwestern immer zu irgendwelchem Unfug angestiftet hatte. Sie war diejenige, die Streiche über alles liebte. Sie war diejenige, der ihr kleines Spiel langweilig geworden war und die auf etwas Größeres bestanden hatte. Sie war diejenige, die ihre Schwester nicht hatte finden können.

»Ich habe mich versteckt und konnte nicht mehr raus«, sagte Rosa.

»Warum bist du denn so weit gelaufen?«

Rosa zuckte mit den Schultern.

»Geh rein«, sagte ihre Mutter zu Jess. »Bitte.«

»Nein, ich will …«

»Wir gehen nirgendwohin. Wir kommen gleich.«

Rosa lächelte erneut, diesmal ein wenig wärmer, und sie nickte, als wolle sie sagen »alles gut«. Doch irgendetwas fühlte sich nicht richtig an.

2. WEIHNACHTSTAG

Kapitel 28
26. Dezember 2017
Marianne

Das war ihr wichtigstes Spiel in jenem Sommer: Verstecken. Ich wusste nicht, dass an jenem Nachmittag etwas anders war, dass etwas nicht stimmte, nicht, bis die Polizei mit Blaulicht und Sirenen die Straße hinuntergerast kam. Ich hatte die Mädchen im Garten gesehen, und später hatte ich ihre Mutter gesehen, wie sie ums Haus gerannt war und immer wieder nach ihrer Jüngsten gerufen hatte.

Ich saß gerade hier mit meinem Mann am Tisch, als wir hörten, wie alles begann. Ich lief sofort zum Fenster. Ich fürchtete schon, sie wollten zu mir. Ich weiß nicht, ob Sie dieses Gefühl kennen, wenn die Polizei unerwartet vor Ihrer Tür steht, doch dieses Klopfen hallt noch nach Jahrzehnten in Ihrem Kopf wider; tatsächlich wird man es nie ganz los.

Bernadette war auf ihrer Veranda und winkte wie wild, als hätte sie Angst, die Polizisten könnten an ihr vorbeifahren. Sie lief dem ersten Wagen entgegen, gestikulierte manisch und deutete immer wieder zum Feld und dann zum Cottage.

Ich ging hinaus.

Eric trat neben mich auf die Veranda. Auch er wollte sehen, was los war.

Eric war vierzig Jahre im Dienst gewesen, und er kannte die meisten Beamten da draußen. Tatsächlich hatte er sie sogar schon als Jungen gekannt, lange bevor sie zur Polizei gekommen waren. Er war der beste Beamte, den unser Revier je gesehen hatte: gerecht, streng und gründlich. Ich habe gesehen, wie andere Beamte

Haltung annahmen, wann immer er kam, auch die Frauen, und auch nach der Pensionierung genoss er noch einen tadellosen Ruf.

Ich hätte ihn ermutigen sollen weiterzuarbeiten. Ich denke, er hätte dann auch länger durchgehalten. Damals glaubte ich jedoch, dass er zu viel arbeiten würde, dass ihm ein Herzinfarkt oder Schlaganfall drohen würde, wenn er so weitermachte, und dass er bei mir daheim sicherer wäre. Ich schaute zu, wie er Hände schüttelte und Schultern klopfte. Spätestens da hätte ich wissen müssen, dass er ohne den Dienst langsam verkümmern würde.

Ich deckte unser Abendessen mit Alufolie ab und meldete mich freiwillig zur Suche. Bestimmt würde mich gleich jemand zur Seite nehmen, dessen war ich mir sicher; doch das passierte seltsamerweise nicht. Sonst hätte ich ihnen nämlich erzählt, was an diesem Nachmittag geschehen war. Ich war gerade auf dem Weg hinten in den Garten, fest entschlossen, sämtliche Rosenstauden noch vor dem Abendessen von ihren verwelkten Blüten zu befreien. Dabei sah ich drei Mädchen die Einfahrt hinunterlaufen.

Ich ging nach oben, um aus dem vorderen Fenster zu schauen. Von da hat man die beste Sicht. Ich kann es Ihnen später zeigen, wenn Sie wollen. Ich hatte dort immer einen Schreibtisch. Da habe ich den Sonnenuntergang über dem Wasser zu verschiedenen Jahreszeiten gezeichnet. Und an diesem Nachmittag habe ich etwas gesehen. Zuerst wirkte das gar nicht ungewöhnlich. Erst im Nachhinein – mit dem Wissen, was als Nächstes kommen würde – beunruhigte mich das doch sehr.

Ich hatte noch nie eine Familie mit vier Kindern gesehen, die sich derart gleichen. Man hätte glauben können, sie seien Klone, zwar mit mehreren Jahren Altersunterschied, aber mit den gleichen Genen. Eric – als Kriminalbeamter – war fasziniert von den Fortschritten im Bereich der Genetik, und er hat über das ganze Gesicht gestrahlt, als man seinem Team endlich erlaubt hatte, selbst Genproben zu nehmen. Ich konnte die Mädchen nur voneinander unterscheiden, wenn sie zusammen waren, und das auch nur anhand ihrer Körpergröße. Ich hätte vielleicht zur Polizei gehen sollen, anstatt darauf zu warten, dass sie zu mir kam – wenn ich denn die Möglichkeit gehabt hätte zu sagen, welche der Schwestern mit der Sache zu tun hatte. Aber für mich sahen sie alle gleich aus.

EIN TAG ZUVOR

Kapitel 29
Lydia
24. Dezember 2017

Lydia stört es nicht, dass ihre Schwestern herumpoltern. Der wütende Wortwechsel auf der Treppe ist ihr egal. Dass sie sich streiten, kümmert sie nicht, eher schon die Möglichkeit, dass sie mit hineingezogen werden könnte. Doch das wird sie nicht zulassen. Falls notwendig, wird sie beide vollständig aus ihrem Leben entfernen, genau wie sie es vor zehn Jahren schon einmal getan hat. Dabei liebt sie sie von ganzem Herzen. Sie wünschte, sie würde auch sich selbst so lieben, aber da sie nicht den Hauch von Selbstrespekt hat, wird sie einfach nur so tun und Grenzen ziehen, sich selbst an erste Stelle setzen.

Lydia will nicht runtergehen. Sie hat Angst, sich ihrer älteren Schwester zu stellen. Und so bleibt sie feige wie immer auf ihrem Zimmer und scrollt durch die Apps auf ihrem Handy. Schließlich ruft sie die Dorfwebseite auf.

Lydia kann einfach nicht glauben, dass ihr kleiner Geist ein echtes Kind war, das nur wenige Meter von dem Ort entfernt gelebt hat, wo sie jetzt wartet, ein Mädchen, das ein Leben in einem Cottage hatte, genau wie dieses hier. Lydia öffnet einen neuen Tab und sucht: *National Association for Mental Health*. Sie stellt fest, dass die Organisation in den letzten Jahren umbenannt worden ist, und sie erkennt den neuen Namen und das Logo. Sie hat bereits viele Stunden auf deren Webseite verbracht und bei besonders großen Problemen sogar ihre Hotline angerufen. Lydia klickt wieder zu der Dorfwebseite zurück und folgt den Links am unteren Ende der Seite: eine Spendensammlung, eine Gedenkveranstaltung …

Gelegentlich – *öfter*, wenn sie ehrlich ist – hat Lydia mit Selbstmordgedanken gespielt. Natürlich würde sie es nie tun – sie ist eben ein Feigling –, aber die Vorstellung, in einen ewigen Schlaf zu fallen, hat etwas Tröstendes an sich. Sie hasst den Gedanken, dass dieses Mädchen zu so einer finsteren, drastischen Tat getrieben worden ist – sich auf eine Klippe zu stellen und ins Meer zu springen –, aber sie versteht den Impuls. Und sie hasst es auch, dass das Vermächtnis des Mädchens so verzerrt worden ist, dass man sich an sie nur als einen Geist erinnert, der die Dorfkinder heimsucht.

Charlie war derjenige, der ihre Köpfe mit diesen Spukgeschichten gefüllt und den Schwestern den seltsamen Geist auf ihrem Dachboden vorgestellt hat. Er hat sein ganzes Leben im Dorf verbracht; also muss er die Wahrheit gekannt haben, auch mit erst dreizehn, vierzehn Jahren. Er muss sich der Tatsache bewusst gewesen sein, dass es da ein echtes Mädchen gegeben hat, das Trost in den Wellen gesucht hat. Denn solche Geschichten sind genau die Art von Legenden, die einer Kleinstadt erst ihre Identität verleihen. Sie werden von Generation zu Generation weitererzählt. Eltern erzählen sie ihren Kindern, und Geschwister erzählen sie sich untereinander. Und jene, die mit diesen Erinnerungen leben müssen, haben keine Möglichkeit mehr, sie zu vergessen.

Lydia weiß das alles. Auch sie hat nie vergessen.

Während sie ihren Schwestern lauscht, die durch das Cottage stapfen, ändert sich ihr Bild von Charlie. Aus dem Kind in Badehose wird ein bösartiger Betrüger, ein Teenager, der fest entschlossen ist, Schmerzen zu verursachen. Er hätte nie die Geschichte eines jungen Mädchens in ihren letzten Augenblicken manipulieren dürfen, um anderen jungen Mädchen Angst zu machen. Um es mit den Worten ihrer Mutter zu sagen: Charlie hat es faustdick hinter den Ohren.

Aber werden aus bösen Kindern auch zwangsläufig böse Erwachsene?

Charlie hatte – und hat – Zugang zu ihrem Cottage. Ella hat recht, wenn sie sagt, dass er durchaus hinter den furchtbaren Gegenständen stecken könnte, die sie in der Nacht zuvor gefunden haben. Charlie hätte sie problemlos mitbringen und im Haus verteilen können, als er gekommen ist, um den Heizkessel zu reparieren. Das ist genau die Art von Verhalten, das man von einem Teenager erwartet, der Geschichten erzählt, um damit Angst zu verbreiten.

Und auch Marianne hat sich verändert. Sie ist nicht mehr die finstere, alte Hexe, die aus dem Fenster starrt und ihre Nachbarn beobachtet. Lydia weiß, was Trauer wirklich bedeutet, was Schuldgefühle bedeuten, denn sie quälen sie heute noch genauso wie der Geist vor all den Jahren. Es fällt schwer, eine Frau zu hassen, die so extrem gelitten hat.

Lydia hört, wie sich der Schlüssel im Badezimmerschloss dreht, und geht in die Küche, um sich Toasts zu machen. Normalerweise hat sie morgens keinen Hunger, aber die Sorgen haben ihr Appetit gemacht. Sie steckt vier Scheiben in den Toaster, nicht nur zwei wie sonst. Sie trägt ihren Pullover und ein Extrapaar Socken, dennoch ist ihr kalt – und das, obwohl der Heizkessel inzwischen wieder schnurrt.

Rasch kehrt sie wieder in ihr Schlafzimmer zurück und zieht sich an. Dann bringt sie ihre Taschen in die Küche. Sie wird noch so lange hierbleiben, bis der Mechaniker sich meldet und es an der Zeit ist zu gehen.

Sie zwingt sich, nicht länger an die Vergangenheit zu denken und sich stattdessen auf die Zukunft zu konzentrieren.

Sie hat gerade wieder ihr Telefon in der Hand, um nachzusehen, ob der Mechaniker ihr eine Nachricht geschickt hat, als sie draußen einen Motor hört. Die Erleichterung ist gewaltig: Da ist er ja! Jetzt wird er ihren Wagen reparieren, und sie kann wieder heim. Alles wird gut.

Lydia läuft zur Haustür. Vielleicht hat er den Wagen ja schon repariert, hinten auf der Straße, und jetzt hat er ihn nur noch zum Cottage geschleppt. Dann könnte sie sofort losfahren. Sie würde nur ihre Tasche aus der Küche holen müssen. Lydia erwartet, einen Van oder einen kleinen Truck zu sehen, doch stattdessen steht da ein kleiner silberner Kombi in der Einfahrt.

Lydia tritt auf die Veranda hinaus.

»Hallo?«, ruft sie.

Sie erwartet, dass ein Mann aus dem Wagen steigt: groß, breitschultrig und in schmutziger Arbeitskleidung.

Doch eine Frau steigt aus dem Auto: klein, schlank, grauhaarig.

Lydia ist noch nie geschlagen worden – war noch nie Zeuge eines Kampfs gewesen –, und doch weiß sie mit seltener Sicherheit, dass ein Schlag in die Magengrube sich so anfühlen muss. Es raubt ihr den Atem, nicht wie bei einer normalen Panikattacke, sondern als sei plötzlich alle Luft aus ihrer Brust gewichen, mit einem Schlag. Denn diese Frau kommt Lydia auf unheimliche Art vertraut vor: bekannt und doch unbekannt, gleich und doch anders, vergessen, aber in jeder Erinnerung.

Als sie gegangen ist, war ihr Haar noch rot.

Und doch, es ist dieselbe Frisur, wie ein Helm ein paar Zentimeter über der Schulter. Damals war die Frau schlank und elegant, doch auch das hat sich geändert. Jetzt ist sie irgendwie kleiner, und ihre Schultern sind nach innen gedreht.

Aber als sie den Blick hebt, ist es, als hätte sich nie etwas verändert.

Sie ist da in Lydias Gesicht, in seiner Struktur: die dicken Augenlider, die hohen Wangenknochen, die geraden Augenbrauen … All das ist Lydia vertraut, und all das bestätigt es.

Dies hier ist ihre Mutter. Bernadette.

TEIL 4

EIN TAG
ZUVOR

Kapitel 30
24. Dezember 2017
Lydia

Lydia liest keine Bücher.

Sie ist nicht an Lügen interessiert, die einem anderen Geist entsprungen sind, an Geschichten aus anderen Leben. Sie hasst nichts mehr als eine überraschende Wendung in einem Roman. Sie meidet alles, was sie erschrecken oder in eine andere Richtung lenken könnte. Denn für sie ist das Wichtigste, ihr Schiff auf Kurs zu halten.

Lydia blickt in den Himmel hinauf. Er ist weiß von Wolken, und das Laub raschelt im Wind. Sie schaut zu dem Auto, das vor dem Cottage parkt, zu den Beulen in der Motorhaube und zu der Fahrerin hinter der Tür. Als Erstes überkommt sie ein überwältigendes Gefühl von Sehnsucht. Sie hat sie vermisst, zumindest eine Version dieser Person, jeden einzelnen Tag. Manchmal war es unmöglich, ihr Fehlen jemandem zu erklären. Lydia hat sich immer die Erinnerung an die Mutter bewahrt, wie sie vor jenem Sommer gewesen ist. Sie will glauben – und das hat sie sich oft eingeredet –, dass nur ein Monster hätte tun können, was ihre Mutter getan hat. Sie kennt keine andere Mutter, die ihre Kinder im Stich gelassen hätte. Natürlich weiß sie von Vätern – von vielen sogar –, aber für Mütter gelten andere Regeln.

Und Lydia weiß auch, dass wir alle Fehler begehen.

Instinktiv will sie die Art von Frau sein, die verzeihen kann. Sie mag es nicht, sich selbst als wütend oder launisch zu sehen. Sie will die Wohlwollende sein: nicht heroisch oder dynamisch, sondern selbstlos und mitfühlend. Sie versucht, ihren Geist von der Wut abzulenken. Erneut denkt sie an die Wolken, die sanfte Brise und das Auto.

Atme, ermahnt sie sich selbst. *Atme*.

Doch die Wut steigt weiter in ihr auf, erreicht ihre Zunge, und trotz ihres Willens, sie wieder herunterzuschlucken, breitet sie sich langsam aus und zwingt sie, etwas zu sagen.

»Nein«, flüstert sie.

Lydia hat versucht, die positiven Erinnerungen an ihre Mutter umzuschreiben, sie in etwas Furchtbares zu verwandeln. Dabei war sie eine Zeit lang schlicht die beste Mutter der Welt. Sie hat sich einfach nur in so viel Verlust verloren – ihre Ehe, ihre Tochter –, und es ist schwer, jemanden für diese Art von Trauer zu bestrafen. Doch Lydia kann ihr gegenüber kein Wohlwollen zeigen, denn Mütter dürfen nicht zerbrechen. Sie haben eine ganz bestimmte Rolle zu spielen, und in dieser Rolle ist kein Platz für Versagen.

»Nein«, sagt sie noch einmal, diesmal lauter. »Das kann nicht sein …«

»Lydia«, sagt Bernadette – ihre Mutter – und streckt die Hand aus, obwohl sie mehrere Meter auseinanderstehen.

Instinktiv weicht Lydia einen Schritt zurück. Hinter ihr steht die Haustür noch immer offen wie ein Portal zu einer anderen Welt. Sie hört Schritte im Flur, nackte Füße auf Holz, und wartet.

»Warum steht die Haustür denn auf?«, fragt Ella. »Was machst du da?«

Lydia schweigt.

Ella tritt aus der Tür und neben ihre Schwester.

»Warum bist du …?«

Ella trägt schwarze Leggings und eine hauteng schwarze Jacke. Das ungewaschene Haar hat sie sich zu einem Dutt gebunden. Sie ist verwirrt – von der offenen Tür, dem Winterwind und von dem Auto vor der Tür –, und dann verzerrt sich ihr Gesicht zu etwas Hässlichem, und sie fletscht die Zähne.

»Du«, zischt sie.

»Ella«, sagt Bernadette.

»Was zum …?«

»Können wir reden? Bitte?«

»Können wir *was*?«

»Reden«, wiederholt Bernadette. »Bitte.«

Ella trommelt mit den Fingern auf ihrem Bein und tritt von einem Fuß auf den anderen.

»Ich … Ich glaub das nicht … Du … Wie …?«

Lydia hat noch nie erlebt, dass ihrer Schwester die Worte fehlen.

Plötzlich ist Ella wie erstarrt. Dann strafft sie die Schultern und richtet sich zu voller Größe auf.

»Definitiv nein.«

Lydia sieht die Verheerung in Bernadettes Gesicht. Erneut denkt sie an Vergebung, und sie fragt sich, ob ihre Schwester das auch fühlt: dieses Bedürfnis, Buße zu tun und anderen zu verzeihen, in der Hoffnung, dass einem selbst auch eines Tages verziehen wird.

»Liebling …«

»*Liebling*?«, kreischt Ella, ein Geräusch, das so gar nicht zu dieser sonst so beherrschten Frau passen will. »Liebling? Ich? Liebling?« Sie lacht. »Das glaube ich kaum, Scheiße noch mal.«

Lydia dreht sich um und bewegt sich langsam wieder aufs Haus zu … wie ein Kind, das glaubt, Dinge verschwinden einfach wieder, wenn man sie nicht mehr sehen kann. Sie wirft einen Blick auf ihren Koffer neben der Küchentür. Der Mechaniker ist bestimmt irgendwo, um ihr Auto zu reparieren. Sie könnte noch immer bei Sonnenuntergang zu Hause sein und sich dann sagen, dass das alles nie passiert ist. Sie würde es schlicht in den entferntesten Winkel ihres Gedächtnisses verschieben, an einen Ort, an dem sie es nicht mehr finden kann.

Plötzlich überkommt Lydia eine schier unheimliche Ruhe,

als Stille ins Cottage einkehrt. Die Dusche wird abgedreht, die Pumpe verstummt. Dann hört sie schnelle Schritte im Badezimmer, gefolgt vom Knallen einer Tür. Lydia sieht, wie ihre Schwester nur in einen Bademantel gekleidet die Stufen hinunter und auf die Veranda stürmt.

»Mom?«, sagt sie. »Was machst du denn hier? Ich wusste nicht …«

Wasser tropft von ihren nackten Beinen, und ein dunkler, feuchter Fleck bildet sich auf ihren Schultern. Jenseits der Straße ist noch immer Frost im Gras zu sehen. Auch der Mond scheint noch.

»Warum bist du …?«

»Ich wollte euch sehen«, sagt Bernadette.

Langsam schließt sie die Autotür und tritt näher.

Sie wischt sich das Haar aus dem Gesicht und strafft die Schultern.

»Woher wusstest du überhaupt, dass wir hier sind?«, verlangt Ella zu wissen. »Wie hast du uns gefunden?«

Das ist eine gute Frage, eine vernünftige.

Die Schwestern haben das Cottage zwanzig Jahre lang nicht mehr besucht, und seit zehn Jahren haben sie sich auch nicht mehr gesehen. Sie waren lange, lange Zeit keine Schwestern mehr und mit Sicherheit niemandes Tochter. Sie waren drei separate Frauen mit separaten Leben, und das sind sie noch immer.

Es heißt, Blut sei dicker als Wasser. Allerdings kann man mit Wasser alles wegwaschen.

»Und?«, fragt Ella.

»Und?«, wiederholt Lydia.

Eine kleine Bombe hängt in der Luft zwischen ihrer Mutter und ihrer ältesten Schwester. Wie an einem Fallschirm sinkt sie langsam zu Boden. Es könnte ein Geheimnis sein, eine Lüge oder ein Versprechen – oder alles drei –, und nur zwei von ihnen wissen, was das wirklich zu bedeuten hat.

»Jess?« Lydia dreht sich zu ihr um. »Hast du davon gewusst?«

Kapitel 31
24. Dezember 2017
Ella

Ella hat ihre Mutter seit dreizehn Jahren nicht mehr gesehen.

Beim letzten Mal war sie sechzehn Jahre alt und steckte mitten in ihren Abschlussprüfungen. Sie stand vor der Schule in der Schlange, um ihren letzten Test zu schreiben. Ella weiß noch, wie ihre Mutter aus einer Nebenstraße kam. Sie trug Morgenmantel und Slipper, hatte sogar noch Lockenwickler im Haar. Vollkommen außer sich kratzte sie sich den Kopf und plapperte vor sich hin. Immer wieder sagte sie, dass sie sofort die Zwillinge sehen müsse. Sie packte den Lehrer am Tor, der – zu Recht – die Polizei gerufen hatte.

Ella war an ihrem Platz in der Schlange geblieben und hatte gewartet.

Auch Lydia musste irgendwo in der Schlange gewesen sein.

Es dauerte nicht lange, bis ein Streifenwagen erschien, wenn auch ohne Blaulicht und Sirene, doch ihre Mutter war da schon wieder nach Hause gerannt. Aber schon vor diesem letzten Spektakel war es im Haus der Familie eher seltsam zugegangen. Ihre Mutter hatte die letzten drei Monate größtenteils in ihrem Schlafzimmer verbracht, oft zusammengerollt unter der Decke. Manchmal hatte sie auch im Sessel gesessen und aus dem Fenster gestarrt. Sie war längst nicht mehr dieselbe Frau, dieselbe Mutter wie einst. Verzweifelt hatte sie lange Zeit versucht, so etwas wie Normalität zu wahren – nicht immer erfolgreich. Sie war fest entschlossen gewesen, ihr Heim nicht von Trauer zerfressen zu lassen. Doch zuerst langsam und dann immer schneller war ihr die Situation entglitten, und sie hatte fast nur noch geschlafen.

Dort, wo sie immer gewesen war, entstand sofort ein Loch. Es war jeden Morgen da, wenn sie nach unten kamen: Die Zimmer waren noch immer dunkel, und in der Spüle stapelte sich das schmutzige Geschirr. Erst Wochen später, als schließlich das Wasser abgeschaltet wurde, kapitulierten die drei Schwestern und riefen ihren Vater an.

*

Ella erkennt nichts Vertrautes an der gebeugten, grauhaarigen Frau, die da vor ihr steht, mit den tiefen Falten auf ihrer Stirn und den dürren, knochigen Fingern. Außerdem: Warum ist die Jeans der Frau so weit, dass sie kaum an der schmalen Hüfte hängt? Warum trägt sie eine viel zu große Strickjacke? Am liebsten würde Ella diese schwache Frau einfach verscheuchen, denn sie will – oder muss – sich an ihre Mutter als monströs und grausam erinnern.

Über Jahre hinweg hat Ella sich immer wieder die gleiche Geschichte erzählt: dass nur eine wahre Rabenmutter ihre Kinder einfach so im Stich lassen würde. Und jetzt ist sie nicht im Mindesten daran interessiert, diese Geschichte wieder umzuschreiben.

»Ich brauche Schuhe«, sagt Jess.

Sie steht barfuß im Kies der Einfahrt. Ihre Nägel sind perfekt lackiert, doch ihre Zehen sind schon fast blau. Sie geht um die Zwillinge herum in den Flur und zieht sich ihre schwarzen Turnschuhe an.

»Ella«, sagt ihre Mutter. »Könnten wir …«

»Du solltest jetzt besser gehen«, fällt Ella ihr ins Wort. »Du bist hier nicht willkommen.«

»Es wäre wirklich toll, wenn wir miteinander reden könnten«, sagt ihre Mutter.

»Wir bleiben aber nicht«, erwidert Ella. »Wir haben schon gepackt.«

»Es wird auch nicht lange dauern.«

Jess kommt wieder raus, und die drei Schwestern drängen sich auf der kleinen Veranda: eine im Morgenmantel, eine in Sportkleidung und eine in mehreren Schichten Wolle.

»Und?«, wendet Lydia sich noch einmal an Jess. »Hast du davon gewusst?«

Jess schüttelt den Kopf. »Nein. Definitiv nicht.«

»Du wusstest nicht, dass sie auch kommen würde?«

»Ich hatte nicht die geringste Ahnung.«

Ella mustert ihre Schwester aufmerksam.

»Nicht, dass sie kommen würde«, sagt Ella. »Aber irgendetwas wusstest du, nicht wahr?«

»Lasst uns reingehen«, schlägt Jess vor. »Da können wir dann reden und …«

»Nein«, unterbricht Lydia sie. »Ich gehe nicht wieder rein. Ich werde nicht …«

Ella hebt die Hand und nickt in Richtung des Nachbarcottages, wo das Gesicht einer Frau im Fenster zu sehen ist.

»Na schön«, seufzt Lydia. »Aber sobald der Mechaniker hier ist …«

»Jaja«, sagt Jess. »Wir wissen schon. Dann fährst du.«

*

Ella steht am Ofen und lässt die anderen sich zuerst einen Platz suchen.

Sie hat noch nicht auf dem klapprigsten der vier Stühle gesessen. Jetzt beobachtet sie, wie ihre Mutter kurz dahinter stehen bleibt und sich dann setzt. Sie schaut zu dem letzten verbliebenen Stuhl – ihrem Stuhl – und beschließt stehen zu bleiben. In ihrer Universitätszeit ist sie oft stehen geblieben – meist, wenn sie ausgegangen ist, und immer bei Männern –, denn es hat ihr geholfen, den kleinen Teil ihres Egos ruhigzustellen, der wieder und wieder darauf bestand, dass sie nicht richtig dazugehörte.

Ella versucht, die Fragen zu ignorieren, die wie Bomben in ihrem Kopf explodieren: *Wie kann ihre Mutter es wagen, einfach so aufzutauchen? Wie kann sie es wagen, ihr Wiedersehen zu unterbrechen, und dann auch noch davon auszugehen, dass sie hier willkommen ist?* Denn Ella fühlt, wie die Stimmung im Cottage sich verändert, dass da eine Krankheit an diesem Ort lauert, die sich immer mehr verbreitet und ihr den Boden unter den Füßen wegreißt.

»Dann mal los«, sagt Lydia. »Eine von euch sollte uns das erklären.«

Ella fällt auf, wie sehr ihre älteste Schwester ihrer Mutter gleicht. Beide haben das gleiche kurz geschnittene Haar und die gleichen hohen Wangenknochen.

»Ich habe einen Brief bekommen«, beginnt Jess. »Das war vor gut einem Jahr. Er lag plötzlich vor meiner Tür. Ich hatte nicht damit gerechnet.«

»Der war von mir«, fügt ihre Mutter hinzu. »Ich habe auch andere Dinge geschickt. Ich weiß nicht, ob ihr …«

»Was stand da drin?«, verlangt Ella zu wissen.

Sie will nicht die Stimme ihrer Mutter hören, die zwar rauer, aber auch schrecklich vertraut klingt.

»Es dauerte eine Zeit, bis ich mir erklären konnte, was geschehen war«, fährt Jess fort. »In dem Brief stand, ich solle die Details für mich behalten. Ja, ich weiß, ich hätte euch davon erzählen sollen, aber der Brief warf alte Fragen wieder auf.«

»Fragen?«, hakt Ella nach.

»Ich habe keinen Brief bekommen«, erklärt Lydia.

»Nein«, sagt ihre Mutter. »Aber ein Foto.«

Lydia gibt ein lautes Geräusch von sich, irgendetwas zwischen Seufzen und Stöhnen.

»Das warst du?«, fragt sie. »Das hast du mir anstatt eines Briefes geschickt? Ich wusste noch nicht einmal, von wem das kam!«

»Wer hätte es dir denn sonst schicken sollen?«, fragt ihre Mutter.

»Dad! Er hat doch das Haus ausgeräumt.«

Ella darf nicht riskieren, dass ihre Schwestern sie fragen, was sie bekommen hat.

»Du hast gesagt, du wolltest uns sehen«, wendet sie sich an ihre Mutter. »Nun, das wäre jetzt ja erledigt. Du hast uns gesehen.«

»Ich würde das alles gern erklären.«

»Ich will aber keine Erklärung«, sagt Lydia. »Ich will, dass du verschwindest. Ich will selbst nicht mehr hier sein!«

Ella gefällt das Schweigen nicht, das auf ihren Ausbruch folgt. Es fühlt sich nicht sanft an, sondern rau, hungrig.

»Das hier ist ein Fehler«, sagt sie. »Wir sollten nicht hier sein. Nicht jetzt.«

»Aber …«, beginnt Jess.

»Du hast recht«, sagt Lydia und nickt Ella zu. »Ich will heim.«

Sie kramt ihr Telefon hervor, drückt eine Taste und hält es sich ans Ohr.

»Wo steckt er nur?«, murmelt sie vor sich hin. »Er sollte doch längst hier sein.«

Sie steht auf und läuft im Kreis um den Tisch.

»Wenn er nicht kommen würde, dann hätte er doch angerufen, oder? Meint ihr nicht?«

»Er taucht schon auf«, versichert Ella ihr.

»Bist du dir sicher?«

»Ich bin mir sicher.«

»Ich weiß nicht«, sagt Lydia. »Ich gehe mal auf die andere Straßenseite.«

»Zu Marianne?«, fragt ihre Mutter.

»Ja.«

Sie schnappt sich ihren kleinen Koffer und zieht ihn auf den Rollen aus dem Haus und zur Einfahrt.

»Sie hat recht«, sagt Ella. »Wir sollten gehen.«

Sie hat versucht – und sollte es weiter tun –, ihre Schwestern unauffällig von hier zu verscheuchen, zurück zu ihrem jeweiligen Zuhause. Sie weiß, dass sie alle an unterschiedlichen Orten sicherer wären. Darauf muss sie sich konzentrieren, auch wenn das heißt, dass keine von ihnen mehr Gelegenheit hat, zu sagen, was sie sagen will.

ZWANZIG JAHRE ZUVOR

Kapitel 32
1. August 1997

Ella nahm an, dass sie schon stundenlang geschlafen hatte, als sie plötzlich von einem Schrei geweckt wurde, der durch den Flur hallte. Ihr erster Gedanke galt dem Geist. Ihr zweiter galt der Dummheit von Geistern. Ihr dritter galt ihren Schwestern.

Vielleicht war ja jemand verletzt.

Lydia saß aufrecht im Bett. Sie starrte zur Tür und wartete darauf, dass sie sich öffnete.

Von draußen hörten sie die Stimme ihrer Mutter:

»Liebling! Wach auf! Wach auf!«

Ella kletterte aus dem Bett und öffnete langsam die Tür.

»H... Hallo?«, flüsterte sie.

»Ella?« Es war nur ihre Mutter. »Alles ist gut. Wir sind hier.«

Sie schaute den dunklen Flur hinunter, vorbei an der offenen Tür zu dem Zimmer, in dem ihre Eltern schliefen, und in das kleinste Schlafzimmer. Sie sah ihre Schwester in der Tür stehen, erhellt von ihrem bernsteinfarbenen Nachtlicht. Sie hielt ihre Puppe umklammert.

»Es war nur ein Albtraum«, rief ihre Mutter. »Sie hat schlafgewandelt. Tut mir leid. Ich habe dir Angst gemacht, aber jetzt ist alles gut. Alles wird wieder gut.«

Lydia wusste, wie es sich anfühlte, mitten in der Nacht von den schrecklichen Geschichten geweckt zu werden, die ihren Ursprung im eigenen Geist haben. Sie war mit dieser hartnäckigen Furcht vertraut, dieser unangenehmen Art von Angst, deren Ursprung man selbst ist. Ella war tief getroffen, dass nun auch ihre Schwester darunter litt. Allerdings wusste sie, wie tröstlich ihre

Mutter in solchen Augenblicken sein konnte. Manchmal konnte Ella sich sogar selbst mit den Worten ihrer Mutter beruhigen: *Du musst keine Angst haben. Ich komme wieder und schaue nach dir. Das werde ich immer tun. Ich werde immer zurückkommen.*

Ella stand abwartend im Türrahmen. Rosa erlaubte ihrer Mutter, sie wie ein Baby hochzuheben, und ließ sich ein Stück durch den Flur tragen. Jetzt warf auch Jess einen Blick aus ihrem Zimmer.

»Ist alles okay?«

»Es war nur ein Albtraum«, antwortete Ella.

»Wegen der Höhle?«, fragte Jess.

Doch niemand antwortete ihr.

*

Normalerweise wachte Ella morgens als Erste auf, denn es bedurfte nur eines einzigen Sonnenstrahls, der durch die Vorhänge fiel, um sie zu wecken. Diesmal war jedoch schon jemand unten. Sie hörte Lachen und das stete Summen des Fernsehers.

Ella wäre gern ein wenig gelaufen.

Sie joggte jetzt schon seit sechs Monaten, vorwiegend morgens. Anfangs war sie mit ihrem Vater gelaufen und immer in seiner Sichtweite geblieben. Nachdem er sie verlassen hatte, war sie weitergelaufen. Sie stand früh auf und kehrte schon wieder nach Hause zurück, wenn alle noch schliefen, sodass niemand wusste, dass sie fort gewesen war. Das vermittelte ihr ein Gefühl von Stabilität.

Rosa lümmelte auf dem Sofa. Sie trug noch immer ihren Schlafanzug. Eine Decke lag auf ihren Beinen und ihr Kopf auf den Oberschenkeln ihrer Mutter. Sie schauten sich irgendwelche bunten Cartoons an, die normalerweise verboten waren. Die verursachten »Hirnfäule«, sagte ihre Mutter immer. Ella zwängte sich zu ihnen aufs Sofa. Sie wollte auch schauen.

»Pass doch auf«, schimpfte ihre Mutter. »Sei vorsichtig.«

Ella schaute verwirrt zu ihr.

»Schubs deine Schwester nicht.«

»Habe ich doch gar nicht«, sagte Ella.

»Gut.«

Etwa zwanzig Minuten später kam Lydia in den Raum und setzte sich auf den Boden. Sie hatte sich einen Pullover über den Pyjama gezogen und schnappte sich die Decke vom zweiten Sofa für ihre Beine. Sie zitterte leicht; ihre Haut wirkte eisiger als normal, und ihr Haar war matt.

»Es ist ein bisschen kalt«, bemerkte sie.

»Ja?«, erwiderte ihre Mutter. »Rosa?«

Rosa starrte weiter auf den Fernseher, vollkommen fasziniert von der schnellen Bilderfolge und der lauten Musik.

»Du sagst mir doch Bescheid, wenn dir kalt ist, oder?«

Rosa nickte dümmlich und wie hypnotisiert.

Ein lauter Knall hallte durchs Haus, als die letzte Schlafzimmertür aufschwang. Auf der Treppe waren schnelle Schritte zu hören, dann platzte Jess ins Wohnzimmer. Sie hatte nichts Anmutiges oder Elegantes an sich. Sie bewegte sich einfach nur.

»Frühstück?«, verlangte sie zu wissen.

»Dir auch einen guten Morgen«, sagte ihre Mutter.

»'tschuldigung«, erwiderte Jess. »Morgen. Essen?«

»Ja, in der Küche.«

Jess seufzte vernehmlich, rollte mit den Augen und drehte sich dann dramatisch zur Küche um, als wäre die nicht nur wenige Meter entfernt.

»Ich habe auch Hunger«, sagte Rosa.

»Oh«, erwiderte ihre Mutter. »Warum hast du das nicht gleich gesagt?«

Ella fühlte, wie die Stimmung sich leicht besserte, als ihre Mutter aufstand und in die Küche schlurfte. Jess wartete in der Tür und lauschte, wie die Schranktüren sich öffneten und die

Pfanne klapperte. Dann verriet ein Klicken, dass der Herd eingeschaltet wurde. Lydia gefiel es, dass sie drinnen waren, dass sie nicht vor dem Frühstück noch rausmussten.

Rosa wurde schließlich an den Tisch gerufen, wo es Pfannkuchen mit Sirup und frischen Beeren gab. Ihre Mutter lehnte an der Arbeitsplatte, während die Schwestern schweigend aßen – als wäre sie nur da, um die Aufsicht zu führen.

*

Ella verbrachte den Morgen mit ihrem Schulprojekt, und es frustrierte sie, dass es nicht so leicht voranging, wie sie gehofft hatte. Dabei hätte sie das nicht überraschen sollen. Wenn es so leicht gewesen wäre, dann hätte sie es schon beim ersten Mal geschafft. Schließlich ging sie nach oben und verschwand in ihrem Schlafzimmer. Vielleicht würde sie ja neue Kraft schöpfen, wenn sie etwas anderes las. Rosa genoss es, verwöhnt zu werden, aber sie musste auch rennen und spielen und draußen sein. Lydia hingegen war ihrer Mutter durchs Cottage gefolgt und beobachtete sie nun bei der Arbeit an ihren Kalkulationen.

Jess lud ihre Schwestern ein, sich zu ihr in den Garten zu gesellen. Sie wollte die Blase zum Platzen bringen, die wie Gummi zwischen ihnen hing. Enttäuschung machte sich in ihr breit, als nur zwei ihrer drei Schwestern einwilligten. Ella erklärte arrogant, sie sei viel zu beschäftigt, dabei lag sie nur mit einer Zeitschrift im Bett.

Jess sammelte die anderen beiden ein und versuchte, deren Laune zu heben. Sie spielte den Clown. Mit langen, übertriebenen Schritten stapfte sie auf ihr Versteck unter der Trauerweide zu. Dabei plapperte sie vollkommenen Unsinn und tat verwirrt, als ihre Schwestern wütend wurden. Sie lief sogar auf allen vieren durchs Gras und bellte wie ein Hund, doch niemand lachte.

Schließlich kam sie sich einfach nur lächerlich vor.

Jess musste noch einmal fragen, was genau am gestrigen Nach-mittag passiert war. Sie war sich sicher, dass eine der Zwillinge etwas damit zu tun hatte, doch es war, als würde ein Löwenzahn-samen durch die Luft schwirren – sie bekam es schlicht nicht zu fassen.

»Sagst du es uns jetzt?«, fragte Jess, als die Schwestern dicht gedrängt in ihrem Versteck hockten. »Warum warst du da unten in der Höhle?«

Rosa schaute zwischen ihren Schwestern hin und her.

»Ich … Ich habe mich versteckt«, antwortete sie.

Das war natürlich die Wahrheit.

»War der Junge auch da?«, fragte Jess.

»Nein.« Rosa schüttelte den Kopf. »Da war niemand.«

»Und? Was spielen wir jetzt?«, wechselte Lydia das Thema.

Außer Verstecken fiel ihnen jedoch nichts ein, aber das war unter den gegebenen Umständen wohl kaum angemessen. Jess wünschte, alles wäre wieder normal. Sie fühlte sich verantwortlich. Schließlich war sie diejenige gewesen, die erklärt hatte, ihr klei-nes Versteckspiel sei langweilig. Sie wollte gerade aufstehen und wieder reingehen, um eine bessere Alternative zu suchen, als die Terrassentür aufflog und in die Kletterrosen krachte.

»Du!«

Ella stürmte über das Gras. Ihr rotes Haar wehte im Wind, und sie schwang wild die Arme.

»Wo ist es?«, schrie sie.

Jess schaute zu Lydia und Rosa.

»Du mieses Biest!«, brüllte Ella. »Wie konntest du nur? Was hast du getan?«

Jess hatte keine Ahnung, was los war, aber offensichtlich war irgendetwas ihre Schuld. Schließlich war immer alles ihre Schuld. Rasch versuchte sie herauszufinden, was für ein Verbrechen sie diesmal begangen hatte, aber sie hatte nichts getan – keine Strei-che, keine Tricks, nicht seit Anfang der Woche.

Ella packte ihre ältere Schwester an den Haaren und zog daran.

»Wo ist es?«, spie sie.

»Wo ist was?«, erwiderte Jess.

»Verarsch mich nicht!«

Rosa schnappte entsetzt nach Luft.

»Ich weiß nicht, wovon du redest«, sagte Jess.

»Ja, klar. Du weißt von nichts.«

»Tue ich auch nicht!«

»Wo hast du es hingetan? Das ist nicht lustig, Jess, oder siehst du mich etwa lachen? Das ist kein dämlicher Streich. Das ist ernst. Es ist wichtig. Sag mir sofort, wo es ist. Sofort!«

»Ella, ich sage dir …«

»Wo ist mein Projekt? Mein Notizbuch?«

»Dein Projekt? Ich habe dein Projekt nicht an…«

»Was ist hier los?«, brüllte ihre Mutter und rannte in den Garten.

»Sie hat die Notizen zu meinem Schulprojekt versteckt«, erklärte Ella.

»Habe ich nicht«, widersprach Jess. »Ich habe das Buch nicht angerührt.«

»Entschuldigungen interessieren mich nicht. Gründe auch nicht. Aber du wirst es mir zurückgeben, und zwar sofort.«

»Ich kann es dir nicht zurückgeben«, erwiderte Jess. »Ich habe es nämlich nicht genommen.«

»Gib es mir einfach«, flüsterte Ella.

»Ich kann nicht!«

Jess riss langsam der Geduldsfaden.

Plötzlich begann Ella zu schluchzen.

»Komm schon«, wimmerte sie. »Bitte. Ich brauche es.«

»Aber ich habe es nicht …«

»Das ist mir egal. Ich werde dir auch nicht böse sein. Versprochen. Ich will es nur zurück.«

»Ella! Ich – habe – es – nicht!«

»Ich hatte recht!«, schrie sie. »Du bist ein gemeines Biest!«

Sie wirbelte herum und rannte ins Cottage zurück.

»Ich habe es doch gar nicht«, erklärte Jess noch einmal.

Ihre Mutter schüttelte schlicht den Kopf.

»Komm, Rosa«, sagte sie. »Lass mich dir was zu essen machen.«

EIN TAG ZUVOR

Kapitel 33
24. Dezember 2017
Jess

Jess ist sich ihres Körpers nur allzu bewusst: die pickelige Haut auf ihren Schenkeln und der nasse Fleck, der sich noch immer von ihren Haaren auf die Schultern ausdehnt. Sie trägt zwar einen Bademantel, der fast alles verhüllt, doch der Gürtel sitzt locker, und an der Brust geht der Mantel immer wieder auseinander, sodass sie gezwungen ist, ihn zuzuhalten. Sie will nicht, dass ihre Schwestern ihr kleines Bäuchlein sehen. Erst einmal muss sie herausfinden, was sie selbst eigentlich will und was sie ihrem Mann sagen soll, bevor sie ihr Geheimnis jemand anderem enthüllt.

Die kalten Fliesen unter ihren Füßen lenken Jess ab. Sie hätte ihre verdreckten Turnschuhe anlassen sollen. Immer wieder bewegt sie die Zehen, aus Angst, sie könnten einfrieren. Sie würde sich weit weniger verwundbar fühlen, wenn sie wie ihre Schwester einen dicken Strickpulli anhätte und eine dieser festen Jeans, die man nach dem Waschen weiten muss.

Lydia ist in mehrere Schichten Kleidung gehüllt aus dem Cottage gestapft, fest zum Gehen entschlossen, koste es, was es wolle. Ella wiederum zittert ein wenig und erklärt ein ums andere Mal, dass es ein Fehler wäre zu bleiben.

»Ich muss mich erst einmal anziehen«, sagt Jess. »Vielleicht wäre es ja ganz nett …«

Sie lässt den Satz unvollendet und hofft, dass jemand anderes ihn vervollständigen wird. Doch Ella schüttelt nur sanft den Kopf.

Bernadette räuspert sich. »Ich würde wirklich gern …«, beginnt sie.

»Ich muss noch ein paar Dinge erledigen, bevor wir gehen«, fällt Ella ihr ins Wort.

Sie macht auf dem Absatz kehrt und stürmt in Richtung Wintergarten.

»Wie ich sehe, hat sie sich nicht verändert«, sagt Bernadette.

Jess ignoriert die düstere, schmollende Stimme in ihrem Kopf und lacht.

»Ich weiß«, sagt sie. »Richtig unheimlich.«

»Und was ist mit Lydia? Ist sie okay?«

»Keine Ahnung. Ich will ja nicht unhöflich sein, aber … Ich verstehe nicht, warum du hier bist.«

Bernadette atmet tief ein und lehnt sich auf ihrem Stuhl zurück. Die Lehne knarrt.

»Henry«, sagt sie. »Er hat mich angerufen. Er hat gesagt, du würdest mich brauchen.«

»Er …«

Jess hält inne.

Ein Teil von ihr fühlt sich verraten. Aber vermutlich wäre er ehrlich zu ihr gewesen, hätte ihr Akku nicht versagt. Er hat nur getan, was er für das Beste hielt. Aber er hatte kein Recht, diese Entscheidung zu treffen. Jess spürt eine Bewegung im Bauch, winzige Füße und Finger, die ihr Fleisch von innen abtasten. Das erinnert sie daran, dass auch sie Geheimnisse hat.

Sie seufzt.

»Warum?«, fragt sie. »Warum wollte er, dass du herkommst?«

»Ich bin nur hier, um zu helfen.«

»Um zu helfen? Wem?«

»Meinen Kindern natürlich.«

*

Jess entdeckte ihre Mutter in einer Buchhandlung.

Sie sah eine Frau durchs Fenster, die ihr seltsam vertraut vorkam. Sie beobachtete, wie diese Fremde ein Hardcover aus dem Regal nahm. Dann verlor sie das Gesicht der Frau zwischen den Seiten.

Jess fühlte, wie das Verlustgefühl, das seit Jahrzehnten in ihrem Bauch schwelte, sich in etwas Erschreckendes verwandelte, und sie wusste, dass sie die richtige Entscheidung getroffen hatte. Sie war früh an jenem Morgen aufgewacht und hatte ihr Gepäck in den Kofferraum gestopft. Noch vor Sonnenaufgang war sie auf der Autobahn gewesen und durchs Land gerast, auf der Suche nach Bernadette. Sie hatte ihren Namen, ihre Adresse, und sie kannte ihren Arbeitsplatz.

Und jetzt hatte sie sie gefunden. Sie wartete, während die Frau weiter durch das Buch blätterte.

Schließlich ging Jess in den Laden. Die Türglocke läutete. Es war eine Sache, einander Briefe zu schreiben und die Vergangenheit auf Papier zu sezieren, doch es war etwas vollkommen anderes, potenzielle Orte und Zeiten für Zusammenkünfte zu diskutieren. Trotzdem hatte sie den Sprung gewagt, um schließlich vor Bernadette zu stehen, nachdem sie so lange getrennt gewesen waren.

Bernadette wandte sich zunächst ab, zur Rückseite der Buchhandlung. Das Hardcover hatte sie an die Brust gedrückt. Dann schaute sie über die Schulter zurück und drehte sich langsam um.

»Mom?«

Bernadette rührte sich nicht.

»Mom.«

Beim zweiten Mal war Jess schon deutlich entschlossener. Ihr war der Impuls nicht länger peinlich, der sie auf diese Expedition geführt hatte.

Bernadette nickte.

»Gib mir eine Minute«, sagte sie.

Sie ging durch eine Tür im hinteren Teil des Ladens und kehrte wenige Augenblicke später wieder zurück, gefolgt von einem älteren Mann.

»Ich nehme das hier«, sagte sie, als sie den Kassentresen erreichte und das Buch darauflegte. »Ich werde es später abholen.«

»In einer Stunde?«, erwiderte der Mann.

Bernadette nickte.

Jess folgte Bernadette aus dem Laden.

»Ich habe nur eine Stunde«, sagte sie leise. »Wir könnten in ein Café gehen.«

»Ja«, erwiderte Jess. »Bitte.«

Sie ließ sich über die Straße und zu einem Café an der Ecke führen. Dort warteten sie, bis die Kellnerin ihnen einen Tisch zuwies. Jess setzte sich und überflog die laminierte Karte. Sie erinnert sich noch genau an das, was Bernadette als Nächstes sagte: dass die Burger hier hervorragend seien. Und auch an ihre Worte danach: dass sie ja diejenige gewesen sei, die einfach so verschwunden war. Deshalb hätte sie auch den ersten Schritt machen sollen.

Es hatte eine Zeit gegeben – mehrere Jahre, mindestens –, in der Jess unentwegt Kontakt zu ihrer Mutter haben wollte. Sie hatte täglich von ihr geträumt und ständig online nach Spuren von ihr gesucht. Sie hatte Stunden mit ihren Schwestern verbracht und versucht, die riesige Lücke zu füllen, die ihre Mutter hinterlassen hatte. Lydia war anfangs die Eifrigste gewesen. Ella hingegen war einfach nur wütend und als Erste desillusioniert gewesen. Jess hatte gefühlt, wie sie sich ebenfalls in diese Richtung bewegte. Es war nervenaufreibend, nach jemandem zu suchen, der nicht gefunden werden wollte, nach jemandem, der freiwillig gegangen war, obwohl er einen eigentlich auf immer und ewig hätte lieben sollen. Doch das war offensichtlich nicht der Fall gewesen.

»Tut mir leid«, sagte Bernadette. »Ich hätte mit etwas anderem beginnen sollen …« Sie verstummte wieder.

Es war kein angenehmes Schweigen. Es war, als wäre das halbe Dutzend Briefe, das sie im Laufe mehrerer Wochen ausgetauscht hatten, plötzlich bedeutungslos geworden, nurmehr Schatten, wo jetzt etwas Reales war.

»Erzähl mir von dir«, sagte Bernadette.

Jess war sich nicht sicher, wo sie anfangen, welche Lücken sie als Erstes füllen sollte. Sollte sie ihr von ihrem ersten richtigen Freund erzählen, der sich für ach so romantisch gehalten hatte, weil er Chrysanthemen an der Tanke gekauft und sie »Süße« genannt hatte? Oder sollte sie von ihrer Schulzeit berichten, von Freundschaften, Tratsch und Prüfungen? Natürlich hätte sie ihr auch von ihrer Ehe erzählen können, die so plötzlich gekommen war und ihr Leben vollkommen verändert hatte.

Stattdessen begann Jess mit ihrer Töpferei. Sie hatte gerade erst begonnen, Geld damit zu verdienen, und jetzt erzählte sie Dinge, die sie bisher noch niemandem erzählt hatte: dass sie darüber nachdachte, ihren gut bezahlten festen Job aufzugeben, um sich eine eigene Existenz als Kunsthandwerkerin aufzubauen. Sie ging sogar noch weiter und beichtete die Gespräche, die sie und ihr Mann seit vielen Monaten führten: über ihre Zukunft und eine Familie und über die vier Mädchen, die sie noch immer in ihren Träumen heimsuchten.

Rosa war am Rand jedes Briefes gewesen, den sie sich geschickt hatten, in jedem ungesagten Wort. Rosa war der Grund für ihre Trennung, der Grund für ihre Entschuldigungen und der Grund für den dünnen, aber festen Faden, der sie zusammenhielt.

Bernadette legte ihr Besteck neben den Teller, setzte sich auf und sagte:

»Ich habe diesen Brief aus einem Grund geschickt.«

»Rosa?«

»Ja. Rosa.«

Es war ein seltsames Gefühl, ihren Namen laut auszusprechen, und seltsamer noch, ihn zu hören. Zwar hallte er jeden Tag durch Jess' Kopf, aber immer nur leise, manchmal sogar stumm.

»Vor mehreren Jahren habe ich etwas herausgefunden. Wie du weißt, hatte ich einen Nervenzusammenbruch, aber es war nicht nur Trauer, was mich auf diesen Weg geführt hat. Ich habe einen

Brief bekommen. Ich hatte schon lange vermutet, dass in jenem Sommer etwas Seltsames passiert ist, mehr als nur Verstecken und andere dumme Spiele.«

Jess kannte dieses Gefühl, dieses Gefühl von etwas, das man einfach nicht greifen konnte. Es folgte ihr schon seit zwanzig Jahren.

»Lange Zeit habe ich versucht, diese Vermutung zu ignorieren«, fuhr Bernadette fort. »Und das ist mir auch ganz gut gelungen. Ich habe ihn euch nie gezeigt.«

Das ist wahr, dachte Jess. Sie hatten nie gewusst, dass Bernadette Zweifel hatte.

»Und dann kam dieser Brief und hat all meine Vermutungen bestätigt. Das war der Tropfen, der das Fass zum Überlaufen brachte. Es klingt so dumm, das jetzt zu sagen, als wäre ein Mensch ein Wollknäuel, das man entrollen kann. Aber so ist es passiert. Ich konnte schlicht nicht bleiben, und so bin ich gegangen.«

»Und was stand in dem Brief?«

»Er war von unserer Nachbarin. Ich habe ihn noch irgendwo, wenn du ihn sehen willst. Darin stand, dass sie oft die Silhouette eines Mädchens gesehen hat, wenn sie mitten in der Nacht aufwachte, eines Mädchens, das von den Klippen zu den Cottages ging. Sie traue diesem Bild jedoch nicht, schrieb sie weiter, denn es fühle sich mehr an wie eine Fantasie … wie ihre Tochter, die wieder nach Hause kommt. Sie schrieb, dass sie dieses Mädchen auch in der Nacht gesehen hat, in der unser kleines Mädchen gestorben ist. Ich glaube, damit wollte sie mich trösten. Auch stand da, dass zwei kleine Mädchen an jenem Tag zum Strand gegangen seien – keine Illusion, sondern echte – und dass Rosa nicht allein in die Höhle gegangen ist, dass da jemand bei ihr war.«

»Was heißt …«

»Da wusste ich, dass eine von euch dafür verantwortlich ist.«

*

Jess fuhr an jenem Nachmittag direkt nach Hause, obwohl sie noch ein Zimmer für die Nacht gebucht hatte, denn sie musste mit ihrem Mann sprechen, von Angesicht zu Angesicht. Sie hatte ihm schon von ihrer jüngsten Schwester erzählt, von ihrem tragischen Tod in jenem Sommer, aber sie hatte kein Wort über ihren Verdacht verloren. Sie hatte etwas so Besonderes nicht mit einer Vergangenheit beschmutzen wollen, die sich noch immer so finster anfühlte.

Doch Henry hatte in den Wochen zuvor immer wieder herumgestochert und versucht, den Grund dafür herauszufinden, warum sie in letzter Zeit so distanziert geworden war. Er wusste, dass sie wieder Kontakt zu ihrer Mutter hatte. Er wusste, dass sie sich Briefe geschrieben hatten. Schließlich kam Jess zu dem Schluss, dass es leichter war, ihm die Wahrheit zu sagen – über ihre Familie und über ihre Vergangenheit –, anstatt ihm die Schwangerschaft zu beichten. Dazu war sie noch nicht bereit. Also sprach sie beim Abendessen mit ihm.

Henry war entsetzt. Zuerst habe er einfach nicht verstanden, warum sie sich so von ihm entfremdete, sagte er. Dass sie sich schon seit Monaten über die Gästeliste für ihre Hochzeit stritten, konnte unmöglich der Grund dafür sein. Aber das, sagte er, das ergab Sinn. Jetzt verstand er, warum die verbliebenen drei Schwestern sich so weit voneinander entfernt hatten. Er verstand, warum Bernadette gegangen war. Henry war Anwalt, Strafverteidiger, und so war er immer bereit, den Menschen ihre Taten zu vergeben. Nichts war für ihn einfach Schwarz oder Weiß. Er suchte immer nach Grau, und so auch hier. Er hatte schon immer argumentiert, dass mehr hinter der plötzlichen Depression ihrer Mutter gesteckt haben musste, und jetzt freute er sich, recht gehabt zu haben.

Er verstand nun auch, warum Jess nicht mit ihm über die Gründung einer eigenen Familie sprechen wollte.

Jess nippte an ihrem Wasser und sagte: »Ich kann mich einfach noch nicht darauf einlassen.«

»Nein«, erwiderte Henry. »Aber wenn du es wüsstest, wenn du die Antworten hättest …?«

Jess zuckte mit den Schultern. »Vielleicht«, sagte sie.

Henry hatte vorgeschlagen, Bernadette für ein paar Tage einzuladen. Wenige Wochen später stand sie dann mit einem kleinen Koffer und einer Pralinenschachtel vor der Tür. Henry hatte ihnen eine üppige Mahlzeit gekocht – Schweinebauch mit einer perfekten Kruste – und darauf bestanden, eine gute Flasche zu öffnen, ein Geschenk seiner Eltern. Er ging dieses Essen an wie ein Geschäftsmeeting und legte die Ziele für Jess und Bernadette fest. Er habe auch einiges zu verlieren, sagte er, aber das Wichtigste sei, dass seine Frau endlich Antworten bekomme. Jess hatte sich stumm zurückgelehnt, während Bernadette und Henry Wege diskutierten, die Wahrheit zu enthüllen.

Und dann hatte Bernadette sich zu ihr umgedreht:

»Das willst du doch auch, oder? Du musst endlich damit abschließen. Du willst doch nicht ewig mit dieser Angst leben. Du musst es wissen.«

Jess nickte und sagte bereitwillig Ja zu allem, was von ihr verlangt wurde, und dann, plötzlich, überlistete sie ihre Schwestern und lud sie in das Cottage ein. Dort wollte sie sie bei einer schmackhaften Rindkasserolle ins Verhör nehmen. Welche Rolle hatten sie vor so langer Zeit bei dem Tod ihrer kleinen Schwester gespielt?

2. WEIHNACHTSTAG

Kapitel 34
26. Dezember 2017
Marianne

Jahrelang habe ich niemandem erzählt, was passiert ist, die Geschichte, die vor meinem Fenster ihren Lauf genommen hat – dass da zwei kleine Mädchen waren, die an jenem Nachmittag zur Höhle gegangen sind. Eine Zeit lang fragte ich mich, ob ich mir das nur eingebildet hatte, ob das ein Tagtraum war. Immerhin sah ich nachts auch ständig meine Tochter. Das passte jedoch nicht, denn die schwarze Silhouette kam immer zu mir, nach Hause, zum Cottage. Diese kleinen Mädchen waren jedoch nicht nur Silhouetten, und sie kamen nicht, sondern gingen in Richtung Gefahr.

Ein-, zweimal hätte ich in den folgenden Tagen fast etwas gesagt. Ich sprach ihre Mutter auf der Veranda an, unterhielt mich mit ihr dann aber nur über das Wetter. Ich ging zu ihrer Tür und hätte fast geklopft, doch jedes Mal erstarrte meine Faust mitten in der Luft.

Ich hatte nicht das Gefühl, dass es einen guten Grund gab, den Mund aufzumachen.

Auch wollte ich nicht für noch mehr Verwirrung sorgen, für einen weiteren Streit, und ihre Mutter zwingen, irgendwelche Strafen zu verhängen. Die Schwestern waren schließlich gestraft genug. Ich erinnerte mich an meine Jungs, als die Polizei zu uns gekommen war, an ihre verängstigten Gesichter und wie der Jüngste in jener Nacht ins Bett gemacht hatte, obwohl er schon fast zehn Jahre trocken war. Diese Angst bleibt. Ich wollte den Mädchen nicht noch mehr Leid zufügen.

Ich wusste aber auch nicht, dass da noch mehr kommen würde.

Zwei Tage später starb Rosa.

Da hasste ich mich dafür, mein Geheimnis bewahrt zu haben. Es quälte mich, doch ich sagte noch immer nichts.

Eric sprach ständig über die Schwestern. Er erklärte mir alle Details des Falles, auch als er schon längst abgeschlossen war und niemanden mehr interessierte. Er erinnerte ihn an unsere Tochter. Ich brachte es nicht über mich, ihm zu gestehen, dass auch dieses Mädchen vielleicht hätte gerettet werden können.

Schließlich fand ich einen Weg, meine Entscheidungen zu akzeptieren.

Eines Morgens kam ich nach unten und fand Eric im Sessel. Er war in sich zusammengesunken, sein Gesicht auf einer Seite eingefallen, und er stöhnte und wimmerte. Ich rief sofort einen Krankenwagen. Ich war nicht überrascht, als der Arzt mich später zur Seite nahm und die Diagnose verkündete: Schlaganfall.

Als er ein paar Wochen später starb, war ich dankbar dafür.

Ich war jedoch weniger dankbar, als die Erinnerung an diesen Sommer zurückkehrte.

Eine Zeit lang versuchte ich, dagegen anzukämpfen, doch es war sinnlos. Es war auch egal. Ich hatte keinen Grund, mich zu schämen. Ich schrieb ihrer Mutter und erklärte, was passiert war. Die Adresse war zwar alt, aber ich hoffte, dass man den Brief nachsenden würde, sollten sie umgezogen sein. Ich beschrieb die beiden kleinen Mädchen, die über den Sand gerannt waren, und ich entschuldigte mich dafür, dass ich so lange geschwiegen hatte.

Erst als sie vor ein paar Tagen kam, wurde mir klar, dass der Brief sie tatsächlich erreicht hatte. Mir war jedoch *nicht* klar, dass er der Grund für ihren Nervenzusammenbruch gewesen war. Ich sah sie zurückkehren, und dann hallten ihre Gespräche wieder durch den Garten zu mir herüber.

Mein schlechtes Gewissen ist stärker denn je.

Ich hätte früher gestehen können. Vielleicht hätte ich sie dann alle gerettet.

ZWANZIG JAHRE ZUVOR

Kapitel 35
24. August 1997

Es war mitten in der Nacht und draußen stockdunkel, doch im Cottage herrschte Leben.

Rosa schrie.

Lydia setzte sich abrupt auf und murmelte etwas vom Geist. Ella fragte sich, ob ihre Mutter auch aufwachen würde. Rosa kletterte aus dem Bett und platzte ins Zimmer der Zwillinge.

»Komm her«, sagte Lydia und hob die Decke an.

Rosa sprang auf ihr Bett und tauchte darunter.

»Tut mir leid«, schluchzte sie. »Ich … Ich konnte nicht …«

»Schschsch«, versuchte Lydia, sie zu trösten. »Du musst nichts sagen. Der Albtraum ist vorbei.«

Im Cottage wurde es wieder still, und die drei Schwestern kuschelten sich unter die Decken ihrer zwei Betten. Lydias Atmung beruhigte sich wieder. Rosa schluchzte zwar noch ein paar Minuten, doch auch sie wurde langsam ruhiger.

»Alles ist gut«, flüsterte Ella durch den Raum. »Versprochen.«

Eine Bohle knarrte im Flur.

»Was war das?«, flüsterte Lydia.

»War das …?«, schluchzte Rosa.

»Nein«, erklärte Ella. »Das ist kein Geist.«

Sie leckte sich die Lippen – ihr Mund war wie ausgetrocknet – und zwang sich, zur Tür zu gehen.

»Hallo?«, flüsterte sie. »Mom?«

»Nein«, antwortete eine leise Stimme.

»Was machst du da? Warum bist du mitten in der Nacht im Flur?«

»Ich habe einen Schrei gehört«, sagte Jess.

»Rosa«, erklärte Ella. »Das war Rosa.«

»Warum?«, fragte Jess.

»Ein Albtraum«, antwortete Ella.

»Okay«, erwiderte Jess.

»Okay? Mehr fällt dir dazu nicht ein?«

Jess trat aus den Schatten und zuckte mit den Schultern.

»Ich gehe wieder ins Bett«, sagte sie.

Sie drehte sich zu ihrem Zimmer um.

»Hast du dich an meinem Projekt vergriffen?«, verlangte Ella zu wissen.

»An deinem Projekt? Nein. Ich habe dir doch schon gesagt …«

Ein lautes, frustriertes Stöhnen kam aus dem Schlafzimmer ihrer Mutter.

Die Schwestern verstummten.

»Sag mir, was du getan hast?«, zischte Ella.

»Na, schön«, antwortete Jess. »Ich habe gelauscht.«

»Warum?«

»Rosa hat von der Höhle gemurmelt.«

»Du bist einfach nur lächerlich«, sagte Ella und warf die Tür zu.

Sie hasste es, dass ihre ältere Schwester das einfach nicht auf sich beruhen lassen wollte. Warum musste sie immer und immer wieder zurück zum Schlimmsten, was ihnen in diesem Sommer passiert war? Warum konnten die anderen nicht tun, was sie tat? Warum konnten sie ihre Gefühle nicht einfach beiseiteschieben und es schlicht vergessen?

*

Als sie aufwachte, war Ella wütend: auf ihre ältere Schwester, weil sie so selbstsüchtig und hartnäckig war; auf ihre launische Mutter; auf ihre Zwillingsschwester, weil sie so langweilig war, und auf ihre jüngste Schwester, den Schwächling.

Besonders wütend war sie jedoch wegen ihres Schulprojekts. Sie musste noch einmal von vorn beginnen, und zwar schnell, bevor ihr die Zeit davonlief.

Als die Sonne am Horizont erschien, schlich Ella sich in Shorts und T-Shirt aus ihrem Zimmer, um ein wenig zu laufen. Sie liebte das Gefühl der unebenen Erde unter ihren Füßen und die Art, wie ihre Muskeln sich ständig verändern mussten, um nicht das Gleichgewicht zu verlieren. Sie liebte auch die kalte Morgenluft, die um ihre nackten Beine wehte.

Als sie eine Stunde später wieder ins Cottage zurückkehrte, hatte sie sich ein wenig beruhigt.

Sie fand ihren Rucksack unter dem Sofa und holte mehrere Blatt Papier raus. Einige ihrer Notizen hatte sie noch: die ursprünglichen Daten ihrer Experimente auf den Klippen. Sie fürchtete sich davor, noch einmal von vorn anzufangen. Sie hatte Angst, dass es nicht gut genug werden würde oder schlimmer noch: dass sie nicht fertig werden würde. Doch davon durfte sie sich nicht leiten lassen. Sie machte es sich auf dem Sofa bequem, legte die leeren Blätter auf ihre dicke Enzyklopädie und begann zu schreiben. Diesmal würde sie am Ende beginnen, mit den Abschnitten, die sie noch nicht verfasst hatte. Vielleicht würden ihre alten Notizen ja doch wiederauftauchen.

Ella hob den Blick. Im Kamin lag etwas Weißes.

Ella legte das Buch beiseite und kroch zur Feuerstelle.

Sie griff hinein. Die Asche war so fein, dass sie sich fast feucht anfühlte. Ella zog einen Papierfetzen heraus. Das war ihre Handschrift, und sie las ihre eigenen Sätze:

Ich habe mehrere Beutel benutzt …

… unterschiedlichen Größen …

… Experiment. Ich habe Kreise aus jedem …

… Durchmesser mit einem Kompass gemessen …

… Loch oben in jedem, um …

Ihr schlug das Herz bis zum Hals. Das war ihr Projekt! Jemand hatte es zerstört! Absichtlich! Ella war stolz darauf, stets vernünftig und ruhig zu bleiben, selbst in den schlimmsten Situationen; doch das hier war vollkommen inakzeptabel.

Sie heulte – genau wie ihre kleine Schwester in der Nacht zuvor. Es war ein wildes, hässliches Geräusch, das unkontrolliert aus ihrer Kehle drang.

Lydia kam ins Zimmer gerannt.

»Was … Was ist los?«, kreischte sie. »Bist du okay?«

»Schau«, sagte Ella. »Schau dir das an!«

Langsam näherte Lydia sich dem Kamin und bückte sich neben ihre Schwester. Auch sie griff sich einen Papierfetzen.

Ich gehe davon aus, dass kleinere Fallschirme …
… weil der Luftwiderstand ge …

»Ist es das?«, fragte Lydia. »Dein Projekt?«

Ella nickte.

Sie war überrascht, kleine Wasserflecken auf den Fliesen zu sehen, und sah zur Decke, auf der Suche nach einem Leck. So heftig konnte sie doch nicht weinen.

»Wer, glaubst du, hat das getan?«, fragte Lydia.

»Jess.«

Lydia nickte ernst.

»Vielleicht«, sagte sie.

»Jess wusste doch, wie wichtig das für mich ist. Ich kann einfach nicht glauben, dass sie …«

»Oh nein«, sagte Lydia.

»Was ist?«

»Könnte es sein …? Glaubst du …?«

»Nein«, erwiderte Ella.

»Das würde doch Sinn ergeben, oder? Nach allem, was in den letzten Wochen passiert ist. Es könnte auch *sie* gewesen sein.«

»Nein«, widersprach Ella. »Sie ist nämlich nicht real.«

»Ich glaube …«, begann Lydia.

»Nein!«

Ella wusste sofort, dass sie zu laut gewesen war, noch bevor sie das entsetzte Gesicht ihrer Schwester sah. Aber das war einfach zu absurd. Da konnte sie doch nicht still bleiben.

»Nur, weil du … Nur, weil du nicht …«

»Nur weil ich was?«, hakte Ella nach.

»Auch du kannst dich manchmal irren«, sagte Lydia und lief aus dem Zimmer, die Treppe hinauf.

Jess spielte diese furchtbaren Streiche, um dem Jungen am Strand zu gefallen und das dämliche Armband zu gewinnen. Ella wurde ganz schlecht bei der Vorstellung, dass ihre Schwester so grausam sein konnte, nur um einen dummen Jungen zu beeindrucken – nein, Jess durfte auf keinen Fall gewinnen.

EIN TAG ZUVOR

Kapitel 36
24. Dezember 2017
Ella

Jess hatte eine Beziehung zu ihrer Mutter aufgebaut. Jess hatte die Einladungen geschickt. Jess hatte sich selbst als mustergültige, verantwortungsvolle Hausfrau dargestellt, während sie ihre Schwestern gleichzeitig manipuliert und zu einem Treffen gelockt hatte, das in Wahrheit eine bösartige Falle war. Und dann hatte sie sich entschuldigt und war nach oben gegangen, um sich etwas Wärmeres anzuziehen.

Lydia ist noch immer auf der anderen Straßenseite und fleht die Nachbarin an, dafür zu sorgen, dass die Reparaturen schneller laufen. Sie will endlich weg von hier. Bernadette wiederum ist von der Küche ins Wohnzimmer gegangen und hat hinter sich die Tür geschlossen. Ella ist erleichtert. Derart getrennt voneinander können sie sich zumindest nicht an die Kehle gehen.

Sie lauscht dem Prasseln des Regens auf dem Glasdach des Wintergartens, und sie schaut hinauf. Der Himmel ist bewölkt. Die Sonne sitzt jedoch direkt unter den Wolken und taucht den Garten und die Felder dahinter in ein gold-blaues Licht.

Eines gilt es noch zu tun.

Ella hätte die Karte sofort vernichten sollen, kaum dass sie sie auf dem Dachboden gefunden hat. Sie hätte sie nie in ihre Tasche stecken dürfen. Ella schlüpft in die Stiefel, die noch immer neben der Hintertür stehen und die einst ihrem Vater gehört haben, aber irgendwie zu einem Dekorationsobjekt verkommen sind. Dann zieht sie sich die Kapuze über den Kopf und steckt das Haar in ihr Sweatshirt. Schließlich öffnet sie die Tür.

Der Wind weht um die Seiten des Cottages herum, zwischen den kahlen Ästen hindurch, und schickt Wellen durch das lange Gras. Ella steht im Windschatten des Ziegelgebäudes, fühlt sich von ihm beschützt. Sie schaut auf die nasse Erde und denkt an ihre manikürten Fingernägel. Auf Zehenspitzen geht sie zurück ins Cottage und öffnet in der Abstellkammer einen großen Schrank. Darin stehen ein Staubsauger, ein Bügelbrett und Plastiktüten mit zu Streifen geschnittenen alten Handtüchern. Ella wendet sich den anderen Schränken zu. Sie weiß, irgendwo hier muss er sein. Sie findet die Gartenhandschuhe ihres Vaters – groß, gepolstert und noch voll Dreck – und das Kissen, auf dem er immer beim Unkrautjäten gekniet hat. Ella taucht tiefer hinein und entdeckt ein paar halb volle Samentüten, eine Maurerkelle und eine kleine Schaufel. Sie setzt sich kurz auf die Fersen. Dann nimmt sie sich den letzten Schrank vor, greift blind hinein. Er ist tiefer als gedacht. Zuerst findet sie einen Rechen; die Zähne verfangen sich an ihren Fingern. Dann ertastet sie den glatten Stil eines großen Spatens. Sie dreht und dreht ihn, bis sie ihn schließlich herausbekommt.

Der Spaten ist genau so, wie sie ihn in Erinnerung hatte – die rote Farbe zerkratzt und teilweise abgeplatzt –, und das Metall funkelt im Licht.

Ella geht mit dem Spaten raus. Sie findet die Kiesel, die sie in die Erde gedrückt hat, und tritt sie beiseite. Dann sticht sie mit dem Spaten in den Boden.

»Was machst du da?«

Lydia steht in der offenen Tür. Sie trägt eine rote Regenjacke und ihre Winterstiefel.

»Warum bist du hier draußen?«, erwidert Ella.

Lydia hebt die Hand, um ihr Gesicht vor dem Regen zu schützen, und läuft über das Gras.

»Was machst … Oh!«

»Genau.«

Ella muss darauf vertrauen, dass ihre Schwester – die Sentimentalste von ihnen – versteht, dass sie die Kiste nicht einfach hierlassen kann.

»Ich gehe nicht davon aus, dass wir in nächster Zeit wieder zurückkehren«, erklärt sie trotzdem und gräbt weiter.

Lydia wartet neben ihr, die Hände in die Taschen gesteckt.

»Ist das auch die richtige Stelle?«

»Ich glaube schon«, sagt Ella.

Dann hört sie es: Holz splittert, laut und hallend trotz des prasselnden Regens um sie herum.

»Scheiße.«

Lydia beugt sich vor und gräbt mit den Händen im Dreck.

»Alles wird gut.«

Sie wirft ein paar Holzsplitter zur Seite. Dann holt sie die Kiste heraus.

»Lass mal sehen.«

Ella will ihrer Schwester nichts Böses, aber als sie versucht, Lydia die Kiste abzunehmen, schabt sie mit dem Holz gegen ihr Handgelenk und reißt ihr ein Stück Haut ab. Lydia hält die blutige Hand in den Regen; die Kiste liegt wieder im Dreck. Ella kneift die Augen zusammen. Es ist wirklich nur ein Kratzer. Das muss nicht genäht werden. Die Schwestern lassen sich auf die Knie sinken und greifen gleichzeitig im Matsch nach der Kiste. Schließlich bekommt Ella sie als Erste zu fassen und drückt sie an die Brust.

»Tut mir leid.«

»Schon gut«, sagt Lydia. »Was ist da drin?«

Ella ist von der Größe der Kiste überrascht. Sie ist klein und schmal und leicht. In ihrer Erinnerung war sie massiver: eine wunderschöne Mahagonikiste mit floralen Schnitzereien im Deckel, das Holz rot-gold, die Farbe von geschmolzener dunkler Schokolade. Sie erinnert sich daran, wie sie sie zum ersten Mal geöffnet und einen Blick hineingeworfen hat. Es waren vier Fächer, eins für jede Schwester, perfekt. Jetzt findet sie den Verschluss nicht, aber der Deckel ist ohnehin kaputt, sodass sie nur die Splitter herausholen und auf den Boden werfen muss.

Schließlich holt sie ein kleines Büschel weißen Flaum heraus.

»Ist das von dir?«, fragt Ella.

Rasch schließt Lydia die Faust darum.

»Raggedy.«

»Was?«

»Es sind vier Fächer, aber wir waren zu der Zeit nur noch drei. Keine von uns hatte eine Ahnung, was Rosa da hineingetan hätte, also haben wir geraten.«

Ella kann sich nicht an dieses Gespräch erinnern.

Sie holt ein kleines Papiergebilde aus dem zweiten Fach und reicht es weiter.

»Das ist meins«, sagt Lydia. »Eine Origamifigur, die die Zukunft voraussagen kann.«

»Eine bitte was?«

Ella war so sehr auf ihren eigenen Gegenstand konzentriert, dass sie an die anderen gar nicht gedacht hat: an die Dinge, von denen ihre Schwestern geglaubt hatten, dass sie nach zwanzig Jahren noch von Bedeutung sein würden.

Lydia entfaltet die Figur und liest vor: »*Du wirst von einem Geist getötet. Du wirst ewig auf dem Dachboden eingesperrt sein. Du wirst im Körper eines Geists aufwachen.*«

»Puh, wie unheimlich«, meint Ella.

»Ich weiß«, sagt Lydia. »Was war deins?«

Es ist jetzt in Ellas Tasche, und so sagt sie mit traurigem Unterton: »Ich habe nie etwas hineingetan. Mir fiel einfach nichts ein, was wichtig genug gewesen wäre, um nach zwanzig Jahren noch von Bedeutung zu sein.«

»Und Jess?«

»Ich nehme an, das hier«, antwortet Ella.

Sie hält einen kleinen Reifen in die Höhe, der mit bunten Fäden umwickelt und durchzogen ist. Federn hängen daran. Ella fällt auf, dass der Buchstabe A ins Netz geknüpft ist.

»Oh«, sagt Lydia. »Wie furchtbar.«

»Was ist das denn?«

»Der ist von der Veranda nebenan.«

Das kommt Ella unglücklicherweise vertraut vor. Anders als der Flaum und dieses Origamiding ergibt dieses Erinnerungsstück durchaus Sinn. Das war der Anfang von allem. Von ihrer Grausamkeit, ihren Tricks. Ab da ist alles schiefgelaufen.

Kapitel 37
24. Dezember 2017
Jess

Jess hatte vorgehabt, ihre Schwestern zu verhören, einer von ihnen ein Geständnis abzuringen, doch bisher war ihr das nicht gelungen.

Sie holt eine beheizbare Weste tief unten aus ihrer Tasche und legt sie sich an. Darüber zieht sie noch mehrere Schichten Kleidung, als wolle sie zum Skilaufen gehen. Sie war noch nie im Winter hier, und die Heizung läuft jetzt zwar wieder, doch die Wärme scheint sich im Cottage nicht lange zu halten.

Jess war sich damals sicher gewesen, dass ihre kleine Schwester nie bis zur Höhle laufen würde, nicht ohne Begleitung. Sie war immer im Garten geblieben. Ein solch weiter Weg war also eher unwahrscheinlich. Deshalb ergab es auch Sinn, was Bernadette ihr vor ein paar Monaten in diesem Restaurant enthüllt hatte, nämlich, dass eine ihrer Schwestern ebenfalls dort gewesen sein musste. Anfangs hatte das wie ein Vorwurf geklungen, denn in jenem Sommer hatten sie einander viele Streiche gespielt, und die meisten davon waren auf Jess' Mist gewachsen.

Doch Jess war an jenem Nachmittag der Sucher gewesen, und sie hatte mit geschlossenen Augen im Garten gehockt und gezählt. Marianne mochte ja gesehen haben, wie zwei kleine Mädchen zum Strand gegangen waren, aber Jess war keine von ihnen gewesen.

Trotzdem hatte sie bei dem Gespräch das Gefühl gehabt, sich rechtfertigen zu müssen, Bernadette hatte sie jedoch sofort unterbrochen.

»Ich will dir nicht die Schuld geben«, hatte sie gesagt.

»Warum? Weil eine der Zwillinge dafür verantwortlich war?«

»Nein«, antwortete Bernadette. »Weil es hier nicht um Schuld geht.«

Die letzten Tage hatte Jess nach den richtigen Worten gesucht, um die alles entscheidende Frage zu stellen: *Wer von euch hat unsere Schwester zu der Höhle geführt und damit das in Gang gesetzt, was schlussendlich zu ihrem Tod geführt hat?* Sie weigert sich jedoch zu glauben, dass eine der beiden diese Tragödie gewollt hat.

Die ersten Schritte des Plans hatte Jess genossen: die Vorbereitungen. Sie hatte alles getan, was von ihr verlangt wurde. Sie hatte ihren Mann ermutigt, als er vorschlug, im Geschenkeladen hübsche Karten zu kaufen und sein Patenkind – eine Zwölfjährige mit einem Faible für Kalligrafie – zu bitten, die Schrift zu fälschen. Er war auch derjenige gewesen, der die Karten in die Umschläge gesteckt hatte. Jess hatte seine Listigkeit bewundert, besonders, als er die Karten zu einem Briefkasten in der Stadt mitgenommen hatte, damit sie dort abgestempelt würden und Jess nicht in Verdacht geraten würde.

Währenddessen hatte Jess ständig darüber nachgedacht, was danach kommen würde.

Zu diesem Zeitpunkt hatte sie bereits seit einem Jahr damit gelebt, dass ihre Vermutungen von damals bestätigt worden waren. Sie hatte nachts oft wachgelegen und sich gefragt, wer wohl alles in Bezug auf die letzten Jahre ihrer Kindheit gelogen hatte. Sie hatte Bernadette beobachtet – die ehrlich traurig und nicht wütend gewirkt hatte – und sich gefragt, ob sie dieses Stadium wohl auch einmal erreichen würde. Jess verspürte kein schlechtes Gewissen, weil sie ihre Schwestern zu diesem Besuch im Cottage manipulierte, denn wenn hier jemand ein schlechtes Gewissen haben musste, dann die beiden. Jess wollte nur Antworten. Sie *brauchte* Antworten.

Und dann traf sie im Cottage ein.

Sie beobachtete ihre Schwestern, wie sie es schon seit zehn Jahren nicht mehr getan hatte, und sah, wie sie sich bewegten, dachten, lebten. Sie stellte sich vor, wie es sich wohl anfühlte, die Verantwortliche zu sein. Vermutlich war es ein Streich gewesen – ein Streich, der furchtbar schiefgelaufen war. Jess konnte das sogar nachvollziehen. Es hätte durchaus sie selbst sein können, die mit ihrer kleinen Schwester in die Höhle gegangen war. Sie hätte durchaus auch für die darauffolgenden Albträume verantwortlich sein können, diesen mitternächtlichen Spaziergang über den Klippenrand, den tödlichen Sturz. All das hätte auch sie verantworten können … mit Leichtigkeit.

Jess hatte sich gerade entschieden, ihr Verlangen nach Antworten zu opfern und ihren Schwestern kein Geständnis mehr abzuringen und sie nach Hause fahren zu lassen, als plötzlich ihre Mutter erschienen war. Und jetzt stehen sie sich gegenüber, zwei gegen zwei, zwei Stumme und zwei Verzweifelte. Einfach wegzufahren, ist keine Option mehr.

Jess steckt ihre Füße in die weichen Slipper und geht nach unten, um ihre Schwestern zu finden.

*

Ella steht neben dem kleinen Heizkörper in der Küche. Ihre Laufjacke liegt über dem Stuhl, und Haarsträhnen kleben an ihrer Stirn. Lydia wiederum trägt eine Regenjacke und hält ein seltsames Papiergebilde in der Hand.

»Ist sie weg?«, fragt Jess.

Es wäre einfacher, wenn sie nur zu dritt wären. Dann hätten sie sich einfach aus dem Cottage schleichen, in ihre Autos setzen und in die Stadt fahren können. Vielleicht wäre es dann auch möglich gewesen zu vergessen. Zumindest hätte es den Fragen ein Ende gemacht beziehungsweise Jess' Hoffnung, jemals Antworten zu bekommen.

Lydia schüttelt den Kopf.

»Ist sie oben?«, fragt Jess.

»Sie packt gerade aus«, antwortet Lydia.

Ella schält ihre Socken von den Füßen und legt sie auf den Heizkörper.

»Klingt das nicht nett?«, spottet sie. »Auspacken? Himmel! Eine hübsche Zuflucht während des Fests. Für eine oder für zwei?«

»Ich werde nicht …«

Jess hält inne.

Ella wirkt reizbarer als zuvor.

Und Lydia antwortet nur knapp und mürrisch.

Irgendetwas hat sich verändert.

»Was ist das?«, fragt Jess und schaut zu Lydia.

Lydia blickt auf das Papier in ihrer Hand, als hätte sie ganz vergessen, dass es da ist, und beginnt es neu zu falten.

»Ein Wahrsager«, antwortet sie.

»Ein was?« Jess runzelt verwirrt die Stirn.

»Hast du noch was oben?«, fragt Ella. »Oder hast du gepackt?«

»Gepackt«, antwortet Lydia.

»Und wie funktioniert das Ding?«, hakt Jess nach.

Lydia hat das Papier immer kleiner zusammengefaltet. Jetzt ist es nur noch so groß wie eine Kreditkarte, und sie hält es in die Höhe. »Wenn ich dich nach einer Zahl frage, und du sagst zum Beispiel *Vier*, und dann« – sie hat ihre Daumen in die Ecken des Dings gesteckt und bewegt das Papier viermal – »frage ich dich nach einer Farbe, zum Beispiel *Gelb* …« Verblasste Farbpunkte sind an den Ecken zu sehen. Lydia dreht und zieht an dem Papier, während sie »G-E-L-B« buchstabiert. Dann entfaltet sie eine Ecke. *»Du wirst diejenige sein, die entkommt.«*

»Also, das klingt ganz schön finster.« Jess hebt die Augenbrauen.

»Oder beruhigend«, erwidert Lydia. »Je nachdem, wie man das sieht.«

»Wo kommt das her?«

»Ich wollte jetzt duschen gehen«, sagt Ella.

»Warum seid ihr beide eigentlich so nass?«, fragt Jess.

»Wir waren im Garten«, antwortet Lydia. »Schau.«

Sie holt ein kleines Büschel weißen Flaum aus der Tasche und legt es sich in die Hand.

Es dauert ein paar Sekunden, bis der Flaum Jess vertraut vorkommt. Zuerst erinnert er sie an Daunen, wie sie manchmal aus Kissen fallen, oder an das Zeug, mit dem Mantelkrägen ausgestopft sind. Und dann kommt die Erinnerung: Das ist der Flaum, der vor zwanzig Jahren auf den Küchenboden gefallen ist, als die drei Schwestern sich um eine verdreckte, ausgeleierte Stoffpuppe gestritten haben, weil sie verzweifelt nach etwas suchten, das sie miteinander verband.

»Scheiße«, sagt sie. »Wo kommt das denn her?«

Lydia nickt zur Arbeitsplatte. Jess dreht sich um und sieht ihre Zeitkapsel. Der Deckel fehlt, und die vier Fächer sind leer.

»Ihr habt sie ausgegraben?«, fragt Jess.

»Wir waren uns nicht sicher, ob und wann wir je wieder zurückkommen«, antwortet Lydia.

»Und wo ist jetzt alles?«

»Mehr war da nicht«, erklärt Ella.

»Der Wahrsager«, sagt Lydia. »Der Flaum.«

»Aber was ist mit mir?«

»Das hier.«

Lydia holt den Traumfänger aus ihrer Manteltasche und hält ihn in die Höhe, sodass er sich langsam dreht und das Netz Schattenlinien auf die Fliesen wirft. Ella reibt sich die Hände an ihren Leggings ab. Jess seufzt.

»Das war nicht gerade eine Sternstunde von mir«, sagt sie.

»Stimmt«, bestätigt Lydia.

»Ich habe ihn gestohlen.«

»Ja, das hast du.«

Trotz all ihrer Fehler wird Lydia von einem perfekten moralischen Kompass geleitet. Das war schon in ihrer Kindheit so.

»Ich sollte ihn wieder zurückbringen, oder?«

»Hast du das gesehen?«, fragt Lydia.

Sie deutet auf das *A*, das ins Netz eingewebt ist.

»Ach du …«

»Das steht für ihre Tochter.«

»Antonia«, sagt Jess.

»Ja«, erwidert Lydia. »Ich denke, der Traumfänger hat ihrer Tochter gehört.«

»Na toll. Jetzt fühle ich mich nur noch mieser.«

Jess kann nicht anders, als an ihre eigene Tochter zu denken: klein, nur teilweise ausgeformt und in jeder Hinsicht vollkommen ahnungslos. Sie schämt sich immer mehr.

»Ich werde zu ihr gehen«, sagt sie, »und mich entschuldigen.«

*

Marianne holt gerade ihre Einkaufstaschen aus dem Kofferraum und trägt sie eine nach der anderen auf die Veranda ihres Cottages, als wären zwei zu schwer. Jess nimmt ihr ein Paar ab und stellt sie neben die anderen.

»Danke«, sagt Marianne.

Ein junges Mädchen ohne Schuhe und im Pyjama schnappt sich ein paar Taschen und verschwindet damit im Haus. Jess holt zwei weitere aus dem Kofferraum. Es sind schwere Taschen voller Konserven und Weinflaschen. Sie versucht, irgendwie ein Gespräch zu beginnen.

»Enkel?«, fragt sie.

»Ja«, antwortet Marianne.

»Sie haben zwei Söhne, nicht wahr?«

Sie bereut die Frage sofort.

»Und eine Tochter«, ergänzt Marianne.

»Ja«, sagt Jess kleinlaut. »Stimmt.«

»Brauchst du etwas?«

»Nein ... Ja ...«

»Und?«

»Ich habe da etwas, das Ihnen gehört. Ich habe es vor Jahren von Ihnen gestohlen, als wir noch Kinder waren. Heute habe ich es dann wiederentdeckt und wollte es zurückgeben.«

Sie hält den Traumfänger in die Höhe und sieht, wie das Gesicht ihrer Nachbarin sich verändert: Erkennen, Schock und dann – zumindest hofft Jess das – Erleichterung.

Marianne schließt den Kofferraum, obwohl noch immer Tüten drin sind, und schnappt sich den Traumfänger.

»Das ...«, sagt sie. »Das ...«

Jess nickt ernst und hält den Blick gesenkt. Nur alle paar Sekunden schaut sie zu ihrer Nachbarin.

»Du warst das also.«

»Es tut mir leid«, sagt Jess.

»Es tut dir *leid*?«

»Es war dumm von mir. Ein dummes Spiel.«

»Das war kein Spiel. Es war Diebstahl.«

»Sie haben recht.«

»Du hast das gestohlen.«

»Es tut mir wirklich leid. Ich wünschte, es wäre nie geschehen.«

Jess hatte sich das Gespräch ganz anders vorgestellt. Sie hatte geglaubt, ihre Nachbarin würde lachen und sanft den Kopf schütteln. Kinder! Stimmt's? Und dann würde sie sich dankbar dafür zeigen, dass Jess ihr den Traumfänger nach all den Jahren wieder zurückbrachte. Doch offensichtlich findet Marianne das ganz und gar nicht lustig. Für sie war das kein unschuldiger Fehler eines kleinen Mädchens.

»Du bist wirklich eine Pest.« Sie schüttelt den Kopf und geht rein. Die Haustür lässt sie offen, und mehrere Taschen stapeln sich noch immer davor.

Kapitel 38
24. Dezember 2017
Ella

Ella will, dass ihre Familie verschwindet, und zwar in unterschiedliche Richtungen. Vier Autos, die vom Cottage fliehen. Und doch scheint dieser Moment immer mehr in die Ferne zu rücken, und je größer der Graben zwischen ihnen wird, desto mehr kleben sie aneinander. Lydia hat sich wieder an den Küchentisch gesetzt und fummelt an dem Origami-Wahrsager herum. Ihre Mutter wiederum ist einfach hereinspaziert, als sei sie willkommen, und jetzt wartet sie darauf, dass das Wasser im Kessel kocht. Dann stürmt auch noch Jess durch die Haustür, knallt sie hinter sich zu und stapft in die Küche.

»Sie ist so ein komischer Kauz. So unverschämt. Sie …«

Sie hält inne und schaut erst zwischen ihren Schwestern hin und her und dann zu ihrer Mutter.

»Ist alles okay?«, fragt sie. »Stimmt was nicht?«

Ella weiß nicht, wo sie anfangen soll, denn tatsächlich ist gar nichts okay. Alles ist falsch. Sie will nur helfen – das hat sie immer gewollt –, doch ihre Familie macht all ihre Versuche zunichte. Jess hebt die Augenbrauen. Sie erwartet eine Antwort, die sie jedoch nicht bekommt.

»Und?«, hakt sie nach.

Lydia schaut noch nicht einmal auf. Sie sitzt nur da und faltet ihr Papier. Sie will eine neue Kombination versuchen, vermutlich in der Hoffnung, dass diesmal etwas Gutes rauskommt. Bernadette holt einen Becher aus dem Schrank – einen blauen, den die Schwestern bis jetzt nicht benutzt haben – und spült ihn durch.

Ella seufzt. Sie will gerade antworten, doch dann wird sie von lautem Gesang vor der Tür unterbrochen.

»*Oh Tannenbaum! Oh Tannenbaum! Wie schön sind deine Blätter ...*«

Ella spürt die Vibrationen in den alten Balken und Ziegeln des Hauses. Es ist, als würde es von seinem Fundament gehoben. Die Küche wackelt auf eine Art, die sie fast lachen lässt.

»Was zum Teufel ...?«

Lydia grinst auch. »Weihnachtssänger!«

»Und was machen wir jetzt?«, fragt Jess.

»Nichts«, antwortet Ella. Wir verstecken uns hier und tun so, als wären wir nicht da. Wir können jetzt nicht rausgehen. Was sollten wir sonst tun? Einfach dastehen und zuhören? Muss man da eigentlich mitsingen?«

Vor der Tür ihrer Wohnung in der Stadt hat noch nie jemand gesungen. Die Einzigen, die bei ihr klingeln, sind Vertreter, die ihr irgendeinen Blödsinn andrehen wollen. Das hier fühlt sich zwar ähnlich an, doch der Hintergrund ist ein anderer.

»*Du blühst nicht nur zur Sommerzeit ...*«

»Das können wir doch nicht machen«, erklärt Lydia. »Das wäre unhöflich. Hier draußen gibt es doch nur die zwei Cottages.«

»Ich habe ein wenig Bargeld in der Tasche«, sagt Bernadette.

»*... wenn es schneit ...*«

»Wir stellen uns einfach auf die Veranda und lächeln«, sagt Lydia.

»Na gut«, gibt Ella seufzend nach.

Sie führt ihre Schwestern durch den Flur – dabei will sie lieber duschen und dann fahren – und spürt mit einem Mal ein freudiges Kribbeln im Bauch. Dann sieht sie Bernadettes Mantel, Schal und Hut an der Garderobe, und das Gefühl verfliegt wieder. Sie öffnet die Haustür, ringt sich ein Lächeln ab und tritt zur Seite. Es rührt sie, wie viele da stehen: Männer, Frauen, Kinder, sogar ein paar Teenager. Sie mag das Lametta, das sie sich auf die Schultern drapiert haben, und die festlichen Mützen. Dann sieht sie, dass auch Bernadette lächelt, und wieder verfliegt ihre Freude.

»… *O Tannenbaum* …«

Kurz herrscht Stille, als die Sänger ihr erstes Lied beenden und in ihren Noten das zweite suchte. Lydia, die sich vor sie gestellt hat, applaudiert. Weiter hinten klatscht auch Bernadette in die Hände.

»Drei, zwei, eins!«, bellt der Mann vorn.

»*Jingle Bells! Jingle Bells! Jingle all the way* …«

In der Ferne sinkt die Sonne zum Horizont, auch wenn die Schwestern das Gefühl haben, als hätte der Tag gerade erst begonnen. Sie färbt den Himmel pink und wirft warme Schatten auf die Wolken.

»Die sind ziemlich gut«, flüstert Bernadette Jess zu.

Jess nickt und schaut weiter geradeaus.

»Das ist wirklich reizend«, fügt Bernadette ein paar Sekunden später hinzu.

»Reizend?« Ella hebt die Augenbrauen.

Sie kann nicht anders.

»Das ist überhaupt nicht *reizend*«, fährt sie fort. »Das ist seltsam.«

» *O'er the fields we go, laughing* …«

»Der Gesang?«, fragt Jess.

»Nein«, antwortet Ella. »Wir.«

Lydia schaut über die Schulter zurück und reißt die Augen auf, bis ihre Schwestern und Bernadette verstummen.

»Das ist neu«, flüstert ihre Mutter nach einer Weile. Sie hat die Hand vor den Mund gehoben. »Ich würde gern mehr …«

»Wir werden *nicht* bleiben«, erklärt Ella.

»Aber …«

»Warum sollten wir?«

Bernadette versteift sich. Dann zieht sie die Schultern zurück und richtet sich auf.

»Warum sollten wir Zeit mit dir verbringen?«, fährt Ella fort. »Mir fällt nicht ein einziger Grund ein, warum auch nur eine von uns das tun sollte.«

»Weil …«, beginnt Bernadette und atmet tief durch. »Weil es vielleicht an der Zeit ist, endlich die Wahrheit zu sagen.«

Sie blickt starr geradeaus, als sie das sagt. Dann senkt sie den Blick und zieht den Mantelkragen zu.

»*What fun it is to ride …*«

»Ich soll die Wahrheit sagen? Ich?«

»Ich hätte das nicht sagen sollen. Ich weiß das …«

»Sprich weiter«, fordert Ella sie auf. »Was willst du wissen? Warum bist du wirklich hier?«

Davor hat Ella sich seit ihrer Ankunft gefürchtet, seit dem anfänglichen Drama mit den Einladungen, aber sie hätte nie gedacht, dass ausgerechnet ihre Mutter diese Fragen stellen würde.

Bernadette seufzt und verschränkt die Arme vor der Brust. »Ich weiß, dass jemand Rosa in jenem Sommer begleitet hat. Und ich weiß, dass es eine von euch beiden war.«

»*Take the girls tonight …*«

Ella schüttelt den Kopf und stellt sich neben ihre Zwillingsschwester. Dann dreht sie sich wieder zu den Weihnachtssängern um und steckt die kalten Hände in den warmen Bund ihrer Leggings.

Bernadettes Stimme dringt in ihr Ohr. »Und?«

»Das ist ein ziemlich schwerer Vorwurf«, sagt Ella.

»Nein«, erwidert Bernadette rasch. »So war das nicht gemeint. Ich will doch nur helfen.«

Lydia ist wie erstarrt. Sie wiegt sich nicht länger im Takt der Musik, und sie lächelt auch nicht.

»Lyds?«, flüstert Jess. »Hast du dem etwas hinzuzufügen?«

»*Oh!*«

Die Sänger singen so laut, dass die vier Frauen sich wieder zu ihnen umdrehen.

»Jingle Bells! Jingle Bells! Jingle all the way!«

Lydia schüttelt den Kopf. »Ich will wieder nach Hause«, sagt sie.

»Es gibt da wirklich nichts, was du uns sagen willst?« Jess bleibt hartnäckig. »Über diesen Sommer?«

Jess hat offensichtlich zwanzig Jahre lang auf diese Gelegenheit gewartet. Sie hat immer geglaubt, dass da mehr in jenem Sommer passiert ist, als man ihr damals erzählt hat. Panik keimt in Ella auf. Es ist wie ein Jucken an einer Stelle, an die man nicht rankommt, wie das Kribbeln unter der Haut nach einer Spritze.

»Lydia, du musst nicht …«, beginnt Ella.

»Nein«, sagt Lydia. »Nichts.«

»Bitte«, bettelt Jess.

»Tu das nicht«, sagt Ella. »Du solltest nicht … Du weißt, dass die letzten Tage nicht leicht waren. Du bist …«

»Ich frage doch nur«, sagt Jess.

»Lasst uns einfach zuhören«, sagt Ella. »Lasst uns die Lieder genießen.«

Sie verschränkt die Hände hinter dem Rücken, strafft die Schultern und wartet darauf, dass die Sänger ihr nächstes Lied finden. Sie hört förmlich, wie Bernadette und ihre Schwester sich hinter ihrem Rücken anschauen und stumm miteinander kommunizieren.

»Stille Nacht, heilige Nacht …«

»Das war doch nur eine Frage«, sagt Jess.

»Etwas anderes fällt dir nicht ein, oder?«, bemerkt Ella. »Als ständig zu fragen.«

»Ich weiß noch nicht einmal, was das heißen soll.«

»Das heißt, dass wir fahren sollten.«

»Nur das traute hochheilige Paar …«

»Nein«, erklärt Lydia. »Nein … Ja …«

»Was?« Verwirrt hebt Ella die Augenbrauen.

»Ich habe etwas zu sagen«, erklärt Lydia.

»Lyds ...«, beginnt Ella.

»Holder Knabe im lockigen Haar ...«

»Du hast recht«, sagt Lydia. »Ihr habt alle recht. Rosa ist an diesem Nachmittag nicht allein an den Strand gegangen. Das war nicht ihre Idee. Es war meine. Es ist meine Schuld. Ich war das. Ich habe sie in die Höhle gebracht.«

»Schlafe in himmlischer Ruh! Schlafe in himmlischer Ruh!«

»Du hast was getan?«, sagt Jess so laut, dass die Sänger verstummen.

TEIL 5

EIN TAG ZUVOR

Kapitel 39
24. Dezember 2017
Ella

Die Geschichte beginnt damit – so erinnern sich alle daran –, dass ihre kleine Schwester in der Höhle festsitzt. Es folgen zwei Albträume, hintereinander weg, die mitten in der Nacht durchs Cottage geschrien werden. Sie schließt mit einem dritten Albtraum, einem, bei dem keine von ihnen zugegen war, und dem Tod ihrer Schwester. Das Ende ist schon immer ein Unfall gewesen, als hätte das Schicksal seinen Lauf genommen. Doch der Anfang war kalkuliert.

Lydia hockt sich im Wohnzimmer neben ihrem kleinen Koffer auf den Boden und zieht die Knie an. Sie hält den Kopf in den Händen und zittert am ganzen Leib.

»Ich muss … Ich muss …«

»Setz dich erst mal«, fordert Ella sie auf.

Lydia bleibt auf dem Boden.

Es dauert zwar ein wenig, doch schließlich gelingt es Ella, ihre Zwillingsschwester aufs Sofa zu bringen. Dann setzt sie sich ihr gegenüber. Lydia ist kreidebleich, ihr Atem schnell und flach. Sie hyperventiliert. Dann, ohne Vorwarnung, klappt sie zusammen.

»Lyds?«

Jess steht neben Bernadette in der Tür. Beide scheinen sie dort festzustecken, gefangen zwischen Schock, Wut und Trauer, und beide sind sie vollkommen nutzlos.

»Sie ist okay«, verkündet Ella. »Aber ihr Blutdruck ist gefallen. Legen wir sie auf den Boden.«

Manche Ärzte haben Angst vor solchen Situationen: den unerwarteten, unvorhersehbaren an unbekannten Orten. Sie verlässt der Mut, wenn sie diesen Schrei hören – immer panisch und voller Angst –, diesen Schrei nach einem Sanitäter, und das in einem Restaurant, einem Zug oder an einem anderen öffentlichen Ort. Einige Ärzte zögern dann sogar, in der Hoffnung, dass jemand anderes sich zuerst meldet.

Ella hat schon immer zu jenen gehört, die sofort reagieren.

Es befriedigt sie über alle Maßen, zu einem Notfall gerufen zu werden. Sie liebt den Klang ihrer eigenen Stimme, wenn sie sagt: »Lassen Sie mich durch. Ich bin Arzt.« Sie genießt es zu sehen, wie die Ersthelfer ihr erleichtert Platz machen. Sie mag es, Zeugen zu haben. Natürlich zieht sie es vor, ein Leben zu retten, aber auch im anderen Fall bekommt sie Lob. Man hat sie schon zum Essen eingeladen, und sie hat so viele bewundernde Blicke kassiert, selbst wenn sie den Patienten nicht hat retten können, so viel Ehrfurcht und beifälliges Nicken.

Einmal hat sie zum Beispiel versucht, einen Mann auf einem Transatlantikflug zu retten.

Er starb.

Und sie bekam einen Platz in der ersten Klasse.

Lydia war entsetzt gewesen. Sie war dabei. Sie fand es widerlich, dass man den Platz des Toten so schnell neu besetzte. Für sie war es, als würde seine Seele noch immer dort sitzen. Ella hingegen freute sich über die Beinfreiheit und das Drei-Gänge-Menü.

»Holt ihr bitte den Hocker da?«, bat sie. »Wir müssen ihre Beine hochlegen.«

Es ist egal, dass es sich hier um ihre Schwester handelt; Ella fühlt sich neben jedem gebrochenen Körper lebendiger denn je. Das ist alles, was sie sich immer gewünscht hat: zu helfen. Jess hebt den Hocker über den Kaffeetisch.

Lydia rührt sich wieder. Langsam öffnet sie die Augen.

Ella prüft ihren Puls.

»Bleib liegen«, sagt sie.

»Tut mir leid«, flüstert Lydia.

»Atme erst einmal tief ein und aus.«

Ella schaut zu Bernadette und Jess hinauf. Sie blicken besorgt drein und haben die Arme vor der Brust verschränkt. Ella schiebt den Hocker wieder weg und senkt die Füße ihrer Zwillingsschwester auf den Boden. Dabei versucht sie, die schmutzigen Schuhe zu ignorieren, alt und verschlissen, als stammten sie aus den Neunzigern. Lydia setzt sich auf und räuspert sich. Ella ermutigt sie, tief durchzuatmen und noch einen Moment liegen zu bleiben. »Nimm dir Zeit«, sagt sie.

Es dauert eine Weile, bis Lydia sich wieder aufs Sofa setzen kann. Kurz weicht ihr noch mal die Farbe aus dem Gesicht, und sie klagt über Schwindel, doch kurz darauf sitzen sie alle vier um den Kaffeetisch herum, und Schweigen senkt sich über den Raum.

»Bist du bereit?«, fragt Jess schließlich.

Lydia verschränkt die Finger und legt die Hände in den Schoß.

»Es war meine Schuld«, sagt sie. »Ich erinnere mich daran, dass du dir mit deinen Streichen alle zum Feind gemacht hast, besonders Mom: der Geist, die Puppe, der Dachboden. Ich wollte dir Angst machen. Ich wollte den Preis für den besten Streich gewinnen. Erinnert ihr euch? Das kommt mir jetzt so dumm vor. Ich habe sie gefragt, ob sich in der Höhle verstecken wolle, und sie hat Ja gesagt.«

Sie legt das Gesicht in ihre Hände und seufzt.

»Ich habe eine Linie im Sand gezogen und gesagt, wenn das Wasser die erreicht, dann solle sie sofort wieder zum Cottage kommen. Ich dachte, es würde zwei Stunden dauern, bis sie gefunden wird – maximal. In jedem Fall sollte sie vor dem Abendessen wieder zu Hause sein. Ich dachte, außer uns vieren würde nie jemand etwas davon erfahren. Ich dachte, es wäre lustig zu sehen, wie du immer frustrierter werden würdest, Jess, und dann, so hoffte ich, würdest du dir Sorgen machen. An so etwas wie Polizei und Suchtrupps habe ich nie gedacht.«

Ella nickt ernst.

»Es war eigentlich nur ein Streich, doch der ist gründlich schiefgelaufen«, fährt Lydia fort. »Ich dachte, bevor es dunkel ist, wäre alles vorbei, dass du zwar wütend auf uns wärst, doch wir hätten die Befriedigung gehabt, es dir endlich heimgezahlt zu haben.«

»Was ist dann geschehen?«, hakt Jess nach.

Ellas Finger zittern leicht, und ihre Fingerspitzen färben sich blau. Im Krankenhaus passiert das nie – da ist sie ja automatisch Ärztin –, doch wenn sie außerhalb jemanden behandeln muss, dann ist das etwas anderes. Sie folgt ihrem eigenen Rat – tief durchatmen, sitzen bleiben –, bis sie sich wieder ein wenig beruhigt. Natürlich hat sie diese Geschichte schon oft von ihrer Schwester gehört. Immer wieder haben sie darüber diskutiert, was sie hätten anders machen können. Und Ella war immer zum selben Schluss gekommen: nichts. Lydia war damals noch ein Kind gewesen. Sie hatte gespielt, nichts weiter. Und sie hatte schlicht Pech gehabt.

»Ich weiß es nicht«, sagt Lydia. »Ich weiß nicht, was sie dort gehalten hat. Vielleicht wollte sie mir ja ebenfalls einen Schrecken einjagen.«

»Also warst du es?«, fragt Bernadette.

Lydia nickt. »Ja«, sagt sie. »Ich war's.«

»Aber warum?«, fragt Jess. »Warum ausgerechnet die Höhle?«

»Das Versteck sollte irgendwo weit weg sein, wo du nicht suchen würdest«, erklärt Lydia. »Ich hatte nicht damit gerechnet, dass sie nicht mehr zurückkommen würde.«

»Warum bist du später dann nicht dort hingelaufen?«, hakt Jess nach. »Als klar war, dass sie nicht zurückkommt? Warum hast du nicht geholfen?«

»Ich hatte Angst«, antwortet Lydia. »Ich hatte Angst, dass ihr schrecklich wütend auf mich sein würdet. Ich hatte Angst, dass ihr nichts mehr mit mir zu tun haben wolltet.«

»Sie hätte in dieser Nacht sterben können.«

»Ich weiß«, sagt Lydia. »Ich weiß.«

»Und sie *ist* wegen dieser Nacht gestorben«, ergänzt Jess.

»Ich weiß«, wiederholt Lydia. »Es ist ja nicht so, als ... Ich weiß.«

»Aber dann ist es ...«

»Meine Schuld? Ja.«

»Stopp«, mischt Bernadette sich ein. Ihre Stimme klingt ruhig und fest. »Stopp!«

Jess öffnet den Mund und schließt ihn wieder.

»Danke, Lydia«, sagt Bernadette. »Es braucht großen Mut, seine Fehler zu gestehen. Und es ist sogar noch schwerer, die Schuld und die Trauer so viele Jahre lang stumm zu ertragen. Doch das war nicht deine Schuld. Ich möchte, dass du das weißt. Es war unmöglich für dich vorauszusehen, was als Nächstes geschehen würde: die Albträume, das Schlafwandeln. Es war nicht deine Schuld. Das schwöre ich.«

Lydias Schultern entkrampfen sich, und ihr Kinn fällt auf die Brust. Jess lehnt sich auf dem Sofa zurück und verschränkt die Arme auf ihrem runden Bauch. Ella ist noch immer leicht schwindelig, und sie verspürt ein seltsames Kribbeln in den Gliedern. Lydia ist verletzlich, und Jess ist fest entschlossen. Wie stark wird sie ihre gebrochene Schwester unter Druck setzen?

»Wie kannst du damit leben?«, fragt Jess. »Mit diesem Wissen, was geschehen ist? Mit dieser Schuld?«

»Stopp«, sagt Ella. »Bitte.«

»Und du? Hast du davon gewusst?«

»Ist das wichtig?«

»Ja«, antwortet Jess.

»Ich wünschte, ihr wäret zu mir gekommen«, sagt Bernadette. »Ich wünschte, ihr hättet nicht zu große Angst gehabt, um mir die Wahrheit zu erzählen.«

»Wir waren noch Kinder«, sagt Ella.

»Ihr wart zehn«, erwidert Jess.

Lydia begann wieder zu schluchzen.

»Ich war dafür verantwortlich: für die Angst, die Albträume …
Ich habe das ausgelöst. Ich weiß das.«

»Stopp«, sagt Ella noch einmal. »Das ist nicht fair. Und es
stimmt so nicht.«

Sie zieht ihre Schwester vom Sofa und trägt sie fast aus dem
Raum. Sie wird nicht zulassen, dass sie ihr das antun. Lydia hatte
damals einen Grund dafür, die ganze Sache geheim zu halten.
Denn Fehler erkennt man erst später, nicht in dem Augenblick, da
sie begangen werden. Nur rückblickend. Und ihre Schwester hat
es geschafft, mit diesem Geheimnis zu überleben. Das hat zwar
einen hohen Preis von ihr gefordert, doch dieses Geständnis gerade könnte sich als noch viel schlimmer erweisen.

Ella führt ihre Schwester aus dem Wohnzimmer. Sie muss sie
stützen und einen ruhigen Ort für sie finden, wo sie warten können. Sie wird alles dafür tun, dass ihre Schwester wieder sicher
nach Hause kommt.

Kapitel 40
24. Dezember 2017
Lydia

Lydia wird nach draußen geführt und auf die Stufen der Veranda gesetzt. Inzwischen ist es dunkel, der Tag fast vorüber. Instinktiv greift Lydia in ihre Tasche und prüft, ob ihr Handy auf Stumm steht. Sie kann sich jetzt auf nichts anderes konzentrieren als darauf, endlich von hier zu verschwinden und wieder nach Hause zu fahren.

Sie hat die Wahrheit gesagt. Keine Geheimnisse mehr – endlich. Die Last ist ihr genommen. Sie droht nicht länger, darunter zu zerbrechen. Jetzt kann sie wieder aufrecht stehen. Und sie wird nie wieder ein Geheimnis haben, in ihrem ganzen Leben nicht.

Und sie hat auch keins …

… außer einem.

Lydia hört, wie die Haustür sich schließt. Sie dreht sich nicht um, als sich jemand neben sie setzt. Ella zieht Lydias Kopf auf ihre Schulter, und sie lässt es geschehen. Lydia atmet tief durch. Wenn das hier vorbei und alles gesagt ist, dann wird sie das Cottage als freie Frau verlassen und wieder nach Hause fahren, unbelastet und ohne Scham.

»Da ist noch mehr«, sagt sie. »Ich muss noch etwas loswerden.«

»Tu's nicht«, erwidert Ella. »Du musst nicht. Es ist nicht fair von ihnen, dich …«

»Es geht um dich.«

»Was?«

»Ich habe noch eine Lüge erzählt, und zwar dir.«

»Was meinst du damit? Was für eine Lüge denn?«

»Erinnerst du dich noch an das Schulprojekt, an dem du in diesem Sommer gearbeitet hast?«

»Ich wollte das Stipendium.«

»Und du hast es nicht bekommen.«

»Nein.«

»Nun, das war auch meine Schuld.«

»Dad hat Mom betrogen. Rosa ist gestorben … Ich habe es einfach nicht rechtzeitig fertig bekommen.«

»Nein«, widerspricht Lydia.

Die Erinnerung an diesen Sommer ist wie eine lange, dünne Kerze zu einer klebrigen, formlosen Masse geschmolzen. Lydia hat die Scham über ihr schockierendes Verhalten verdrängt, indem sie sich ganz und gar auf die Katastrophe am Ende dieser idyllischen Wochen konzentriert hat. Aber wenn sie es ernst damit meint, reinen Tisch zu machen – und das tut sie –, dann muss sie alles offenlegen: jedes Geheimnis, jede Wahrheit.

»Ich habe deine Unterlagen verbrannt«, sagt sie.

»Aber das war …«

»Nein«, unterbricht Lydia ihre Schwester. »Jess war das nicht. Ich war das.«

»Was?« Ella ist verwirrt. »Aber warum?«

»Ich war wütend«, erklärt Lydia.

»Auf mich?«

Lydia nickt.

Ella ist ein Chamäleon und schier unglaublich geschickt darin, andere zu imitieren: das ernste Nicken zum Zeichen, dass auch sie traurig ist; der feste Händedruck, um Wut auszudrücken; die empathisch geschlossenen Augen. Lydia hat dieses Verhalten seit klein auf beobachtet. Und sie hat genug Zeit damit verbracht, ihre eigenen Symptome zu studieren, um zu wissen, dass alle unterdrückten Gefühle irgendwann an die Oberfläche kommen. Sie schaut ihre Schwester an. Ella kaut auf der Unterlippe, ein kleiner, aber bedeutsamer Hinweis darauf, dass sie aufgeregt ist.

»Warum?«, fragt sie erneut. »Warum warst du wütend auf mich?«

Ella hat sich selbst stets als hervorragende Menschenkennerin betrachtet, und sie kann einfach nicht verstehen, dass sie die Wut einer anderen, noch dazu ihrer Schwester, nicht erkannt hat.

»Weil du diejenige warst, die dieses dumme Armband gewinnen und diesen dämlichen Jungen beeindrucken wollte«, antwortet Lydia. »Denn wenn mein Streich funktioniert hätte und er es mir gegeben hätte? Dann hätte ich es dir geschenkt.«

»Darum habe ich dich nicht gebeten«, erwidert Ella.

»Ich …«

»Das habe ich nicht getan«, beharrt ihre Schwester.

»Ich weiß«, seufzt Lydia. »Ich weiß.«

Sie fühlt das Lodern eines alten Zorns, der Wut, die sie an jenem Tag überkam. Sie war ins Wohnzimmer gestürmt und hatte den Rucksack ihrer Schwester unter dem Sofa hervorgeholt. Es hatte ihr Spaß gemacht, das Feuer zu entzünden und zu sehen, wie die Flammen alles verschlangen. Sie hatte die Hitze geliebt, die sich auf ihre Haut legte, obwohl es draußen über dreißig Grad war. Es hatte ihr eine schier unglaubliche Befriedigung bereitet, die Seiten eine nach der anderen in die Flammen zu werfen und zu sehen, wie sie sich langsam verfärbten, knitterten und schließlich zu Asche zerfielen.

Ella setzt sich gerade auf und atmet tief durch.

»Ich bin nicht sauer auf dich«, sagt sie. »Wir waren damals noch Kinder.«

»Ich war so wütend. Ich habe nicht nachgedacht. Mir war in dem Moment überhaupt nicht klar, dass es deine Zukunft beeinflussen könnte.«

Lydia hasst sich selbst für das, was sie getan hat.

»Das hat es doch gar nicht«, sagt Ella. »Ja, ich habe das Stipendium nicht bekommen, aber ich bin trotzdem da gelandet, wo ich hinwollte.«

Es war schon immer Ellas Schicksal, Erfolg zu haben, und Lydia war nie mächtig genug gewesen, um das zu verhindern. Es gab nichts, was Lydia hätte tun können, um das Leben ihrer Schwester zu verändern, nicht damals und auch heute nicht. Sie schaut auf ihre Schuhsohle, die sich langsam löst, auf den Dreck an ihrer Hose und die dicken Pullover, von denen sie sich gleich mehrere übergezogen hat. Sie hatte ja nicht einmal ihr eigenes Leben gestalten können.

»Ich könnte für dich beim Mechaniker anrufen«, bietet Ella an. »Nur, wenn du willst, natürlich.«

Lydia überlässt ihr gern das Handy. »Danke.«

Ella steht auf und verschwindet im Cottage.

Lydia zupft an den verwelkten Blüten der Hortensien, und sie fragt sich, ob sie sich auch wieder so erholen wird wie die Sträucher im Frühling. Wird auch sie ihre Farbe zurückbekommen? Wird es ihr ohne ihre Geheimnisse besser gehen? Wird es ihr gelingen, ein anderes Leben zu führen, ein besseres?

Lydia hört Schritte; dann setzt sich ihre Mutter neben sie.

»Alles wird gut«, sagt Bernadette. »Versprochen.«

»Das weißt du doch gar nicht.«

»Ich weiß, was Angst ist«, sagt Bernadette. »Glaub mir.«

»Wirklich?«

»Ich habe aus Angst meine Mädchen verlassen. Das war und ist bis heute mein größter Fehler.«

»Glaubst du, es gibt eine Möglichkeit, mir zu vergeben?«

»Es gibt nichts zu vergeben.«

Lydia kann ihren Selbsthass nicht einfach so ablegen, aber es ist eine große Erleichterung für sie zu wissen, dass Bernadette sie nicht ebenso verachtet.

»Ich wünschte nur, du hättest keine Angst vor mir gehabt.«

»Ich hatte keine Angst vor dir – sondern vor dem Ärger, den ich bekommen hätte. Ich hatte Angst, den Sommer zu ruinieren. Ich hatte Angst, ein echtes Verbrechen zu gestehen. Ich hatte

Angst, alles nur noch schlimmer zu machen. Es war auch so schon schwer genug. Ich weiß, jetzt, als Erwachsene, klingt das dumm, aber damals hatte ich das Gefühl, dass es Dad ähnlich ergangen ist. Ein einziger Fehler hat ihn alles gekostet.«

»Ich weiß.«

»Und Jess? Was ist mit ihr? Wird sie mir auch verzeihen?«

»Das ist schon schwieriger. Andererseits hat auch sie genug Fehler begangen.«

»Warum bist du gekommen?«, fragt Lydia.

»Ich wusste, dass eine von euch seit Jahrzehnten mit dieser Schuld lebt. Mir gefiel der Gedanke nicht, dass du allein leidest. Ich habe zugelassen, dass der Verlust einer Tochter mich von meinen anderen drei Töchtern ablenkt, und jetzt war es an der Zeit, das wiedergutzumachen.«

»Was ist denn hier los? Warum seid ihr alle draußen?«

Jess steht in der Tür. Hinter ihr brennt das Licht im Flur.

»Wir reden nur«, antwortet Bernadette.

»Das wolltest du doch«, sagt Jess.

»Ja.«

»Möchtest du dich auch setzen?«, fragt Lydia.

»Nein. Ich will es verstehen. Ich will verstehen, wie du ihren Tod verursacht und das dann verborgen und uns das hier angetan hast. Ich will, dass du die Verantwortung dafür übernimmst. Du warst das. Du hast ihre Albträume verursacht und sie schließlich über die Klippe getrieben. Ich möchte, dass du anerkennst, dass du sie getötet hast.«

Lydia denkt oft über Schuld und Verantwortung nach. Doch in ihrem Kopf hat sie nie ein solches Wort benutzt: »getötet«. Doch jetzt ist es da, und es wird nie mehr weggehen. Denn das heißt es, einen Geist wie sie zu haben.

»Tut mir leid«, sagt sie.

Und das ist die Wahrheit.

Lydia hat noch nie so ein schlechtes Gewissen gehabt wie jetzt.

Sie hat aber auch nie wieder einen Fehler begangen, der solch extreme Schuldgefühle und eine solche Trauer ausgelöst hätte. Bewusst hat sie ihr Leben so klein wie möglich gehalten: keine Hobbys, keine Freunde, keine Risiken.

»Das hilft nicht«, erwidert Jess. »Jedenfalls nicht so, wie es helfen sollte.«

Ella taucht wieder auf, und sie und Jess drängen sich kurz in der Tür. Die eine will weg von dem Gespräch, die andere daran teilnehmen.

»Was ist hier los?«, fragt Ella.

»Nichts«, antwortet Bernadette.

Jess grunzt und marschiert in die Küche.

»Ich habe mit der Nachbarin geredet«, berichtet Ella. »Sie hat ihn noch mal angerufen, den Mechaniker, meine ich. Wie sich herausgestellt hat, ist das ihr Neffe. In einer halben Stunde ist er hier. Wir werden also schon bald wieder nach Hause fahren können. Bis dahin setze ich mal ein paar Nudeln auf.«

Lydia ist ihrer Zwillingsschwester dankbar: dankbar für ihre Sorge, für ihr Verständnis. Dankbar dafür, dass sie ihre Verbündete ist.

ZWANZIG JAHRE ZUVOR

Kapitel 41
3. August 1997

Die Schwestern hatten ein riesiges Repertoire von Spielen und anderen Aktivitäten, die ihnen über Jahre hinweg Unterhaltung beschert hatten. Sie hatten meisterhafte Theaterstücke mit fantastischen Kostümen erschaffen. Sie hatten Schulen aus Buntstiftpaketen und Papierstapeln gebaut. Sie hatten Dutzende von Verstecken mit Decken, Kisten und Kissen konstruiert. Sie hatten Zirkusse gebaut, Raumschiffe und prächtige Feengrotten. Und all diese Spiele hatten sich immer weiterentwickelt, während sie älter geworden waren. Jedes Jahr waren sie komplexer und detaillierter geworden. Choreografien wurden entworfen, Listen und Aufgabenzettel erstellt, Blumengirlanden gebunden.

Egal, wie lang der Sommer auch sein mochte, sie hatten nie ein Problem damit, für Spaß zu sorgen, im Gegenteil: Manchmal hatten sie eher Schwierigkeiten, den Spaß im Zaum zu halten. Einige ihrer Spiele erstreckten sich über Tage, und sie erschufen ganze Welten im Garten. Aber sie hatten noch nie so dagesessen, alle vier im Kreis im Gras, schweigend. Stundenlang warteten sie darauf, dass einer von ihnen etwas einfiel, was sie tun konnten. Sie waren draußen gewesen und drinnen, oben und unten. Überall hatten sie nach Inspiration gesucht. Als ihre Mutter sie an diesem Nachmittag zum Essen rief, waren sie zum ersten Mal in ihrem Leben erleichtert darüber.

Jess aß schweigend. Sie war wütend, weil ihre Schwestern sich einfach nicht genug Mühe gaben, sich etwas Spaßiges auszudenken. Ella war viel zu sehr von ihrem Projekt abgelenkt, und außerdem war sie auch viel zu wütend. Lydia war still und in sich gekehrt. Die Ereignisse der letzten Tage plagten sie immer noch. Rosa hingegen war nervös und wollte sich auf gar nichts einlassen. Die anderen mussten sie drängen.

Als Jess an diesem Abend ins Bett kroch, war sie traurig und irgendwie verunsichert.

*

Als sie am folgenden Morgen wieder aufwachte, fühlte Jess sich schon wieder besser. Nur einmal war sie in der Nacht gestört worden – von einer ihrer Schwestern, die aus dem Badezimmer gekommen war –, aber es hatte kein Schreien gegeben, das sie aus dem Schlaf gerissen hätte. Sie hatte von Sandburgen geträumt, die bis in den Himmel reichten, von Hörnchen mit Vanilleeis und Streuseln. Sie hatte von einem Sommer geträumt, wie sie ihn haben wollte, und sie war fest entschlossen, genauso einen Sommer zu erschaffen.

Die Sonne schien ins Schlafzimmer, doch im Haus war es still. Jess schwang die Beine aus dem Bett. Sie ging davon aus, dass die anderen ebenfalls wach waren. Dann zog sie sich an. Sie stapfte zum Badezimmer, um sich die Zähne zu putzen. Erst später, als sie in Richtung Treppe ging, fiel es ihr auf: Die Tür zum großen Schlafzimmer war geschlossen.

Normalerweise war Ella immer als Erste wach. Sie arbeitete bereits an ihrem Projekt oder saß im Garten, bevor die anderen sich auch nur gerührt hatten. Jess drehte sich zur anderen Seite des Flurs um und drückte das Ohr an die Tür ihrer Eltern. Sie hörte leises Schnarchen. Dann fiel ihr auf, dass die Tür zum kleinsten Schlafzimmer offen stand, und sie lief dorthin. Sie sah, dass das Nachtlicht noch brannte, und auf dem Bett lagen die zerknüllten Decken. Sie riss sie herunter und freute sich schon auf das Quieken ihrer kleinen Schwester.

Doch sie war nicht da.

Sie musste also schon wach und unterwegs sein.

Aufgeregt lief Jess die Treppe runter, fest entschlossen, Antworten auf ihre Fragen zu finden. Warum war Rosa am Strand gewesen? Warum war sie nicht zurückgekommen? Warum wollte sie noch immer nicht sagen, was wirklich passiert war?

Jess wollte außerdem wissen, wie es sich anfühlte, das Wasser steigen zu sehen und festzustellen, dass man nicht entkommen konnte. Jess war eine gute Schwimmerin – sie hatte schon Medaillen in der Schule gewonnen –, deshalb fühlte sie sich kühn genug, es auch mit den Wellen aufzunehmen. Sie stellte sich vor, wie sie sich durchs Meer kämpfen und mit kräftigen Zügen zu den Felsen schwimmen würde.

Rosa war jedoch weder in der Küche noch im Wohnzimmer.

Jess riss die Terrassentür auf und rannte zu ihrem Versteck. Das Gras war feucht unter ihren nackten Füßen. Doch das Versteck war ebenfalls leer. Jess lief wieder nach oben und klopfte leise an die Tür der Zwillinge.

Keine Reaktion.

Sie schob die Tür auf.

»Rosa?«, flüsterte sie.

Auf Zehenspitzen ging sie hinein und schaute zuerst zum Fenster (ein Körper in dem Bett dort) und dann zur Wand (auch ein Körper).

»Rosa?«, sagte Jess erneut, diesmal ein wenig lauter.

»Sie ist nicht hier«, murmelte Lydia.

»Nicht?«

Lydia rollte sich herum und drückte ihr Gesicht in die Kissen.

»Hey!«, rief Jess.

»Was ist?«, knurrte Lydia. »Ich habe nicht gut geschlafen. Ich habe den Geist gehört. Ich …«

»Musst du so schreien?«, beschwerte sich Ella. »Ich schlafe.«

»Hat eine von euch Rosa gesehen?«

»Die schläft vermutlich auch noch«, sagte Lydia.

»Nein, tut sie nicht«, erklärte Jess. »Sie ist weder in ihrem Zimmer noch unten oder im Garten. Sie ist nicht hier.«

»Was?« Lydia saß aufrecht im Bett. »Aber wo ist sie dann?«

»Ich weiß es nicht, aber wir müssen sie finden, bevor Mom aufwacht.«

Das war wieder aufregend. Ein Abenteuer bot sich ihnen an, ein idealer Einstieg in den Tag, ein Rätsel, das es zu lösen galt.

»Gehen wir!«, verkündete Jess.

»Neee«, widersprach Ella.

»Was?«

»Ich will nirgendwohin gehen«, sagte Ella.

»Doch«, erwiderte Lydia. »Jess hat recht. Wir müssen sie finden.«

»Nein, müssen wir nicht.«

»Doch, müssen wir.« Lydia blieb hartnäckig.

»Das wird Spaß machen«, sagte Jess. »Du wirst sehen.«

»Sie könnte in Schwierigkeiten stecken«, erklärte Lydia.

»Nein, steckt sie nicht«, entgegnete Ella.

»Letztes Mal war das aber so«, warf Jess ein.

Jess trat von einem Fuß auf den anderen und gestikulierte fast manisch, um ihren Schwestern zu zeigen, wie aufregend das alles war. Ella zog sich die Decke über den Kopf und seufzte. Dann warf sie sie weg.

»Na schön«, knurrte sie.

Der Widerwillen überraschte Jess. Ella war eigentlich die Praktische von ihnen, und ihre jüngste Schwester zu finden, war ein praktisches Projekt. Man konnte Karten benutzen oder Raster oder einfach nur logisch denken. Außerdem war Ella die Aktivste von ihnen, und ihre Jagd würde sie mit Sicherheit an den Strand führen.

»Toll!«, rief Jess. Sie war fest entschlossen, ihren Schwestern etwas Leben einzuhauchen. »Wir treffen uns dann unten.«

Jess holte die Sandalen ihrer Schwestern aus dem Schrank und stellte sie ordentlich neben die Haustür.

Dann hörte sie den Wasserhahn im Badezimmer, gefolgt von Schritten, und sie wartete, bis die Zwillinge die Stufen hinunterschlurften.

»Okay«, sagte Jess. »Gehen wir. Wir werden sie schon finden.«

Kapitel 42
August 1997

Jess ging zum Strand voraus. Ella war ein Stück zurückgefallen, und Lydia versuchte, genau zwischen ihren Schwestern zu bleiben. Sie wollte keine Partei ergreifen. Sie rief nach vorn: »Hast du auch im Versteck nachgesehen?«, hielt kurz inne und drehte sich dann nach hinten um. »Alles okay bei dir?«

Schließlich erreichten sie den Strand und schauten aufs Meer und zu den Wellen hinaus.

»Wo sollen wir anfangen?«, fragte Lydia.

»Vielleicht ist sie ja gar nicht hier«, gab Ella zu bedenken.

»Dann schauen wir später eben woanders nach«, erwiderte Jess.

»Sollen wir uns aufteilen?«, schlug Ella vor.

»Wie ein Suchtrupp?«, sagte Jess. »Tolle Idee. Ich gehe da rüber.«

Sie deutete nach links.

»Ich werde in der Höhle nachsehen«, sagte Ella und ging los.

»Ich denke, dann werde ich …«

Lydia schaute sich um.

Ihre Schwestern waren schon unterwegs: eine zum anderen Ende des Strands, wo er nach links abbog und hinter den Klippen verschwand, und die andere langsamer nach oben in Richtung Gestrüpp.

»Dann kümmere ich mich wohl um die Felsen«, murmelte sie.

Lydia versuchte, das Übelkeit erregende Gefühl in ihrem Magen zu ignorieren – wie eine Lebensmittelvergiftung, kurz bevor man richtig krank wird –, und suchte auf dem Weg nach dem Grund dafür. Rosa hatte sich wohl einen eigenen Streich ausgedacht, um ihre Schwestern zu bestrafen, und Lydia war vermutlich das Hauptziel, weil ihr Streich so katastrophal geendet hatte.

»Komm nicht raus, bevor das Meer diese Linie erreicht hat.«

Sie erinnerte sich noch genau daran, wie leidenschaftlich ihre kleine Schwester genickt hatte. Sie hatte es sichtlich genossen, endlich auch für etwas verantwortlich zu sein. Lydia war daraufhin über den Strand zurückgerannt und hatte sich auf dem Feld am Zauntritt versteckt. Sie war sich ja so schlau vorgekommen, und sie freute sich wie wild auf die Reaktion ihrer älteren Schwester. Sicher würde sie sich erst besorgt zeigen, dann in Panik geraten und schließlich vor Wut toben, wenn ihr klar wurde, dass Lydia sie an der Nase herumgeführt hatte.

Jetzt könnte Rosa sich etwas Ähnliches ausgedacht haben: einen Plan, um ihre Schwestern in Panik zu versetzen. Aber sie war noch klein und naiv, und es bestand die Möglichkeit, dass sie Fehler beging. Lydia lächelte kurz, denn der Plan funktionierte. Sie machte sich tatsächlich Sorgen. Vielleicht war Rosa ja klüger, als sie ihr zugestand.

Lydia watete ins Flachwasser hinaus und zwang sich, sich zu konzentrieren. Rosa würde sich mit Sicherheit nicht am Wasserrand verstecken. Wenn sie in der Nähe war, dann hinter den größeren Felsen weiter den Strand hinauf. Lydia marschierte in diese Richtung und suchte sich einen Weg zwischen den kleineren Felsen hindurch. Dabei schaute sie auf ihre Füße, um sich nicht die Zehen anzustoßen, und so fiel ihr zunächst nicht auf, dass etwas nicht stimmte. Dann dachte sie an ihre Schwestern und schaute in der Hoffnung über den Strand zurück, sie in der Ferne zu sehen.

Und da entdeckte sie sie.

Rosa lag im Sand. Ihr linkes Bein war seltsam verdreht. Sie blutete am Kopf, und der Sand um sie herum war pink gefärbt. Ihre Kleider waren nass, als wäre das Wasser über sie hinweggespült und wieder zurückgelaufen. Ihr Gesicht war so weiß wie der Schaum auf den Wellen, und ihre Augen waren offen und leer.

Lydia wollte schreien, doch als sie den Mund öffnete, kam kein Ton heraus.

Und so rannte sie stattdessen.

Sie spürte, wie sie im Sand wegrutschte, aber sie rannte immer weiter. Schließlich fand sie ihre Stimme wieder. Es war ein leises Quieken, dann ein Gurgeln und schließlich ein Kreischen.

Jess sprang aus dem Gestrüpp.

»Lydia?«

Lydia war sich bewusst, dass sie ein Geräusch machte – ein lautes –, doch die Geräusche in ihrem Kopf ließen sich schlicht nicht in Worte verwandeln. Es war wie das Wogen des Meeres und das Brechen der Wellen: eine Kakofonie ohne jede Bedeutung.

Lydia drehte sich um und deutete den Strand entlang, und irgendetwas in ihrem Gesicht musste den Ernst der Situation widergespiegelt haben, denn ihre ältere Schwester rannte sofort los.

Lydia folgte ihr, aber nur bis zum Weg zum Feld hinauf.

Weiter wollte sie nicht gehen.

Sie wollte es nicht noch mal sehen.

Lydia pochte das Blut in den Schläfen. Sie bebte am ganzen Leib. Diesen kurzen Augenblick lang war sie als Einzige im Besitz der Wahrheit. Sie war die Einzige auf der ganzen Welt, die wusste, was passiert war, und dann hörte sie es – einen Schrei –, und sie war nicht mehr allein.

Zuerst war es eine Erleichterung für Lydia, nicht länger für dieses Wissen verantwortlich zu sein. Und dann kam da das herzzerreißendste Geräusch, das sie je gehört hatte. Sie hatte es sich also nicht eingebildet, wie so vieles andere. Das hier war nicht ihrer kranken Fantasie entsprungen. Es war genau das, wofür sie es gehalten hatte: Ihre jüngste Schwester lag tot im Sand.

Lydia hatte sich schon oft den Geist des kleinen Mädchens vorgestellt, ihre Antonia: Sie war kleiner als die vier Schwestern und so hellhäutig, dass sie fast durchsichtig wirkte, eingefallen und mit hängenden Schultern wie eine alte Frau, aber mit dem Gesicht eines verängstigten Kindes.

Als sie über den Sand rannte, sah Jess genauso aus.

Jess streckte die Hand nach Lydia aus, packte sie am Arm, drückte viel zu hart zu und riss schließlich den Kopf hoch, zum Meer.

»Hey!« Ella kam auf sie zu. Sie ging dicht am Wasser entlang, und mit jedem Schritt spritzte es auf. »Sollen wir wieder hochgehen?«

Die Art, wie sie sich bewegte, hatte etwas Seltsames an sich, etwas Erzwungenes. Aber sie trug ja auch Sandalen statt ihrer üblichen Laufschuhe, und das Wasser fand im Plastik immer einen Weg unter ihre Füße. Lydia sah die Erleichterung auf Ellas Gesicht – Erleichterung, dass sie alle in Ordnung waren und in Sicherheit –, und die Vorstellung war unerträglich, dass sie, Lydia, diejenige sein würde, die die Welt ihrer Schwester zerstören musste.

Es gab keine Worte, die sie über den Strand hätten rufen können, um zu erklären, was sie gesehen hatten, und so warteten Jess und Lydia.

Als sie näher kam, veränderte sich Ellas Gesichtsausdruck; sie hatte bemerkt, dass etwas nicht stimmte.

»Wir ... Wir haben sie gefunden«, sagte Lydia schließlich.

»Was? Wo?«

»Sie ist ...«

Lydia hielt inne.

Ihr fiel das Wort nicht mehr ein. Es war, als wäre es aus ihrem Gedächtnis getilgt.

Atme.

Ein.

Aus.

Atme.

Sie spürte, wie die Luft immer schneller und schneller in ihre

Lunge drang. Sie spürte, wie sie den Halt verlor, das Gleichgewicht, und sie hatte das Gefühl, gleich umzufallen.

Atme.

Sie wollte und versuchte es auch, aber es war zu schwer.

Der Wind kratzte in ihrem Hals und ließ sie nach Luft schnappen, immer und immer wieder. Und diese Fetzen Luft, diese kaum atembaren Blasen, begannen, ihre Lunge zu füllen, und sie fielen wieder aus ihrem Mund, stiegen aus ihrer Brust als Schluchzen empor und ließen sie so heftig zittern, dass sie spürte, wie ihre Knochen sich lösten und ihr Körper zerbrach.

Worte sind manchmal jedoch auch gar nicht nötig. Vielleicht ist das sogar immer so.

Ella drehte sich zu Jess um.

Jess nickte.

»Nein?«

Jess nickte erneut und deutete zum Ufer.

»Bist du dir sicher?«

Jess nickte zum dritten Mal.

»Ich will nicht«, sagte Ella. »Ich will das nicht sehen.«

Da war dieser Moment, da sie alle wussten, was passiert war, doch keine von ihnen wusste, was sie sagen oder tun sollte. Jess schaute immer wieder zu den Felsen, zu der Leiche – teils, weil sie dort sein wollte, bei ihrer Schwester, und teils, weil sie noch immer nicht wirklich glauben wollte, was sie gesehen hatte. Ella blickte zum Feld hinauf. Sie dachte ans Cottage und an ihre Mutter, die vermutlich noch immer im Bett lag. Lydia hingegen dachte hauptsächlich an sich selbst, und sie schämte sich dafür. Sie dachte daran, wie ihre Brust sich zusammenzog, wie das Übelkeit erregende Gefühl in ihrem Magen sich verfestigte. Es war, als würde es nie mehr weggehen.

Gemeinsam machten sich die Schwestern langsam auf den Weg zum Kiespfad. Sie schwiegen und konzentrierten sich ganz auf ihre eigenen Schritte, den Anstieg und die schier unglaubliche

Kraft, die es sie kostete, sich überhaupt zu bewegen. Dabei waren sie noch vor wenigen Tagen mühelos gerannt und gesprungen. Sie gingen wieder ins Haus, setzten sich auf die Stufen und den Boden und zogen sich die Schuhe aus. Das lag teils an den Regeln – kein Matsch oder Sand innen –, aber sie versuchten so auch, das Unvermeidliche hinauszuzögern.

Doch kaum hatten sie sich hingehockt, steckte ihre Mutter schon den Kopf zur Küche hinaus und begann wütend:

»Was zum Teufel habt ihr euch dabei …?«

Sie hielt inne.

Langsam ging sie auf ihre Töchter zu und schaute zur noch offenen Tür hinaus.

»Wo ist sie?«, fragte sie.

Lydia fühlte den Blick ihrer Mutter, und sie wusste, dass die Worte ihr in einer Sprache im Gesicht standen, die man nicht sprechen konnte. Die Schwestern brachen in Tränen aus, und ihre Mutter rannte auf die Veranda und schrie:

»Wo ist sie? Sagt es mir! Jetzt! Auf der Stelle! Wo ist sie?«

*

Die Schwestern rührten sich nicht – nicht, als ihre Mutter in Nachthemd und Slippern zum Strand rannte, und auch nicht, als sie sie Minuten später schreien hörten. Sie rührten sich auch nicht, als sie heulend wieder zurückkehrte. Mit ihrer vollkommen durchnässten Tochter in den Armen stand sie in der Einfahrt. Dann kam die Polizei, und die Schwestern blieben immer noch sitzen. Stumm.

Schließlich kam Marianne, ihre Nachbarin, zog die Schwestern in die Höhe und setzte sie auf die Sofas. Dort saßen sie stundenlang. Sie aßen nicht, sprachen nicht, dachten noch nicht einmal. Sie lauschten nur den Gesprächen zwischen den Polizisten und ihrer Mutter draußen. Die Beamten sagten, dass es kurze Verhöre geben würde und dass sie Haus und Grundstück durchsuchen müssten. Das sei Routine. Die Schwestern standen nur auf, um auf die Toilette zu gehen oder ihre Plastikbecher mit kaltem Wasser aus dem Küchenhahn zu füllen. Das Klappern der Spülmaschine war den ganzen Morgen über das einzige Geräusch im Haus.

Schließlich kam die Polizistin, die sie schon Anfang der Woche betreut hatte, ins Wohnzimmer und stellte sich vor sie.

»Mädchen«, sagte sie. »Wir müssen mit euch reden.«

Die Schwestern schüttelten vehement den Kopf.

»Mit eurer Mutter haben wir schon gesprochen. Wir wissen, dass eure Schwester furchtbare Albträume hatte. Und wir wissen – und ihr wisst das vielleicht auch –, dass Albträume manchmal mit Schlafwandeln einhergehen. Wir denken, dass sie mitten in der Nacht aufgestanden und verwirrt zu den Klippen gewandert ist.«

Ella war die Erste, die wieder zu wimmern begann.

»Mädchen«, sagte die Beamtin. »Es tut mir ja so leid.«

EIN TAG
ZUVOR

Kapitel 43
24. Dezember 2017
Jess

Jess ist überzeugt gewesen, dass sie wollte, was auch Bernadette wollte, dass sie Antworten brauchte, Ehrlichkeit, eine Chance, mit dem allen abzuschließen. Sie hat ausführlich mit ihrem Mann darüber gesprochen: dass sie schlicht die Tür zur Vergangenheit schließen muss, um sich sicher genug zu fühlen, eine neue in ihre Zukunft zu öffnen. Sie hat Henry jedoch nicht gesagt, wie kurz dieser Flur ist, wie nah die Tür. Aber sie meinte, was sie gesagt hat: dass ihr Antworten reichen würden.

Jess läuft im Flur auf und ab und bleibt vor einem Foto stehen, auf dem ihr jüngeres Ich zu sehen ist: Shorts, ein buntes, gestreiftes T-Shirt, ein fröhliches Grinsen in der gleißenden Sonne. Jess streckt die Hand aus, um ihr Lächeln zu berühren. Warum ist ihr die Wahrheit nicht genug?

Bernadette hat Lydia sofort für etwas vergeben, was die letzten zwanzig Jahre ihres Lebens geprägt hat, für etwas, das schlussendlich zum Tod ihrer jüngsten Tochter geführt und sie selbst in Depressionen gestürzt hat, sodass sie schließlich nicht nur ihre anderen drei Töchter, sondern auch ihr gesamtes bisheriges Leben verlassen hat. Aber wie kann ein schnelles Geständnis den Schaden wiedergutmachen, den zwanzig Jahre Schweigen verursacht haben?

Jess weiß, dass auch ihr Leben von diesem Schweigen bestimmt worden ist, wenn auch irgendwie nicht so stark wie das ihrer Mutter. Als Teenager war sie tollkühn und wild. Aber wer ist das nicht? Als junge Erwachsene war sie unreif und ungehobelt. Ja, und? Was jetzt? Jess lebt ein ganz gewöhnliches Leben, zumindest auf dem Papier. Sie hat einen tollen Mann, ein großes Haus und einen guten Job. Und sie hat ein Baby, groß wie eine Mango, das sich in ihrem Bauch bewegt. Sie hat eine Tochter, die bereits Mund und Ohren hat, und sie hat eine Zukunft, die unaufhaltsam scheint.

Jess erinnert sich daran, wie sie kurz nach dem ersten Treffen mit ihrem zukünftigen Mann das Rauchen aufgegeben hat, an die furchtbare Schmacht in diesen Wochen. Jetzt fühlt sie etwas Ähnliches – eine Sehnsucht, ein Verlangen –, doch nicht nach Zigaretten, sondern nach dem Kind in ihr. Sie sehnt sich nach einer Chance, ihre Tochter kennenzulernen und eine Mutter für sie zu sein. Der Gedanke an ihre Tochter entspannt sie sofort. Sie würde diesem kleinen Mädchen alles verzeihen. Sie denkt an die Worte, die ihre Mutter ihr immer zugeflüstert hat, wenn sie nachts Angst hatte – *Ich werde immer zurückkommen* –, und sie weiß, dass das auch für diese Liebe gilt.

Das könnte auch der Grund dafür sein, warum Bernadette so bereitwillig Mitgefühl zeigt, denn die Liebe einer Mutter ist ewig. Es könnte aber auch sein, dass Bernadette nun schon so lange mit dieser Traurigkeit und dieser Schuld lebt, dass da kein Platz mehr für Schuldzuweisungen ist.

Bei Jess hingegen haben sich durch dieses Geständnis ihre Schuldgefühle noch verstärkt.

Denn ursprünglich ist sie das Ziel des Streichs gewesen.

Jess starrt ihr Bild in dem fleckigen Wandspiegel an und versucht es zu akzeptieren. Sie hat jetzt mehr Schuld als zuvor.

Erneut kribbelt es in ihrem Bauch.

Sie sollte sich ein Handy leihen, ihren Mann anrufen und ihm die Wahrheit sagen. Im Geiste hört sie schon seine Antwort: das Stakkato, wenn er anfängt, und dann die Erklärung, wie verwirrt er ist – *Ich weiß nicht, was ich sagen soll* oder *Ich glaub das nicht* –, dann, schließlich, ein Schweigen, ein Seufzen und ein ehrfurchtsvolles Murmeln. Er will das so viel mehr als sie, und doch will auch sie es jetzt. Sie weiß, dass er sich freuen wird, obwohl sie ihn so lange belogen hat. Er wird sie unterstützen, sie liebevoll umsorgen und ein wunderbarer Vater sein.

Jess wird leicht schwindelig bei der Vorstellung, dass Henry ein Neugeborenes in den Armen hält und ihm ein Schlabberlätzchen umlegt. Sie wird sich erst einmal einen Tee kochen und ihn dann anrufen.

Jess hält den Kessel unter den Wasserhahn.

Doch dann hält sie inne und dreht das Wasser wieder ab.

Sie fühlt etwas Seltsames. Irgendetwas stimmt nicht. Irgendetwas stimmt ganz und gar nicht.

Jess dreht sich zum Küchentisch um. Die Blumen, die dort seit ihrer Ankunft gestanden haben, die weißen Hortensien … Sie sind weg. Jetzt steht dort nur noch eine weiße Vase mit einem Dutzend grüner Stängel.

Irgendjemand hat den Blumen die Köpfe abgeschnitten.

Jess schaut über die Schulter. Sie sucht nach irgendetwas oder irgendjemandem, und sie sieht durch die offene Tür, dass auch die Blumen im Flur geköpft worden sind. Sie läuft in den Wintergarten. Auch dort sind die Sträuße verstümmelt, und schlimmer noch: Die Blütenblätter liegen chaotisch verstreut auf dem Boden.

»Ella!«, schreit Jess. »Lydia!«

Sie kann jenseits der Glaswände des Wintergartens nichts erkennen: nur dicke, schwarze Dunkelheit. Ob da draußen wohl jemand ist, der zu ihnen hineinschaut und sich ihnen langsam nähert? Vorsichtig drückt Jess ihr Gesicht an das größte Glas und kneift die Augen zusammen. Sie sieht nichts, nur Nacht.

»Ella«, schreit sie erneut. »Komm her!«

Sie hört gleichmäßige Schritte im Flur.

»Sofort«, brüllt sie.

»Himmel!« Ella reißt die Augen auf und bückt sich, um ein paar Blütenblätter aufzuheben. »Warum zum Teufel hast du das denn getan?«

»Das war ich nicht«, antwortet Jess. »Damit habe ich nichts zu tun.«

»Dann …«

»Aber sie …«

Lydia kommt herein und bleibt wie erstarrt stehen.

»Charlie?«, sagte sie. »Glaubt ihr, das war Charlie?«

»Nein«, antwortet Ella. »Wann sollte er das bitte getan haben?«

»Dann muss sie es gewesen sein«, sagt Jess. »Marianne.«

»Als wir draußen waren«, ergänzt Ella. »Als die Weihnachtssänger gekommen sind.«

»Aber warum?«, verlangt Lydia zu wissen. »Was hast du zu ihr gesagt?«

»Sie war wütend«, antwortet Jess. »Richtig sauer. Sie hat mir den Traumfänger förmlich aus der Hand gerissen und mir dann die Tür vor der Nase zugeknallt.«

»Und all die anderen Dinge, die hier passiert sind«, ergänzt Lydia. »Die Puppe, der Schlüssel, der Soldat. Heißt das …?«

»Sie war auch an diesem Tag wütend«, sagt Ella.

Bernadette kommt mit Handbesen und Schaufel herein und kehrt die Blütenblätter auf. Sie sammelt auch die Stängel ein und trägt alles in die Küche. Sie beseitigt ein Chaos, das nicht ihres ist, damit ihre Kinder es nicht tun müssen. Zu guter Letzt holt sie die Vasen, und die Schwestern hören, wie sie das Wasser in die Spüle gießt.

»Das ist nicht das Ende der Welt«, sagt sie, als sie wieder zurückkommt. »Das sind nur Blumen.«

»Das stimmt so nicht«, erwidert Jess.

»Nein«, sagt Lydia.

»Das ist eine Botschaft«, meint Ella.

»Aber ihr wollt doch fahren, oder?«, erwidert Bernadette.

»Sie hat einen Schlüssel«, erklärt Jess. »Sie kann jederzeit hier rein und tun und lassen, was sie will.«

»Das gefällt mir nicht«, sagt Lydia.

»Ich rufe die Agentur an«, sagt Jess.

»Glaubt ihr, sie hat wirklich mit ihm gesprochen?«, fragt Lydia. »Mit dem Mechaniker, meine ich? Mit ihrem Neffen?«

»Ich weiß es nicht«, sagt Ella.

Jess streckt die Hand nach dem Telefon ihrer Schwester aus und geht damit ins Wohnzimmer, wo es nie irgendwelche Blumen gegeben hat, und da sind auch jetzt keine. Sie hofft, dass die Agentur noch offen hat. Schließlich machen viele Geschäfte am Heiligabend früher zu. Es klingelt, und Jess atmet tief durch. Sie ist für dieses Cottage verantwortlich, egal ob sie nun bleiben oder fahren und nie mehr zurückkehren. Eines Tages wird sie dieses Gebäude ohnehin erben.

Jess wartet, bis der Anrufbeantworter anspringt, doch sie hinterlässt keine Nachricht. Dann geht sie in die Küche und holt die Visitenkarte aus der untersten Schublade: *Charles Clarke, Clarke Ferienhausvermietung.* Sie ruft die Handynummer an.

»Ja?«, meldet er sich.

»Charlie?«

»Am Apparat.«

»Jessica hier. Jess. Hazard.«

»Alles okay bei euch?«, fragt er. »Ist der Heizkessel wieder kaputt?«

»Nein«, antwortet Jess. »Es geht um Marianne. Sie kommt einfach ins Haus. Zweimal schon. Es ist …«

»Zum Putzen?«

»Nein, nicht zum Putzen, gar nichts in der Art. Ich würde dich nicht anrufen, wenn sie nur putzen würde. Sie hat unheimliche Gegenstände in unsere Betten gelegt und dann sämtliche Blumen geköpft.«

»Okay«, sagt er. »Okay.«

Er spricht mit jemandem im Hintergrund, doch er hat die Hand aufs Telefon gelegt, sodass Jess ihn nicht verstehen kann.

»Ich komme gleich«, sagt er schließlich. »Ich finde da schon eine Lösung. Ich werde mit ihr reden. In fünfzehn Minuten bin ich da.«

Jess sitzt auf dem Sofa und denkt darüber nach, ihren Mann anzurufen, doch das fühlt sich plötzlich nicht mehr richtig an. Es ist, als sei das Licht nach kurzer Zeit schon wieder erloschen, und erneut herrscht Dunkelheit.

Kapitel 44
24. Dezember 2017
Ella

Ella hat in den letzten drei Tagen beobachtet, wie ihre Schwestern immer wieder in Panik geraten sind – wegen der Einladungen und wegen der Eindringlinge –, und auch sie selbst hat das mitgenommen, doch sie hat nie die Kontrolle verloren. Teils liegt das daran, dass sie für einige der Ereignisse verantwortlich ist, die ihre Schwestern erschüttert haben.

Ella sollte ein schlechtes Gewissen haben. Sie sollte sich schämen. Doch sie ist nach wie vor von ihren Motiven überzeugt. Sie wusste von Anfang an, dass dieses Cottage kein sicherer Ort für sie ist. Seit ihrer Ankunft war sie darauf konzentriert, die Schwestern wieder zu trennen und nach Hause zu schicken. Sie war fest entschlossen, für die Sicherheit ihrer Schwestern zu sorgen. Deshalb hat sie auch die drei Gegenstände versteckt: den Spielzeugsoldaten, die Stoffpuppe und den Schlüssel zum Dachboden.

Ella nimmt den Spielzeugsoldaten vom Nachttisch und dreht ihn in der Hand. Es ist schlicht Glück gewesen, dass sie ihn gefunden hat. Er lag die letzten zehn Jahre in einem Schuhkarton unter ihrem Bett. Eines Abends hat Ella ihre Wohnungstür geöffnet, und da stand ihr Vater auf der Schwelle. Er wollte ihr Elternhaus verkaufen und mit seiner neuen Frau aufs Land ziehen. Und hier, sagte er, sei ein Karton mit ihren Sachen. Ella hat ihn erst vor ein paar Wochen geöffnet. Sie hat ohnehin gewusst, was sie dort finden würde: Enttäuschung. Sie hatte so hart für dieses Stipendium gearbeitet, und ihr Versagen tat ihr immer noch weh. Also nahm sie den kleinen Soldaten mit ins Cottage, in der Hoffnung, dass sie irgendwann abends draußen stehen und ihn ins Feuer werfen würde.

Die Puppe wiederum hatte vor einem Jahr auf ihrer Fußmatte gelegen. Der Absender hatte sie in einen Luftpolsterumschlag gestopft. Auf dem Poststempel stand *Fylde*. Das hieß Blackpool, und das wiederum hieß Mom. Ella vermutete, dass die Puppe eine Entschuldigung sein sollte, und obwohl sie diese nicht annehmen wollte, war sie doch dankbar für die Geste. Und sie steckte auch die Puppe ein, um sie ihrer älteren Schwester zu schenken. Sie sollte ein Zeichen der Versöhnung sein und einige der Gräben zwischen ihnen zuschütten, die sich in den letzten zehn Jahren gebildet hatten.

Den Dachbodenschlüssel zu finden, war leicht gewesen. Er lag noch immer in der Ecke des Treppenhauses unter einer Stufe, als Ella vor zwei Tagen dort nachgesehen hatte.

Nachdem sie all diese Dinge platziert hatte, glaubte sie, ihre Schwestern seien beunruhigt genug, um sofort wieder zu fahren.

Ella greift in die Nachttischschublade und kramt nach ihrer Gesichtscreme. Die Creme ist peinlich teuer. Angeblich beinhaltet sie Kaviar. Aber sie strafft und tönt die Haut, und Ella sieht an ihrer Zwillingsschwester, was geschähe, wenn sie sich diesen Luxus nicht leisten würde. So eine graue, lose, dünne Haut will sie nicht haben. Sie will ihr Trauma nicht im Gesicht tragen.

Plötzlich überkommt sie das schlechte Gewissen.

Sie versichert sich selbst, dass sie das Richtige getan hat.

Denn durch die Wahrheit gewinnt niemand.

Lydia hat sich zwei Jahrzehnte lang mit ihren Ängsten gequält, und ihr Geständnis wird alles noch viel schlimmer machen. Jess wiederum hat ein sehr erwachsenes Leben: Sie hat einen Ehemann mit einem ordentlichen Job, mit Sicherheit eine Schürze mit einem lustigen Spruch für die Küchenarbeit und ein Hobby, das ihr genug einbringt, um im Urlaub das Essen zu bezahlen. In ihrer Gegenwart hat die Vergangenheit nichts mehr verloren.

Ella legt den Soldaten und die Gesichtscreme wieder in die Schublade. Dann streckt sie sich auf dem Bett aus und lauscht dem Prasseln des Regens auf dem Dach, dem Wind, der durch die Bäume pfeift. Ein Gefühl der Erleichterung durchströmt sie. Sie hört Bernadette und ihre Schwestern unten und atmet ein paarmal tief durch. Wie versprochen wird sie allen Pasta kochen, und später am Abend werden sie wieder nach Hause fahren und diesen Ort vergessen. Sie wünschte nur, sie hätte ihren Plan umsetzen können, bevor die Wahrheit durchgesickert ist, aber – wie so viele Dinge – besser spät als nie.

Ella hat unmöglich vorhersehen können, dass plötzlich Bernadette auf der Schwelle steht und Fragen und Forderungen stellt. Sie hat nicht wissen können, dass die Wahrheit trotz all ihrer Bemühungen ans Tageslicht drängt. Jetzt kann sie nur noch versuchen, den Schaden zu begrenzen. Sie kann nur die Wut der Nachbarin zu ihrem Vorteil nutzen und ihre Schwestern in Sicherheit bringen.

Ella zwingt sich, aufzustehen und fertig zu packen. Dann geht sie nach unten. Sie ist noch immer voll angekleidet, obwohl es draußen bereits dunkel ist. Sie sieht Bernadette am Herd stehen. Das Nudelwasser kocht, und sie rührt die Spaghetti um. Sie ist ihr zuvorgekommen. Ellas Schwestern wiederum sitzen am Tisch. Eine schaut ständig auf ihr Telefon, die andere auf ihre Uhr. Ella könnte das Problem des Autos im Graben natürlich auch umgehen und ihrer Schwester eine Mitfahrgelegenheit anbieten, aber es wäre deutlich einfacher, wenn alle vier Autos funktionieren würden.

»Es ist schon Viertel nach«, sagt Jess. »Wie lange ist es jetzt her?«

»Seit du ihn angerufen hast?«, fragt Bernadette. »Vielleicht eine halbe Stunde.«

»Ich könnte es noch mal versuchen.«

Jess streckt die Hand aus und wartet darauf, dass Lydia ihr das Telefon gibt.

»Nein, lass uns warten«, sagt Ella. »Es ist immerhin Heiligabend.«

»Das war bestenfalls Einbruch«, wechselt Jess das Thema hin zu ihrer Nachbarin.

»Sie ist eine von Trauer zerfressene Frau, die etwas zurückbekommen hat, was einst ihrer toten Tochter gehörte«, sagt Lydia. »Da wäre ein bisschen Mitleid schon angebracht. Lasst uns warten.«

Jess legt den Kopf auf den Tisch.

»Ich hasse das«, sagt sie.

»Kommt essen«, ruft Bernadette sie alle zu Tisch.

Sie schüttet die Nudeln über der Spüle in ein Sieb und verteilt sie auf vier blaue Teller.

»Käse?«, fragt sie.

»Im Kühlschrank«, antwortet Lydia.

Bernadette holt die Käsereibe aus dem Schrank und legt sie mittig auf den Tisch.

»Es ist wirklich schön, hier mit euch zusammen zu sein«, sagt sie. »Ich weiß, die Situation ist nicht gerade normal, aber ich bin trotzdem dankbar dafür.«

Lydia hebt ihr Wasserglas.

»Auf Rosa«, sagt sie.

»Auf Rosa«, erwidern die anderen.

»Auf Rosa.«

Ella hasst es, den Namen ihrer jüngsten Schwester auszusprechen. Sie hasst, was ihr passiert ist. Und sie hasst, dass dieser Trip sich mehr auf den Tod der einen Schwester konzentriert als auf die Leben der anderen drei.

Ella ist dumm gewesen. Sie wusste – und das schon seit langer Zeit –, dass die Gegenwart sich stets an die Vergangenheit erinnert. Sie hätte von Anfang an wissen müssen, dass nicht nur zwei von ihnen hier sein würden, auch nicht nur drei. Es war immer klar, dass es vier sein würden ... und dass es ein Problem sein würde, wieder zu gehen.

2. WEIHNACHTSTAG

Kapitel 45
26. Dezember 2017
Marianne

Das ist etwas, was man nur kennt, wenn man unerwartet jemanden verloren hat, der einem am Herzen liegt. Menschen, die so naiv sind zu glauben, so etwas würde ihnen nie passieren, können das nicht nachvollziehen. Aber ein eng geknüpftes Netz aus Emotionen fliegt nach einem schockierenden Verlust förmlich auseinander. Der Grund dafür ist eine Kombination aus Trauer, Schuld und Wut. Als meine Tochter gestorben ist, war ich vollkommen außer mir. Ich war wütend: auf sie, auf meinen Mann und auf mich selbst. Ich konnte einfach nicht verstehen, was wir falsch gemacht hatten, warum wir als Eltern so versagt hatten, dass unsere Tochter in den Tod gesprungen ist. Dabei hatte auch ich Schuld, denn wenn ein Elternteil an den Erfolgen seiner Kinder teilhat, dann gilt das auch für ihr Scheitern. Ich erinnere mich daran, wie schnell die Trauer kam. In stillen Nächten sickerte sie in meinen Geist. Sie war in jeder Ecke dieses Cottages, wo wir ihre Kleider entdeckten, ihre Poster und ihre Schuhe unter der Treppe. Und ich weiß, dass diese Trauer noch immer in den nächtlichen Bildern eines Mädchens lebt, das wieder nach Hause kommt.

Im Laufe der Monate und Jahre nach dem Tod meiner Tochter habe ich ständig zwischen diesen Gefühlen hin- und hergependelt, und manchmal tue ich das immer noch.

Mit dem Brief, der erklärt, dass an jenem schicksalhaften Tag *zwei* kleine Mädchen zum Strand gegangen sind, wollte ich meine eigenen Schuldgefühle mildern und einer anderen trauernden Mutter Trost spenden. Noch immer quälen mich so viele Fragen zum Tod meiner Tochter, und ich habe gehofft, einer anderen Mutter zumindest ein paar Fragen beantworten zu können.

Doch stattdessen habe ich damit nur ihren Zusammenbruch verursacht. Die Wahrheit ist, dass sie ganz gut mit ihrem Verlust und ihren Fragen zurechtkam, doch diese eine Antwort hat sie von Grund auf erschüttert. Und nach dieser Erkenntnis litt ich noch mehr unter Schuldgefühlen.

Später an diesem Tag hat die älteste Tochter – die, wegen der sie hier sind – mir eine Erinnerung gebracht. Sie hat mir einen Traumfänger zurückgegeben, den sie vor zwanzig Jahren gestohlen hat. Er hat meiner Tochter gehört. Sie hatte ihn sich in einer Phase gekauft, in der sie von Hexen geradezu besessen war, und seit ihrem Tod hing er auf meiner Veranda. Er sollte uns beschützen.

Und danach war da nur noch Wut.

In meiner Wut habe ich einen Fehler begangen. Ich will nicht länger darüber nachdenken.

Eine weitere Schwester ist später an diesem Nachmittag zu mir gekommen und hat um Hilfe mit ihrem Auto gebeten, das weiter die Straße runter im Graben stand. Sie hat mir außerdem gesagt, dass sie alle noch an diesem Abend fahren würden, und dass sie hoffe, dass sie mich nicht allzu sehr gestört hätten.

Ich habe mich immer als Pessimistin betrachtet, denn die Worte, die ständig meine Gedanken füllten – und das schon lange vor der Geburt meiner Kinder –, waren: *Was, wenn das schon alles ist?* Erst nach dem Tod meiner Tochter habe ich erkannt, dass diese Worte eigentlich ein Zeichen von Optimismus waren. Ich habe nicht einen Moment meines Lebens damit verschwendet, mich zu fragen, was ich verpasst habe oder ob da nicht noch mehr sein muss. Ich habe jede Sekunde genossen, jede einzelne.

Da wurde mir klar, dass die Familie nebenan voller Trauer und Wut wieder auseinandergehen würde, und erneut bekam ich ein schlechtes Gewissen. Ich hatte ihr Leiden nur vergrößert: mit

meinen Briefen und mit meiner Wut. Ich wollte, dass sie erkennen, dass das – alle vier zusammen, und das zu so einer wichtigen
Zeit im Jahr – das Beste ist, worauf sie hoffen konnten. Ich rief
meinen Neffen an und sagte ihm, dass sie beschlossen hätten zu
bleiben, und ich sagte ihm auch, dass er sich nicht beeilen müsse,
dass er sein Arbeitshandy wieder in die Werkstatt bringen und das
Fest mit seinen Kindern genießen könne.

War es an mir, mich einzumischen? Nein.

War es das Richtige? Nein.

Hat es meine Schuldgefühle gemindert? Nein.

Denn es machte alles nur noch schlimmer.

EIN TAG ZUVOR

Kapitel 46
24. Dezember 2017
Lydia

Lydia saugt eine Spaghetti durch die Lippen und ist überrascht, ihre ältere Schwester lächeln zu sehen. Stundenlang war Jess eher aggressiv – vielleicht hatte sie auch allen Grund dazu –, doch irgendetwas hat sich verändert. Lydia ist nichts verziehen worden: nicht die Sache mit den Einladungen, nicht die Lügen. Und sie ist tatsächlich schuldig: Sie ist eine Lügnerin und – in den Worten ihrer Schwester – auch eine Mörderin.

Lydia schlürft eine weitere Nudel und fragt:

»Was ist? Warum grinst du so?«

»Wie alt bist du eigentlich?«, erwidert Jess.

»So isst man die doch. Anders geht's nicht«, antwortet Lydia und zuckt mit den Schultern.

Jess lacht, und es klingt gelöst, nicht erzwungen.

Seit nunmehr vielen, vielen Jahren lebt Lydia mit der Realität dessen, was ihrer kleinen Schwester widerfahren ist. Die Tatsachen schockieren sie nicht länger. Sie fühlt sie so echt, wie sie ihre Knochen fühlt. Sie sind ein Teil von ihr. Sie haben ihr ganzes Leben bestimmt, und Lydia hat akzeptiert, dass die Scham sie fesselt.

Doch für Jess ist dieses Wissen neu, und es wird eine Zeit dauern, bis sie die Wahrheit akzeptiert. Vermutlich wird es irgendwann mitten in der Nacht passieren. Dann wird sie hellwach und aufrecht im Bett sitzen und sich ermahnen: *Ja, das ist real.* Lydia hatte solch ein Erlebnis in den ersten Jahren mindestens einmal die Woche.

Lydia erschrickt, als es plötzlich an der Tür klopft. Sie ist dankbar dafür, dass die anderen es jetzt auch wissen, aber in diesem Augenblick ist sie müde, reizbar und nervös. Jedes noch so kleine Geräusch ist ein Angriff auf ihre Sinne.

»Na endlich«, sagt sie.

»Charlie?«, fragt Jess.

»Nein«, antwortet ihre Schwester. »Mein Auto.«

Lydia springt auf. Doch als sie die Haustür öffnet, steht da kein Mechaniker im Overall, sondern eine Frau. Sie lugt über die Hängeblumen hinweg und sammelt vertrocknetes Laub vom Boden.

»Marianne?«

Lydias erster Gedanke gilt den brutal geköpften Blumen und den im Wintergarten verstreuten Blüten. Sie kann einfach nicht glauben, dass diese kleine Frau mit den krummen Fingern und den müden Augen dafür verantwortlich sein soll.

»Mein Neffe hat mich angerufen«, sagt sie.

»Und?«

»Er hat sich den Wagen angesehen. Er sagt, er braucht einen neuen Reifen. In der Werkstatt hat er nur keinen, der passt. Der Wagen ist schlicht zu alt. Aber er hat ein paar Kollegen angerufen, und einer von denen hat einen. Ich weiß zwar nichts Genaues, aber heute wird er ihn wohl nicht mehr bekommen.«

Ella steht jetzt hinter Lydia. Sie hat die Hände in die Gesäßtaschen ihrer Jeans gesteckt und drückt die Brust raus. Eine kühne Pose, als wolle sie in die Schlacht ziehen.

»Und was heißt das jetzt?«, fragt sie. »Kann er ihn nun reparieren oder nicht?«

»Es klingt zumindest so, oder?«

Atme, ermahnt Lydia sich. *Atme.*

Sie beginnt zu zittern. Ihre Sicht verschwimmt schon wieder, und ihr wird schwindelig. Sie muss hier bei ihren Schwestern bleiben und bei ihrer Mutter, aber der Geist ihrer Kindheit spukt in diesem Haus. Sie muss ihren Koffer wieder auspacken und in die-

sem Bett schlafen. Morgen früh wird sie dann hier aufwachen –
an Weihnachten –, und ihr dreht sich der Kopf, als sie plötzlich
die Hände ihrer Schwester auf den Schultern spürt.

»Dann fahre ich dich eben heim«, bietet Ella an.

»Aber …«

»Alles wird gut.«

»Nein, wird es nicht«, widerspricht Lydia. »Ich brauche den
Wagen … Ich kann nicht ohne ihn einkaufen … Ich …«

»Ich leihe dir erst mal meinen«, unterbricht Ella sie. »Später
kannst du dir dann einen anderen mieten. Wir werden schon einen Weg finden.«

Lydia würde sich solch einen schicken, teuren Wagen nie leihen. Sie hat nie etwas anderes gefahren als ihre kleine, rote Fließhecklimousine. Ihre Fahrkünste sind begrenzt. Bestenfalls kann
man sie am Steuer als »nervös« bezeichnen. Mit ziemlicher Sicherheit würde sie den Wagen zerkratzt wieder zurückgeben …
mindestens!

Sie zuckt mit den Schultern, und ihre Schwester lockert den
Griff.

Lydia dreht sich wieder zu Marianne um.

»Danke«, sagt sie. »Können Sie ihm bitte ausrichten, dass er
mich anrufen soll, sobald er Genaueres sagen kann? Ich weiß,
morgen ist … Ich verstehe das. Aber bitte so schnell wie möglich.«

Marianne nickt.

»Danke«, sagt Lydia noch einmal.

*

Lydia holt ihren Koffer aus der Küche und zieht ihn die Treppe
hinauf nach oben. Im Schlafzimmer öffnet sie ihn und holt ihre
bequemste Kleidung heraus: eine graue Jogginghose aus Velours,
dicke Baumwollsocken und einen Strickpullover. Sie schaut sich
im Raum um und sucht nach Dingen, die tröstend auf sie wirken.

Sie mag die Farben ihres Quilts, und sie mag das extrem weiche Daunenkissen, in dem der Kopf förmlich versinkt. Das alles erinnert sie an ihre Kindheit.

Es gibt noch immer Spuren von ihr an diesem Ort, und wenn sie sich konzentriert, dann sieht sie auch, dass nicht alles schlecht war. Sie war nicht nur das Mädchen, das einen furchtbaren Fehler begangen hat. Da war auch das Kind, das Blumen geliebt hat, Kunsthandwerk und Cartoons. Das Mädchen, das ihre Schwestern geliebt und sich nichts sehnlicher gewünscht hat, als Zeit mit ihnen zu verbringen. Das Mädchen, das fest entschlossen gewesen ist, etwas Besonderes für ihre Schwestern zu erschaffen, das Mädchen, das Gänseblümchen in die Zweige der Trauerweide geflochten und verzweifelt versucht hat, eine sichere Zuflucht zu kreieren.

Lydia sitzt auf ihrem Bett und schaut zum Fenster hinaus. Es ist bereits dunkel. Sie zwingt sich, ehrlich zu sein.

Sie will nach Hause. Daran hat sich nichts geändert.

Und Ella will auch weg von hier – aber vor allem will sie, dass sie *alle* fahren.

Lydia entdeckt ihren Wahrsager auf dem Nachttisch, die Origamifigur. Es wäre keine große Überraschung gewesen, wenn sie oder Jess vorgeschlagen hätten, die Zeitkapsel auszugraben, aber Ella ist nicht sentimental. Das war sie nie.

Außerdem hatte Ella doch gar nichts in die Kiste getan.

Ganz schön viel Arbeit dafür, dass es gar nichts zu bergen gab.

Irgendetwas daran beunruhigt Lydia.

Aber eine Nacht kann sie doch noch bleiben … oder?

Sie hat keine andere Wahl.

Kapitel 47
24. Dezember 2017
Jess

Jess erscheint an der Haustür.

»Wer war das?«, fragt sie. »Doch nicht der Mechaniker, oder? War sie es?«

Lydia marschiert an ihr vorbei in die Küche und kehrt Sekunden später mit ihrem Koffer zurück. Stufe für Stufe zieht sie ihn die Treppe hinauf.

»Ja«, antwortet Ella.

»Und?«, fragt Jess.

»Der Wagen wird heute nicht mehr repariert.«

»Und was ist mit den Blumen?«

»Darüber haben wir nicht gesprochen.«

»Was …?«

»Ich denke, Lydia wird nur fahren, wenn sie ihren Wagen wiederhat. Ich denke, sie bleibt.«

»Sie hat das nicht erwähnt? *Du* hast das nicht erwähnt?«

»Sie muss nach Hause. Sie ist nicht …«

»Ich verstehe das nicht.«

»Wir müssen weg von hier«, sagt Ella.

Es klopft laut an der Tür, und die beiden Schwestern zucken erschrocken zusammen. Sie verstummen sofort und lauschen dem leisen Summen, das durch die Ritzen im Rahmen dringt.

»Ist sie das wieder?«, fragt Jess schließlich.

Sie bereitet sich auf eine Konfrontation vor. Sie war mal gut darin – zumindest nach ein paar Drinks –, aber jetzt hat sie einen Kloß im Hals und Angst, gleich in Tränen auszubrechen.

»Ich glaube nicht«, antwortet Ella.

Jess öffnet die Tür, und ihre Gesichtszüge entspannen sich wieder.

»Charlie«, sagt sie.

»Tut mir leid«, sagt Charlie und kommt rein. »Ich hatte ja keine Ahnung, dass … Ist es in Ordnung, wenn ich reinkomme?«

Jess nickt, aber er ist ohnehin schon halb im Flur und geht in Richtung Küche.

»Oh«, sagt er. »Mrs Hazard.« Er streckt die Hand aus.

Bernadette steht an der Spüle und schrubbt Käse- und Ölreste aus den vier Nudeltellern.

»Hallo«, sagt sie, ohne das Schrubben zu unterbrechen. »Ich kann mich nicht daran erinnern, Sie schon einmal gesehen zu haben.«

Charlie zieht seine Hand wieder zurück. »Charlie«, stellt er sich vor. »Charlie Clarke. Clarke Ferienwohnungen.«

»Sind Sie wegen der Blumen hier?«

»Ja«, antwortet er. »Bitte entschuldigen Sie. Das ist sehr unangenehm für mich.«

Jess stellt sich hinter einen der Stühle.

»Und? Was ist der Plan?«, fragt sie. »Willst du sie zur Rede stellen?«

»Ich weiß nicht, ob wir …«, beginnt Ella.

»Ich …« setzt Jess an.

»Wir wollen doch den Schlüssel, nicht wahr?«, unterbricht Ella sie.

»Hört mal.« Charlie hebt die Hand. »Ich habe sie draußen gesehen. Ich werde mir gleich den Schlüssel holen. Wenn ich richtig informiert bin, hat sie heute etwas zurückbekommen, etwas, das ihr gestohlen worden ist. Korrekt?«

»Oh, ich meine … Mach mal halblang!«, erwidert Jess. »*Gestohlen?*«

»Sie wird keine Anzeige erstatten.«

»Anzeige?«

Jess ist es peinlich, wie hoch ihre Stimme mit einem Mal wird. Es hört sich an, als müsste sie gleich weinen.

»Sie hat gesagt, es habe sich um einen Traumfänger gehandelt«, sagt Charlie.

»Er war in einer Zeitkapsel versteckt, die wir in unserem letzten Sommer hier vergraben haben«, erklärt Ella. »Wir wussten noch nicht einmal mehr, dass er da war. Das war nur ein dummer Streich.«

»Ein Streich?« Charlie grinst. »Wenn ich mich recht entsinne, wart ihr Mädels immer sehr gut darin.«

Lydia erscheint in der Tür. Sie trägt eine ausgeleierte graue Jogginghose – eine von der Art, die vielleicht einem Teenager steht, bei einer Frau von fast dreißig Jahren aber einfach nur schlampig wirkt – und einen langen Wollpullover, der ihr bis zu den Schenkeln reicht.

»Wir bleiben also, ja?«, fragt sie.

»Zumindest habt ihr noch für ein paar Tage gebucht«, meint Charlie.

»Stimmt«, sagt sie.

»Und es wird auch keinen Ärger mehr von nebenan geben, wenn es das ist, worum ihr euch sorgt.«

»Du weißt schon, dass sie nicht lustig waren, oder?«, fragt Jess.

»Was war nicht lustig?«, erwidert Charlie.

»Unsere Streiche.«

Jess will einem mehr oder weniger Fremden gegenüber nicht das ganze Ausmaß dessen preisgeben, was in jenem letzten Sommer passiert ist, besonders nicht, wenn es sich für sie selbst noch so neu anfühlt. Und sollten sich Gerüchte im Dorf verbreiten, dann hilft ihnen das auch nicht gerade – Gerüchte über Streiche und andere Spielchen. Dass ein Kind im Schlaf über eine Klippe gewandert ist, ist makaber genug. Charlies Grinsen verschwindet, doch seine Augen funkeln noch immer schelmisch.

»Sicher«, sagt er. »Was auch immer du sagst.«

»Sie waren allesamt ein großer Fehler, angefangen mit dem Geist auf dem Dachboden.«

»Absolut«, erwidert er.

»Okay«, sagt Ella. »Sollen wir dann …?«

Sie tritt zur Küchentür und streckt den Arm aus.

»Du warst doch die, die gewonnen hat, oder?«, sagt Charlie unvermittelt.

Ella lächelt. »Wir sollten dich jetzt wieder zu deiner Familie lassen. Sind deine Eltern auch da?«

»Die Gewinnerin des Armbands?«

»Wir wären dir wirklich sehr dankbar, wenn du jemand anderen mit der Reinigung des Cottages beauftragen würdest.«

Ella setzt einen Fuß in den Flur.

»Erinnerst du dich?«, fragt Charlie. »Es war aus Leder. Geflochten.«

»Ich glaube nicht«, antwortet Ella, doch ihre Stimme zittert leicht.

Jess erinnert sich noch sehr gut daran.

Und Lydia offensichtlich auch.

»Du hast es gewonnen«, sagt Charlie.

»Du?« Jess reißt überrascht die Augen auf.

»Wann das denn?«, fragt Lydia.

Das ergibt einfach keinen Sinn, denn das Armband war der Preis für den besten Streich. Es ergibt keinen Sinn, weil es keine weiteren Streiche gab, keine Gelegenheit, eine Siegerin zu ermitteln, nicht vor dem Vorfall mit der Höhle. Danach hat sich sowieso alles verändert.

Ella kann nicht die Gewinnerin sein.

»Ja, ich habe gewonnen«, sagt sie leise. »Ich habe den letzten Streich gespielt.«

»Warum hast du denn nie etwas gesagt?«, fragt Charlie. »Hast du ihnen wirklich nichts erzählt?«

Bernadette schweigt. Leise stellt sie die Teller in die Spüle und wischt die Arbeitsplatte ab. Sie lauscht.

»Ich erinnere mich nicht«, antwortet Ella. »Wir sollten dich jetzt …«

»Du bist doch zu mir gekommen!« Charlie bleibt hartnäckig. »Und du erinnerst dich wirklich nicht daran?«

Das Gespräch wird immer angespannter, zumindest auf einer Seite. Die andere Seite grinst immer noch und besteht darauf, gemeinsam in Erinnerungen zu schwelgen.

»Ich weiß nicht …«, beginnt Ella.

»Du bist zum Strand runtergekommen!«

»Ich weiß nicht …«

»Du bist gerannt.«

»Du hast das Armband gewonnen?«, hakt Jess nach. »Wie das denn?«

»Ich weiß es nicht«, wiederholt Ella. »Ich kann mich nicht erinnern.«

»Ich schon«, sagt Charlie. »Das war ziemlich mutig von dir.«

»Ich denke, du solltest jetzt besser gehen«, erklärt Ella.

»Oh«, sagt er. »Sicher. Ich …«

»Nein«, fällt Lydia ihm ins Wort. »Bleib.«

Charlie steht verlegen da und schaut zwischen den Zwillingen hin und her. Er grinst zwar immer noch, ist aber auch nervös.

»Sag mir, was passiert ist«, fordert Lydia ihn auf.

»Ich frage mich, ob …«

»Sofort!«

»Okay«, gibt Charlie nach. »Okay. Na schön. Es war, wie sie es nannte, der ›ultimative Streich‹, denn er sollte euch alle an der Nase herumführen. Jess würde furchtbare Angst bekommen … Stimmt's? Und Rosa würde in dieser Höhle festsitzen. Sie hat dich dazu überredet, deine kleine Schwester da runterzuführen. Sie hat es so aussehen lassen, als wäre das deine Idee gewesen, dabei war sie es, die dir den Floh ins Ohr gesetzt hat. Das alles …«

»Was?« Lydia reißt die Augen auf.

Jess' Verstand versucht, die neue Information zu verarbeiten und mit dem in Einklang zu bringen, was sie erst diesen Nachmittag erfahren hat. Es funktioniert nicht. Sie schaut zwischen ihren Schwestern hin und her. Ella steht in der Tür und starrt auf ihre Füße. Lydia ist noch in der Küche am Herd und blinzelt langsam.

»Ich würde jetzt gern gehen«, sagt Charlie und grinst dümmlich. »Ist das okay?«

»Ja«, antwortet Jess. »Bitte.«

Er schlurft in den Flur und winkt verlegen.

»Frohe Weihnachten«, sagt er.

Lydia lässt sich auf einen der Holzstühle sinken. Jess geht zu ihr.

»Es war doch meine Idee«, flüstert Lydia. »Oder?«

»Ella?« Jess schaut zu ihrer zweiten Schwester. »War das ihre Idee?«

»Nein. Stimmt's?«, sagt Lydia. »Es war nicht meine Schuld.«

TEIL 6

DER TAG

Kapitel 48
25. Dezember 2017
Jess

Auf dem Kaminsims im Wohnzimmer steht ein goldener Reisewecker, und als Jess den Blick hebt, springen die Zeiger auf Zwölf. Aber er gibt kein Klingeln oder Schnarren von sich. Es klickt nur leise, als die Zeiger weiterwandern.

Weihnachten.

Jess schaut sich im Zimmer um und stellt sich die typischen Bilder dieser Zeit vor: ein Baum in der Ecke; Strümpfe, die vor dem Kamin hängen; Asche, die aus dem Kamin rieselt, als wäre gerade ein bärtiger Mann in Rot mit einem Schlitten voller Geschenke auf dem Dach gelandet. Doch es ist nichts Besonderes zu sehen, deshalb starrt sie wieder den Fernseher an. Er läuft nicht.

Charlie hatte es so eilig, das Cottage das verlassen, dass sie den Motor seines Autos schon hörten, kaum dass er zur Tür hinausgelaufen ist. Vielleicht ist es ja typisch für ihn, so sorglos zu sein und wie ein Elefant im Porzellanladen durch ihre Vergangenheit zu trampeln. Ella ist ebenfalls aus dem Haus gelaufen – zwar nicht wettergemäß gekleidet, aber doch mit ihren Kopfhörern in der Hand und ihren Laufschuhen an den Füßen. Lydia wiederum ist tränenüberströmt nach oben verschwunden und bis jetzt nicht zurückgekommen. Bernadette hat reden wollen und Fragen gestellt – über das Armband, den Strand, die Höhle –, doch Jess konnte sie nicht beantworten. Sie musste allein sein.

Heiligabend.

Jess kann nicht glauben, dass dieser Tag mit solch einem Drama zu Ende gegangen ist. So viele Jahre lang war Heiligabend ein ganz besonderer Tag. Die Zeit ist nie schnell genug vergangen, und die Vorfreude war fast unerträglich. Es war einfach wunderbar. Jess hatte so oft zugesehen, wie diese Uhr den neuen Tag begrüßte. Schon als ganz kleines Mädchen, das gar nicht so lange aufbleiben durfte, hat sie immer auf die Zeiger gestarrt und auf das Geräusch von Hufen auf dem Dach gewartet. Irgendwann ist sie dann natürlich trotzdem eingeschlafen, meist am frühen Morgen. Und wenn sie dann kurz darauf wieder aufgewacht ist, hat sie erschrocken gesehen, dass es noch immer dunkel war. Dann hat sie bis sieben Uhr gewartet, denn dann durfte sie endlich ihre Schwestern wecken. Als Erstes ist sie immer zu Rosa gelaufen, doch die war meist schon wach. Wenn Jess sich damals auf Zehenspitzen in ihr Zimmer schlich, hatte sie sofort die strahlenden Augen im schwachen Licht des Nachtlichts gesehen.

Gemeinsam sind sie dann immer durch den Flur zum größten Zimmer gehüpft, und tatsächlich schliefen die Zwillinge meistens noch. Jess und Rosa sind dann lachend auf die Betten gesprungen und darauf herumgehüpft, bis schließlich alle vier Schwestern bereit waren, ihre Eltern zu wecken. Zu sechst ging es dann wieder runter. Andere Kinder – Freunde und Mitschüler – fanden häufig vollgestopfte Socken an ihren Betten, wenn sie aufwachten. Bei den Schwestern war das anders. Stattdessen standen Jutesäcke vor dem Kamin im Wohnzimmer, mit Schleifen in vier verschiedenen Farben. Dann setzten sie sich in eine Reihe mit den Säcken zwischen den Beinen auf den Boden und packten abwechselnd ihre Geschenke aus, während ihre Eltern zuschauten und mit einer alten Kamera verwackelte Aufnahmen ihrer vier Kinder machten.

Unter den Geschenken gab es auch immer etwas, das einen Ausflug in den Park erforderte: ein Fahrrad, einen Tretroller oder ein neues Paar Inline-Skates. Und so liefen die vier Schwestern nach der Bescherung erst einmal nach oben. Aufgeregt zogen sie sich dann an und unterhielten sich lautstark über den Flur hinweg über ihre Geschenke, ihre Outfits und ihre Hoffnungen für den

Nachmittag. Irgendwann sammelte ihr Vater sie dann ein, um gemeinsam zum Park zu gehen.

Jess erinnert sich noch gut an die Kameradschaft, die an diesen Morgen herrschte: Hundebesitzer, Jogger und andere Kinder, alle probierten sie ihre neuen Spielzeuge aus. Die Menschen wünschten sich frohe Weihnachten, winkten einander zu und lächelten warmherzig. Anschließend ging es dann wieder nach Hause, um weiterzuspielen. Puppen und Baukästen wurden ausgepackt, und in der Ecke stapelte sich das Geschenkpapier.

Zum Mittagessen gab es immer ein Festmahl: Truthahn, natürlich üppig gefüllt, Bratkartoffeln, Cranberry-Soße und Rosenkohl mit Pancetta. Es war aufregend zu sehen, wie das gute Geschirr auf den Tisch kam. Es gab sogar Stoffservietten, auf denen Weihnachtskekse lagen. Zum Essen selbst trug die ganze Familie Papierhüte, und sie erzählten sich abwechselnd Witze. Dabei planten sie auch, was sie am Nachmittag im Fernsehen schauen wollten: neue Filme oder Sondersendungen zu Weihnachten.

Jess hat die Nachmittage immer besonders genossen. Die Morgen waren zwar lebendig und chaotisch, aber der Nachmittag war ihre Lieblingszeit. Denn später schlief ihr Vater immer ein. Nach ein paar Gläsern Wein lag er auf dem Sofa und schnarchte, und ihre Mutter machte es sich auf dem zweiten Sofa bequem, wickelte sich in einen Quilt und las ein neues Buch. Die vier Schwestern packten derweil ihre letzten Spielzeuge aus und spielten mit allem gleichzeitig, bevor sie sich schließlich einen Film aussuchten und sich auf die Süßigkeitenteller stürzten.

Wenn Jess irgendwann einschlief, dann in dem Wissen, dass alle im Haus glücklich waren. Sie platzten förmlich vor lauter Essen und Liebe.

Rosa ist im Sommer gestorben.

War es wirklich so schwer, sich ein wenig Zeit zu nehmen und über die Veränderungen an Weihnachten zu sprechen? Darüber, was sie von nun anders machen würden? Es war das erste Weihnachten ohne ihren Vater und mit einer Schwester weniger, und doch sagte niemand auch nur ein Wort. Jess wachte in diesem Jahr wieder früh auf, doch diesmal mit Angst statt Freude in den Knochen. Sie lag im Dunkeln, wartete bis sieben Uhr und dachte über ihre nächsten Schritte nach.

Sollte sie die Zwillinge allein wecken? In jedem Fall konnte sie nicht auf zwei Betten gleichzeitig springen. Würden sie dann ihre Mutter wecken? Und würden sie wieder in einer Reihe sitzen, um sich fotografieren zu lassen?

Jess wartete noch eine weitere Stunde im Bett, bis sie ihre Schwestern flüstern hörte. Sie ging den Flur hinunter und steckte nervös den Kopf durch die Tür. Dann gingen sie gemeinsam ihre Mutter wecken – sie *gingen*, sie rannten nicht, und sie schauten sich immer wieder nervös an. Schließlich öffneten sie die Tür, doch das Bett war gemacht und leer. Sie schlichen nach unten und fanden dort ihre Mutter. Sie saß am Tisch, voll angekleidet, und hatte sich ein Croissant und Kaffee gemacht. Die Schwestern lächelten gezwungen.

Äußerlich war alles genauso wie an allen anderen Weihnachtstagen auch: Jutesäcke und Tretroller, Cranberry-Soße und Weihnachtskekse. Aber es fühlte sich einfach erbärmlich an, wie ein schlechtes Theaterstück. Sie spielten die Dinge nur, die ihnen früher so viel bedeutet hatten: Essen und Liebe.

Seitdem hat Jess sich immer vor Weihnachten gefürchtet. Sie hat sich immer etwas ausgedacht, um morgens im Bett bleiben zu können, und wenn möglich, hat sie nachmittags oder abends einen Freund oder eine Freundin besucht. Erst als sie ihren Mann kennengelernt hatte und neue Traditionen entstanden, kehrte auch der alte Funke wieder zurück.

Sie will bei ihm sein. Jetzt.

Dann hätte sie sich an Heiligabend nach einem guten Dinner an ihn gekuschelt und gemeinsam mit ihm einen Film geschaut. Sicher hätte er auch ein wenig zu viel Wein getrunken und zum

Schluss noch einen Portwein als Absacker. Die Geschenke für ihn hätte Jess sauber verpackt unter dem Bett versteckt, um sie ihm am nächsten Morgen über die Decke hinweg zu geben. Der Kühlschrank wäre voller Lebensmittel, mit denen sie seine Eltern am ersten Weihnachtstag bekochen würde, und den Wein hätte sie schon in die Karaffe getan, damit er bis zum nächsten Tag atmen konnte.

Jess fragt sich, wie wohl das nächste Jahr für ihre Familie aussehen wird. Wird sie dann einen Jutesack für ihre Tochter besorgen, ihn füllen und vor den Kamin stellen? Wird sie Puderzucker in Form von Fußspuren auf den Boden streuen? Wird sie ein Stück Pfefferminzkuchen und ein Glas Wein für den Weihnachtsmann beiseitestellen? Sie wäre sicher gut darin. Sie konnte schon immer aus nichts etwas zaubern, und sie wäre mit Sicherheit auch eine gute Mutter. Und sie will genau das. Sie will das alles.

*

Jess wacht im Wohnzimmer auf. Ihr ist kalt, obwohl sie unter mehreren Lagen Decken liegt und der Heizkörper läuft. Sie leckt sich über die trockenen Lippen und reibt sich die Augen. Draußen ist es hell. Weihnachtsmorgen.

Kapitel 49
25. Dezember 2017
Lydia

Lydia war noch nie der Typ, der sich mit einem Ruck ein Pflaster von der Wunde reißen kann. Stattdessen zieht sie sie ganz, ganz langsam von der Haut und zuckt jedes Mal zusammen, wenn sich ihr Fleisch spannt. Natürlich weiß sie, dass es einfacher wäre, das in einem Ruck zu erledigen. Sie weiß, dass ein schneller Schmerz einfacher zu verarbeiten ist als ein langsames, stetes Ziehen. Und doch bringt sie es einfach nicht über sich, die Finger unter das Pflaster zu schieben und kräftig daran zu reißen. Und so entscheidet sie sich jedes Mal für den lang anhaltenden Schmerz.

Lydias ganzes Leben war dadurch definiert: durch einen stetigen Schmerz. Jahrzehntelang hat sie sich immer wieder gesagt, dass sie dieses Pflaster nicht einfach so von der Haut reißen kann. Und das hat ihr auch eine andere gesagt. Nur eine andere. Denn sie hat sich nur einer anderen anvertraut.

Lydia beobachtet, wie ihre Schwester aus der Küche rennt, sich im Flur die Laufschuhe anzieht und förmlich aus dem Haus stürzt. Sie trägt weite Jeans, und nach so vielen Stunden in dem endlosen Nieselregen sind sie mit Sicherheit kalt und nass.

Lydia schiebt den Gedanken erst einmal beiseite. Ist das überhaupt wichtig? Kümmert es sie wirklich, dass ihre Schwester irgendwo da draußen in der Kälte zittert? Kümmert es sie, dass ihre Kleider vermutlich vollkommen durchnässt und doppelt so schwer sind wie sonst? Sie weiß nicht, ob diese Fragen ihr Angst machen – getrieben von echter Sorge um ihre Schwester – oder sie befriedigen sollten. Muss sie vielleicht mitansehen, wie auch ihre Schwester leidet?

Lydia liegt voll angekleidet auf dem Bett und klammert sich an ihr Kissen. Sie stellt sich vor, wie überall Pflaster auf ihrer Haut kleben, und sie kann sie fast spüren. Sie stellt sich vor, wie sie sie herunterreißt, schnell und brutal, bis ihre Haut voller roter Flecken ist. Lydia spürt ihr Herz, das Blut zu den eingebildeten Wunden pumpt. Panik keimt in ihr auf, und ihr Atem wird immer flacher. In jedem Fleck sieht sie eine Wunde, und jede Wunde ist voller Maden, die an ihrem Fleisch nagen. Sie keucht, schließt die Augen und versucht zu vergessen. Sie hat sich von einer Schuld zerfressen lassen, die nie wirklich ganz die ihre war. Sie ist jetzt nur noch der Teil einer Person, Teil der wenigen Stücke, die die Insekten übrig gelassen haben. Sie ist ein zerrissener Mensch.

Lydia hätte das Pflaster sofort von ihrer Haut reißen sollen, noch in jenem Sommer. Sie hätte ihre Fehler gestehen sollen, denn …

Sie windet sich auf der Matratze.

Es hätte sich auch nichts geändert, wenn sie die Wahrheit früher erzählt hätte. Sie selbst hätte so oder so nur Lügen zu hören bekommen.

Lydia lauscht. Im Cottage herrscht Stille.

Das ist nun der zweite Tag, an dem sie so gut wie nicht geschlafen hat. Schlaf ist viel zu gefährlich. Sie will gar nicht wissen, wie ihre Träume aussehen würden, wenn ihr wacher Geist schon so wild ist.

Lydia steht auf. Sie wankt leicht.

Sie öffnet ihren Koffer und denkt darüber nach, sich etwas Sauberes anzuziehen. Dann würde sie sich besser fühlen. Sie weiß nur nicht, warum. Sie weiß nicht, welcher Pfad nun vor ihr liegt. Sie steckt in einem Plot-Twist fest, aus dem sie sich nicht befreien kann, und er lenkt sie in eine neue Richtung. Unausweichlich. Sie ist nicht mehr stabil.

Lydia hat sich immer fragil gefühlt, wie eine Blume. Das hat sie immer gedacht, und das hat man ihr auch immer gesagt. Heute fühlt sie sich jedoch nicht so. Ja, sie ist fragil, aber nicht wie eine Blume, sondern mehr wie eine Bombe.

Sie hat keine Ahnung, was als Nächstes kommen wird.

Kapitel 50
25. Dezember 2017
Jess

Da ist jemand in der Küche, klappert herum, öffnet die Schranktüren und knallt sie wieder zu. Ein Kessel pfeift und schnurrt, und da sind Schritte auf den Fliesen und das leise Knarren, als die Jalousie aufgezogen wird. Einen kurzen Augenblick lang kann Jess sich nicht mehr an das Drama von gestern Abend erinnern. Die Anspannung kehrt nur langsam wieder zurück.

Jess steht vom Sofa auf und betrachtet ihr Gesicht in dem Spiegel über dem Kamin. Sie sieht dunkle Schatten unter den Augen, und getrockneter Speichel klebt an ihrer Wange. Sie fährt sich mit den Fingern durchs Haar und löst die Strähnen, die sich über Nacht an ihrer Stirn festgeklebt haben.

Das ist ihre Chance, ihrer Schwester Fragen zu stellen: *Wie hast du das Armband gewonnen? Was hast du damit zu tun? Was war das für ein Streich?*

Sie geht durch den Flur und bleibt an der Küchentür stehen.

Es ist nicht ihre Schwester, sondern ihre Mutter, die gerade kochendes Wasser über Instantkaffee gießt.

Jess klopft leise an den Türrahmen. »Morgen«, sagt sie.

»Morgen«, erwidert Bernadette. »Frohe Weihnachten.«

Jess hat ihre Mutter diese Worte schon so viele Jahre nicht sagen hören, und doch fühlen sie sich vertraut an: Es ist der gleiche grummelige Gruß, der einst unter einer warmen Decke hervorkam, wenn ihre vier Töchter sie geweckt hatten.

»Hast du geschlafen?«, fragt Jess.

»Ein wenig«, antwortet Bernadette. »Und du?«

»Auch so«, sagt Jess und fragt: »Ist sie wieder zurück?«

»Ich habe sie nicht reinkommen gehört, aber ich habe auch nicht nachgesehen.«

Jess nimmt zwei Scheiben Brot aus dem Korb und steckt sie in den Toaster.

»Ich muss das verstehen«, sagt Bernadette. »Charlie ... Dieser Mann ... Was hat das zu bedeuten?«

Jess atmet tief durch und legt die Hände auf die Arbeitsplatte.

»Lydia glaubt – und sie glaubt das schon all diese Jahre –, dass sie verantwortlich ist für das, was in der Höhle passiert ist, dass sie an allem schuld ist.«

»Ja.« Bernadette nickt. »Das hat sie zumindest gesagt.«

»Aber sie irrt sich«, sagt Jess.

»Sprich weiter.«

»Ella hatte auch etwas damit zu tun.«

»Ich verstehe nicht.«

»Ich glaube, ich auch nicht.«

Jess hatte einfach nur diesen finsteren Teil ihrer Vergangenheit packen und ihn in irgendeiner Schachtel verschwinden lassen wollen. Sie wollte nach vorn schauen, ohne ständig dieses schreckliche Gefühl im Nacken zu haben. Sie wollte alles wissen, alles behalten, aber es musste eingefangen und weggesperrt werden. Gerechtigkeit hatte sie nie gewollt. Jedenfalls nicht der formellen Art mit Polizei und Gerichten, mit Aussagen und Geständnissen; aber auch nicht der informellen Art mit Streitereien und emotionalem Schlagabtausch.

»Sie hat einen furchtbaren Fehler begangen«, sagt Bernadette.

»Ja, das hat sie.« Jess nickt.

Jess' Freunde sind zum größten Teil frisch verheiratet, haben sich vor Kurzem verlobt oder sind fest entschlossen, für alle Zeiten Single zu bleiben. Sie stehen noch ganz am Beginn ihrer Reise zur Elternschaft. Doch eine ihrer engsten Freundinnen – die erste, die sich verliebt und geheiratet hat – hat bereits zwei kleine Kinder. Vor Kurzem, an einem der seltenen Abende, da sie gemeinsam im Pub waren, hat sie den anderen Mädels Voreingenommenheit vorgeworfen. Sie waren von der Story eines kleinen Mädchens schockiert gewesen, das man allein im Bad gelassen hatte – nur für einen kurzen Moment; die Mutter hatte ein Handtuch geholt –, und das Kind war unter die Wasseroberfläche gerutscht und ertrunken.

Jess war vollkommen entsetzt gewesen. Wie sorglos von dieser Frau, wie dumm, wie schlecht vorbereitet! Das Handtuch hätte bereits da sein sollen. Ihre kinderlosen Freundinnen hatten das genauso gesehen. Das war schlicht inakzeptabel. Die einzige Mutter unter ihnen hatte hingegen gelacht und einen Satz gesagt, den die anderen sich für immer merken würden: *Man ist immer nur einen Wimpernschlag von der Katastrophe entfernt.* Sie hatte erklärt, dass auch sie immer wieder in dieser Situation gesteckt hatte. So hatte sie ihre Tochter draußen im Kinderwagen gelassen, während sie rasch einen Schirm geholt hatte. Da hätte die Kleine problemlos entführt werden können. Sie hatte sich umgedreht, um Wäsche zu falten, während ihre Tochter gegessen hatte. Sie hätte ersticken können.

Jess weiß, dass auch sie häufig nur einen Wimpernschlag von der Katastrophe entfernt gewesen ist, schon in ihrer Kindheit und den größten Teil ihres Erwachsenenlebens über. Sie hat ihren Schwestern so viele Streiche gespielt, und jeder einzelne davon hätte auch anders enden können. Sie hat mit Drogen experimentiert, sie hat zu viel getrunken, und sie ist mit Männern nach Hause gegangen, die genauso gut Serienkiller hätten sein können.

Lydia hingegen war nie tollkühn. Sie ist nie ein Risiko eingegangen.

Und doch hatte ein winziges Loch in dieser Fassade sie alles gekostet.

Und dieses kleine Loch hat ein anderes aufgerissen.

Jess schaut zu, wie Bernadette das Brot aus dem Toaster nimmt und Butter darauf schmiert, bevor sie es auf einen weißen Teller legt.

»Ich bin hierhergekommen, um zu verzeihen«, erklärt sie schließlich und schiebt den Teller über die Arbeitsplatte zu Jess.

»Aber du bist wütend«, sagt Jess.

»Ja, das bin ich.«

Jess nimmt einen kleinen Bissen von dem Buttertoast, doch als sie ihn herunterschluckt, wird ihr schlecht. Teile der Geschichte ergeben einfach keinen Sinn. Ihr Kopf ist voller Fragen, und sie lassen sie einfach nicht in Ruhe. Und da sind furchtbare Gedanken. Was, wenn es mehr war als nur ein unüberlegter Fehler?

»Lydia hat ihr gesagt, sie solle wieder ins Cottage zurückkommen, sobald das Wasser den Strich im Sand erreicht«, sagt Jess. »Dann wäre Rosa rechtzeitig in Sicherheit gewesen.«

»Was willst du …?«

Jess muss mit ihren Schwestern reden.

Ihre Wangen glühen, als sie an der Treppe vorbei und auf die Veranda stürmt. Sie sieht die verdreckten Laufschuhe ihrer Schwester neben der Tür. Jess wirbelt herum und springt die Treppe hinauf. Sie nimmt zwei Stufen auf einmal, marschiert ins alte Schlafzimmer ihrer Mutter und reißt die Decken vom Bett.

Ella schreit erschrocken auf.

Jess fällt sofort die leere Weinflasche auf dem Nachttisch auf, und unter der Heizung liegen eine zerknüllte, nasse Jeans und Unterwäsche: zwei Socken, ein schwarzes Höschen und ein BH. Jess fragt sich, wann ihre Schwester wieder zurückgekommen ist, und wünschte, sie wäre länger wach geblieben.

»Erklär mir das«, fordert sie Ella auf.

Sie hört, wie Bernadette in die Tür tritt.

»Du musst uns alles erzählen«, fährt Jess fort.

»Wie spät ist es?«, fragt Ella.

Sie sieht blass aus, und ihre Augen sind rot. Sie reibt sich das Gesicht mit den Handrücken.

»Was hast du getan? Was war der Streich?«

Jess hat sich nicht mehr mit einer anderen Frau oder sonst irgendwem geprügelt, seit sie vor sieben Jahren ihren Mann kennengelernt und klugerweise mit dem Trinken aufgehört hat. Aber jetzt spürt sie, wie ihre Muskeln sich anspannen. Sie tritt ans Bett.

Ella springt rasch auf.

»Wo ist sie?«, fragt Ella.

Sie tritt um ihre Schwester herum und drängt sich an Bernadette vorbei in den Flur. Dann läuft sie zum alten Schlafzimmer der Zwillinge und bleibt in der Tür stehen.

»Wo ist sie hin?«

Langsam geht Ella durch den Flur und schaut ins große Schlafzimmer. Beide Betten sind gemacht, doch auf dem am Fenster sieht sie eine Delle in der Decke, als hätte jemand vor Kurzem dort gesessen. Sie fühlt die Decke. Sie ist noch warm.

»Wann ist sie gegangen?«, fragt Ella. »Ich wollte als Erste ... Ich wollte sicherstellen, dass wir ... *Scheiße!*«

Kapitel 51
25. Dezember 2017
Ella

Ella stürmt an ihrer Schwester und Bernadette vorbei, die einfach regungslos dastehen, als wäre nichts geschehen, und sucht nach ihrer Leggings und ihrem Sweatshirt, nach irgendwas, das dem Regen standhalten wird. Dann rennt sie die Treppe runter und zieht sich die Stiefel an. Sie schnappt sich die Jacke von der Garderobe und stürmt raus. Sie sieht ihre Schwester über das Feld wandern. Sie wankt leicht im Morgenlicht.

Ella ärgert sich über sich selbst.

Sie hätte als Erste unten sein sollen. Sie hätte ihre Schwester schon nach Hause schicken sollen, bevor die anderen aufgewacht sind. Sie hätte sie beide schützen können.

»Lydia!«, ruft sie.

Jess stolpert auf die Veranda, gefolgt von Bernadette.

»Sie läuft über das Feld«, sagt Ella und bückt sich, um ihre Stiefel zu schnüren. »Kommt ihr?«

»Ich will …«

»Wir haben keine Zeit dafür!«

Ella hat Angst – und sie hofft, sich zu irren –, dass ihre Schwester zu den Klippen geht, um zu tun, was schon so viele vor ihr getan haben. Lydia hat sich lange, lange Zeit gequält, und vielleicht hat das hier – das Treffen mit ihren Schwestern – das Fass endgültig zum Überlaufen gebracht.

Jess nickt und läuft wieder rein, um sich Schuhe und Jacke zu holen.

»Aber das ist deine Schuld«, sagt sie. »Du …«

Ella läuft los.

Sie ist schnell. Sie wird ihre Schwester rasch einholen. Der Nieselregen kommt ihr in die Augen, aber sie empfindet das als seltsam erfrischend. Ella hat sich irgendwann früh an diesem Morgen ins Cottage geschlichen, nachdem sie stundenlang in der verdammten Höhle gesessen und herauszufinden versucht hat, wie sie alles wieder ungeschehen machen kann. Sie hat sich eine Flasche Wein mit ins Bett genommen, und jetzt wünscht sie sich nichts sehnlicher, als dass der Regen den Schweiß und den Schmerz wegspült, der sich im Laufe der Nacht in ihrem Körper breitgemacht hat. Doch der Schmerz ist zu groß. Ella atmet tief ein und aus, um sich zu beruhigen. Sie sprintet zum Feld und sieht, wie ihre Schwester zwischen den Hecken hindurchgeht. Sie geht in Richtung Klippe.

Ella hört ihre Schwester hinter sich. Jess ist älter, langsamer. Sie keucht.

Als der Klippenrand in Sicht kommt, wird Ella langsamer. Vielleicht kann Lydia sie jetzt hören.

Lydia bleibt stehen und dreht sich um.

»Was machst du hier?«, fragt Lydia. »Was willst du?«

Ella ist sich nicht sicher, wie sie diese Frage beantworten soll. Um ehrlich zu sein, es gibt da so viele Möglichkeiten …

Denn sie hätten sich nie treffen sollen. Manchmal ist es besser für Schwestern, getrennt zu leben. Das Cottage war immer nur ein Mythos. Geschichte wird von den Siegern geschrieben. Doch Sieger gab es hier nicht. Wenn die Klippen schon bei gutem Wetter gefährlich sind, dann können sie im Winter tödlich sein.

Sie sollten nach Hause fahren.

»Wir müssen reden«, ruft Bernadette von weit, weit hinten. »Wir müssen reden! Alle!«

Sie ist nicht wettergemäß gekleidet. Sie trägt Turnschuhe und eine Jeans, die ihr nur bis zu den Knöcheln reicht. Dazu hat sie sich ein dünnes Sweatshirt und eine noch dünnere Regenjacke übergezogen, die wie wild im Wind flattert. Sie sollte nicht hier sein.

»Nein, das müssen wir definitiv *nicht*!«, ruft Ella zurück. »Wir müssen …«

»Beim Frühstück geht das leichter.« Bernadette bleibt hartnäckig. »Wir können uns was zu essen machen und über alles reden: über das Armband, den Geist …«

»Es gibt keinen verdammten Geist!«, fällt Ella ihr wütend ins Wort. »Geister gibt es verdammt noch mal nirgends auf dieser gottverfluchten Welt!«

»Kommt einfach wieder zum Cottage zurück«, ruft Jess. »Bitte. Hier draußen ist es verflucht kalt.«

Jess stapft näher heran, langsam, aber entschlossen. Ihre Stiefel bleiben immer wieder im Schlamm stecken. Sie ist noch immer die Frau, die so aussieht, als stamme sie aus einem Country-Magazin. Ihre Kleidungsstücke sind allesamt gut geschnitten und ihre Stiefel zwar verdreckt, aber definitiv teuer. Trotzdem wirkt sie hier fehl am Platze. Sie sieht aus, als gehöre sie in einen Park im Zentrum einer Stadt, nicht aufs Land.

»Ich brauche nur etwas frische Luft«, sagt Lydia. »Wenn euch kalt ist, dann könnt ihr ja wieder zurückgehen.«

»Ich kann ohne dich nicht gehen«, erwidert Jess.

»Ich mache schon keine Dummheiten. Ist es das, was ihr glaubt? Darum geht es gar nicht.«

Der Regen wird immer heftiger, und der Wind treibt ihn vor sich her in Richtung Meer.

»Lydia, ich kann dich nicht alleinlassen«, sagt Ella.

Wegen dem Wetter.

Weil sie nicht für noch mehr Leid verantwortlich sein will.

Weil sie das alles wird abmildern können – die Anspannung, die Geheimnisse, das Drama –, wenn sie jetzt gemeinsam gehen.

»Gib mir eine Stunde«, sagt Lydia.

»Wir werden nicht gehen«, sagt Bernadette.

Ella lacht. »Und das kommt ausgerechnet von dir.«

»So habe ich das nicht gemeint«, erwidert Bernadette verärgert. »Ich will doch nur … Ich will wissen, was passiert ist.«

»Wir wissen, was passiert ist«, brüllt Lydia. »Wir wissen, wer dafür verantwortlich ist!«

Ella brennen Tränen des Frusts in den Augen. Sie ist dankbar für den Regen, denn er verbirgt alles. Sie hofft nur, dass sich auch ihre roten Wangen mit dem Wind erklären lassen, der übers Meer peitscht und ihnen in die Gesichter schlägt.

Sie können immer noch fahren. Jetzt. Das sollte doch möglich sein.

»Ich war es nicht, stimmt's?«, fragt Lydia.

Ella bezweifelt, dass auch nur eine von ihnen sich noch an die Details erinnern kann, nicht nachdem sie sie zwei Jahrzehnte lang unterdrückt haben. Lydia ist in Gedanken vermutlich wieder zu jenen berauschenden Wochen zurückgekehrt, zu den Spielen, die sie gespielt haben, zu der glühenden Sonne und zu den Schwestern, die über das Gras in ihr Versteck rannten oder runter zum Strand. Ist sie noch einmal die Stunden vor dem Zwischenfall in der Höhle durchgegangen, und hat sie ausgerechnet, wie viel davon ihre Schuld war?

Einiges davon sicher. Daran zweifelt niemand.

Aber die *ganze* Schuld?

»Du hast immer gesagt, es sei meine Schuld«, sagt Lydia.

Es wäre leichter für sie alle, wenn sie schon früher auf Ella gehört hätten und einfach gefahren wären.

»Du hast mich getäuscht«, sagt Lydia. »Du hast über das Armband geredet. Du hast dafür gesorgt, dass ich es haben wollte. Du hast mich ermutigt, mir etwas auszudenken. Du hast mich manipuliert. Du warst diejenige, die die Höhle bereits kannte.«

Ella schweigt. Sie schaut auf ihre Hände, auf das Wasser, das von ihren Fingerspitzen tropft. Sie fühlt sich so lebendig. Sie spürt, wie das Herz Blut durch ihren Körper pumpt, und ein Kribbeln auf ihrer Haut. Sie hyperventiliert. Die Luft rauscht in sie hinein und wieder hinaus. Sie weiß ganz genau, dass sie jetzt vorsichtig sein muss, und rasch geht sie im Geiste ihre Möglichkeiten durch, all die verschiedenen Lügen.

»In gewissem Sinne sind wir alle dafür verantwortlich«, sagt sie.

»Nein«, widerspricht Lydia.

»Du bist mit ihr zum Strand runtergegangen«, sagt Ella. »Das warst du.«

»Ja, aber …«

»Es war nicht deine Idee – ja, das stimmt –, aber es waren *deine* Schritte. Doch das Spiel, die Tricks … Das waren wir.«

»Ich bin also nicht allein dafür verantwortlich?«

Ella verschränkt die Finger hinter dem Kopf und atmet tief durch. Dieser Ansatz funktioniert nicht. Es muss einen anderen Weg geben, wie sie alle wieder sicher nach Hause kommen können.

»Nein«, sagt sie. »Nein, du hast recht. Du hast ja so recht.«

Sie schaut auf ihre Stiefel, an denen Gras klebt. Sie sind nass, verschlissen, aber sie halten sie warm. Doch ihre Finger spürt sie nicht mehr und auch nicht ihre Nasenspitze. Stattdessen spürt sie, wie die kalte Luft unter die Kapuze und in ihren Nacken dringt. Auch verliert sie langsam das Gefühl in den Beinen.

»Du hast vollkommen recht«, sagt sie noch einmal. »Es war auch meine Schuld. Ich habe dich ermutigt.«

Lydia ist so still.

Fast eine Minute lang sagt sie kein Wort, während auf der Haut an ihrem Schal rote Flecken erscheinen und langsam über ihr Kinn und die Wangen hinaufwandern. Sie nimmt die Hände aus den Taschen und reibt sich das Gesicht.

Sie steht so nah an der Kante.

»Du hast mich deine Schuld tragen lassen«, sagt sie, so leise, dass man sie im Wind kaum hören kann. »Du wolltest, dass die Wahrheit mit mir stirbt.«

Lydia wendet sich zum Meer.

Dann dreht sie sich langsam auf der Stelle und tritt auf ihre Zwillingsschwester zu.

Es ist wahr: Ihre ganze Identität basiert auf einem Fehler, den sie nie begangen hat, zumindest nicht allein. Das war der Rahmen für alles, was sie kennt. Sie hat jeden einzelnen Tag versucht, sich davon zu lösen und sich in eine neue Frau zu verwandeln.

»Lydia?«, sagt Ella. »Können wir …? Sollen wir …?«

»Aber warum ist sie dann in der Höhle geblieben?«, ruft Jess von hinten.

»Jess«, brüllt Ella. »Bitte!«

»Sie hätte doch zum Cottage zurückkehren sollen, wenn die Flut kommt. Das hat Lydia ihr gesagt. Was hast du getan?«

Kapitel 52
1. Weihnachtstag
Jess

»Das ergibt keinen Sinn«, sagt Jess.

Bernadette steht plötzlich neben ihr.

»Es gab nie einen Geist«, sagt sie. »Das hat sie gerade gesagt.«

»Was?«, fragt Jess. »Was willst du damit …?«

»Es ist noch viel schlimmer«, fährt Bernadette mit zitternder Stimme fort. »Es ist noch so viel schlimmer.«

»Was willst du …?«

»Lydia«, ruft Bernadette. »Bitte! Ich flehe dich an! Komm wieder zurück! Geh weg von der Klippe, weg von deiner Schwester!«

»Was …?«

»Sie ist nicht schlafgewandelt«, erklärt Bernadette. »Sie ist nicht … Das war nicht … Lydia!«

»Wovon redest du da?«

Jess sieht, dass Bernadette zittert.

»Ist es dir nie seltsam vorgekommen, dass sie so weit gegangen ist? Fandest du das nie komisch?«

Ja, als Erwachsene war Jess das von Jahr zu Jahr immer seltsamer erschienen, und mit jedem Jahr waren neue Fragen dazugekommen. Rosa war tatsächlich ein paarmal schlafgewandelt, hatte ihr Haus aber nie verlassen. Da gab es Treppen und die Haustür – so viele Hindernisse, die Lärm machen konnten – und dann das Gartentor und den Zauntritt. Außerdem hatten andere in der Nähe geschlafen, und Rosa hatte sie erst in der Nacht zuvor durch ihr Schreien geweckt.

Jess erinnert sich an den Morgen, als ihre Schwester gestorben ist. Sie erinnert sich daran, wie sie in die Küche gegangen ist, nachdem die Polizistin wieder weg war. Ella holte gerade Bettzeug und ein paar Kleider aus der Waschmaschine. Das kam ihr sofort seltsam vor. Ella wirkte panisch und sagte, dass sie einen Unfall gehabt habe und dass sie nicht darüber reden wolle ... was durchaus möglich schien. Aber was, wenn mehr dahintergesteckt hatte?

»Was sagst du da?«, hakt Jess nach.

Bernadette spricht schnell, als wolle sie das schon seit Jahren loswerden:

»In dem Brief, den die Nachbarin vor einigen Jahren geschickt hat, schreibt sie, dass sie gesehen hat, wie ihre Tochter über die Klippen nach Hause gekommen ist. Sie schreibt, dass sie die Silhouette eines kleinen Mädchens gesehen hat – vermutlich meinte sie ihre Tochter damit –, und zwar in der Nacht, als Rosa gestorben ist. Damit wollte sie mich trösten, und in gewissem Sinne ist ihr das auch gelungen. Aber was, wenn da wirklich ein kleines Mädchen gewesen ist, das mitten in der Nacht zum Cottage zurückkehrte? Und was, wenn dieses Mädchen nicht allein auf der Klippe gewesen ist? Was, wenn es nie Geister gegeben hat?«

Jess sollte geschockt sein, denn diese Enthüllung kommt vollkommen unerwartet, und doch ergibt das Ganze mehr und mehr Sinn. Es hat sich schon immer so angefühlt, als wäre da mehr an diesem Sommer, als sie verstand, als wäre da etwas Finsteres, das ständig seine Form änderte und ihr Leben beeinflusste. Ella hätte durchaus für mehr verantwortlich sein können als nur für die Sache mit der Höhle. Und sie hatte ihr Geheimnis so sicher bewahrt, dass keine von ihnen ihr würde glauben wollen.

»Lydia«, schreit Jess. »Sofort!«

»Hör auf, mir zu sagen, was ich tun soll!«

Ella tritt näher an Lydia heran.

»Bitte«, sagt sie laut. »Hör auf sie. Lass uns gehen. Lass uns nach Hause gehen.«

369

Ella versucht noch immer, ihr kleines Geheimnis zu bewahren. Sie merkt nicht, dass ihre Schwester bereits an die Tür von etwas Größerem klopft.

»Da ist noch mehr«, sagt Jess. »Da ist mehr, als du weißt, mehr, als sie gesagt hat.«

Ella wirbelt zu ihrer älteren Schwester und ihrer Mutter herum.

»Was willst du damit sagen?«, verlangt sie zu wissen.

»Du warst da, nicht wahr? Es war nicht nur die Höhle. Es waren auch die Klippen. Du warst dabei, als sie gestorben ist.«

»Was?« Lydia reißt die Augen auf. »Nein …«

»Nein«, schreit Ella. »Wieso sollte ich?«

»Marianne hat gesehen, wie du mitten in der Nacht zurückgekommen bist. Und ich habe gesehen, wie du am Tag danach Kleider und Bettzeug gewaschen hast.«

Lydia weicht einen Schritt zurück, näher an die Felskante heran.

»Das … Das ist … Nein!«, schreit Ella.

Lydia wirbelt auf der Stelle herum. Kurz hält sie inne und starrt aufs Meer hinaus. Der Wind wirft die Wellen gegen das Ufer und lässt sie an den Felsen zerbrechen. Jess sieht, wie die Gischt über den Klippenrand spritzt. Lydia steht vollkommen still da, irgendwie größer als sonst, und schüttelt langsam den Kopf.

»Du warst da«, sagt sie. »Ich dachte, es wäre der Geist. Ich habe sie gehört. Ich war …«

»Nein«, schreit Ella.

»Lüg mich nicht an«, kreischt Lydia. »Tu das nicht! Nicht noch einmal!«

ZWANZIG JAHRE ZUVOR

Kapitel 53
3. August 1997

Rosa wusste, dass es mitten in der Nacht war – nicht weil es draußen dunkel war, sondern weil es im Cottage so unglaublich still war. In diesem Sommer war sie nicht ein einziges Mal als Letzte eingeschlafen oder am folgenden Morgen als Erste wieder aufgewacht. Für sie war es nie still gewesen. Es war immer laut.

Rosa lag auf der Seite und starrte auf ihr Nachtlicht. Der orangefarbene Schein erhellte ihren Nachttisch und ihr Kissen. Sie kniff die Augen zusammen und lauschte, in der Hoffnung, ihre Schwestern zu hören. Sie mochte die Stille nicht, dieses unheimliche Fehlen von jedwedem Geräusch außer ihrem eigenen Atem, denn das war perfekt für Geister, Ghule und alle anderen Kreaturen der Nacht. Rosa schloss die Augen und versuchte so schnell wie möglich wieder einzuschlafen, doch schon stand sie wieder in der Höhle, und ihre Zehen berührten den Strich im Sand. Sie sah die Flut kommen. Mit jeder Welle verschob sich die Wasserlinie. Rosa wich zurück, weg von den Wellen, bis sie sich mit den Schultern an die verwitterten Felsen drückte. Die scharfen Kanten kratzten ihr die Haut auf. Sie wartete, während das Wasser immer höher stieg, über ihre Füße, die Beine hinauf, über ihren Bauch und bis zur Brust.

Sie öffnete die Augen.

Sie wusste, was als Nächstes passieren würde. Sie hatte das schon mehrere Male geträumt.

Keine Worte konnten die Angst beschreiben, die sie empfunden hatte, als das Wasser an ihren Lippen geleckt hatte. Sie wachte immer just in dem Moment auf, als das Wasser in ihren Mund drang. Sie wachte immer schreiend auf.

Wegen des Geistes konnte Rosa nicht wach bleiben, wegen der Träume konnte sie nicht schlafen. Dieser Konflikt ließ sich einfach nicht auflösen, und so bereitete sie sich darauf vor, zu schreien.

Sie holte tief Luft.

Da hörte sie, wie eine Tür sich öffnete. Sie erstarrte. War das der Geist, der da durch den Flur schlich? Sie presste die Lippen aufeinander und zog die Decke bis unters Kinn. Dann machte sie sich wieder bereit.

»Rosa?« Jemand flüsterte ihren Namen. »Rosa?«

Sie schnappte nach Luft, doch die Stimme sprach rasch weiter.

»Ich bin's«, sagte die Stimme. Die Tür öffnete sich, und jemand kam herein. »Rosa. Ich bin's. Ella.«

Ella war die Pragmatischste von ihnen. Sie fürchtete keinen Geist, würde eher gegen ihn kämpfen. Und sie war auch der einzige Mensch, der wirklich verstand, was an jenem Tag in der Höhle passiert war. Sie wusste, warum Rosa sich verspätet hatte und warum die Situation so verzweifelt geworden war.

Rosa hatte nur die Anweisungen ihrer älteren Schwester befolgt.

»Bis es dunkel wird, okay?«, hatte sie gesagt. »Bis es kein Licht mehr gibt.«

Rosa hatte genickt.

Rosa hatte nicht weiter über die Angst im Gesicht ihrer Mutter nachgedacht, als sie schließlich wiedervereint wurden, oder über die Panik, die ihre anderen Schwestern gehabt haben mussten. Sie hatte schlicht keine Zeit gehabt, darüber nachzudenken, ob sie mit ihrem Streich eine unsichtbare, unausgesprochene Linie überschritten hatte. Sie hatte nur wenige Sekunden gehabt, und diese Sekunden waren von dem alles überlagernden Verlangen geprägt gewesen, Teil der Schwesternschaft zu sein.

Ella kam auf Zehenspitzen näher.

»Alles okay mit dir?«, flüsterte sie. »Ich habe gehört, dass du wach bist.«

»Ich hatte Angst«, sagte Rosa.

»Und jetzt?«

»Alles okay«, antwortete sie. »Es geht mir schon wieder besser. Ich bin froh, dass du hier bist.«

»Du musst wieder schlafen.«

»Ich weiß.«

Rosa kuschelte sich unter die Decke und drehte das Gesicht zum Kissen. Wenn jemand neben ihr saß, fiel es ihr oft leichter, einzuschlafen, auch zu Hause, und auch, wenn ihre Albträume nicht so hartnäckig waren. Ella spielte ihre Mutter. Sie sagte, Albträume seien eben genau das: nur Träume. Sie sei nicht in Gefahr. Sie würde hier immer sicher sein, und sie streichelte ihrer Schwester sanft die Wange.

»Du kannst das jetzt alles vergessen«, sagte Ella. »Deine Träume sind nicht real. Deine Fantasie spielt dir nur einen Streich.«

Rosa fühlte, wie sie wieder einschlief. Nebel legte sich auf ihre Gedanken, und die Stimme ihrer Schwester und das orangefarbene Nachtlicht verschwammen in der Ferne.

»Denk nicht mehr daran. Sprich nicht mehr darüber.«

Rosa fühlte, wie ihr Fokus wieder zurückkehrte, wie Worte Muster auf den Innenseiten ihrer Augenlider bildeten.

»Sag niemandem etwas. Erspar dir das.«

Ella stand langsam auf.

»Nur so wirst du die Albträume wieder los«, sagte sie. »Nur so geht es vorbei.«

»Was?«, fragte Rosa und drehte sich wieder zu ihrer Schwester um.

»Oh«, sagte Ella. »Ich dachte, du wärst schon eingeschlafen.«

»Was sagst du da?«, hakte Rosa nach. »Was meinst du damit?«

»Hm?«

»Ich muss das alles geheim halten?«

Ella seufzte und hockte sich wieder aufs Bett. Sie schlang den Arm um ihre jüngste Schwester und streichelte sie an der Schulter.

»Ja«, antwortete Ella. »Das ist wichtig.«

»Ich darf niemandem sagen, dass ich wieder einen Albtraum hatte?«, fragte Rosa.

»Es ist kompliziert«, erwiderte Ella. »Aber wenn man über manche Dinge nachdenkt, werden sie automatisch größer, als sie wirklich sind.«

»Ich darf noch nicht einmal an die Höhle denken?«

»Genau«, bestätigte Ella. »Das darfst du nicht.«

»Aber was, wenn …?«

Ella schüttelte den Kopf.

»Hör auf«, sagte sie. »Du redest ja immer noch darüber.«

Tagsüber war Rosa sehr gut darin, Dinge zu vergessen. Schließlich gab es im und um das Cottage auch genug Beschäftigung für sie. Nachts konnte sie jedoch nicht vergessen. Sie konnte nicht ihre Gedanken kontrollieren und gleichzeitig schlafen.

»Ich könnte wieder davon träumen«, sagte sie.

»Ja, vielleicht«, erwiderte Ella. »Das ist durchaus möglich. Aber selbst dann … Sprich nicht darüber.«

»Aber …«

Rosa konnte den Schrei nicht kontrollieren, der ihr in der Kehle brannte, wenn sie mit Wasser im Mund aufwachte und mit dem Rücken am Fels in der Höhle. Was, wenn sie die Gedanken nicht aufhalten konnte? Was, wenn die Träume nicht weggingen, wenn sie den Rest ihres Lebens da sein würden? Was, wenn die Angst sich verstärkte? Was, wenn sie in zwanzig Jahren noch da war?

»Du kannst heute Nacht bei mir schlafen«, bot Ella an. »Komm. Lass uns …«

»Ich will Mummy …«, flüsterte Rosa.

»Aber du kannst mit mir kommen. Du kannst in meinem Bett schlafen.«

Rosa wimmerte.

»Ich will Mummy«, wiederholte sie.

»Warum denn nicht mich?«, fragte Ella. »Ich kann auch das Licht anlassen.«

»Ich will nicht mit dir gehen.«

»Warum nicht?« Ella stand entrüstet auf und sperrte mit ihrem Körper das Nachtlicht aus.

»Weil es deine Schuld war …«, antwortete Rosa.

Da war es: das Geheimnis, das sie bewahrt hatte, die Flamme, die ihre Angst am Leben hielt. Wenn sie ihren Schwestern erklären könnte, dass sie einfach nur dumm gewesen war, dass sie Anweisungen befolgt hatte, dann würde ihnen das nicht mehr so seltsam vorkommen. Wenn sie es nur jemandem erzählen könnte, wenn sie kurz vergessen könnte, dass sie Teil der Bande ist, um sich ihrer Mutter anzuvertrauen – dann wäre es vielleicht auch nicht mehr so furchterregend, wenn sie sich daran erinnerte, wie es war, in der Höhle eingesperrt zu sein, wie sie geglaubt hatte, nicht gehen zu können, weil sie ihre Schwester nicht enttäuschen wollte.

»Was war meine Schuld?«, fragte Ella, und da lag kein Hauch von Wärme mehr in ihrer Stimme.

»Die Höhle.«

»Nein«, widersprach Ella. »Ich …«

»Du wusstest, wo ihr mich hättet finden können. Du hast mir gesagt, ich solle dableiben.«

»Ich wusste nicht, dass das Wasser so schnell steigt.«

»Ich hätte gehen sollen, als es den Strich erreicht hat. Das hat Lydia mir gesagt.«

»Ich wusste nicht, dass …«

»Wenn du nicht gewesen wärst, dann wäre ich nicht dortgeblieben. Ich will die Wahrheit sagen.«

»Nein«, sagte Ella. »Nein. Warum solltest du …?«

»Ich will das nicht geheim halten.«

»Aber jetzt ist doch alles okay. Es ist …«

»Ich hatte Angst!«, schrie Rosa.

Sie begann, laut zu weinen.

»Daran bin ich doch nicht schuld!«, erklärte Ella hartnäckig.

»Du warst das …«

»Bitte …«, sagte Ella. »Kannst du nicht einfach …?«

»Ich will …«

»Rosa!«

Rosa hörte ihre Schwester wieder ihren Namen zischen, und sie schloss instinktiv die Augen, anstatt zuzuschauen, wie ihr die Decke über das Gesicht gezogen wurde, wie Dunkelheit sich auf sie senkte. Erst als sie unter dem Stoff nach Luft schnappte, wurde ihr bewusst, dass sie wieder in echter Gefahr schwebte. Sie spürte, wie sie um sich schlug, während sie an der wenigen Luft in ihrem Mund erstickte. Dann überkam sie ein Gefühl, das sie noch nie erlebt hatte. Sie schnappte nach Luft, bis die kleine Blase in ihrem Mund aufgebraucht war und die Dunkelheit unter der Decke plötzlich noch dunkler wurde.

Kapitel 54
3. August 1997

Ella hätte die Decke nicht hochheben müssen. Sie hätte sich mit dem Gedanken zufriedengeben können, dass ihre Schwester schlief. Doch etwas an dem Moment machte sie nervös. Vielleicht war es ja das Würgen in diesen letzten Sekunden oder die Tatsache, dass ihre Schwester sich plötzlich nicht mehr gerührt hatte.

Ella zog die Decke zurück, und sofort wurde ihr klar, was passiert war. Sie hatte doch nur versucht, sie zum Schweigen zu bringen, nur kurz. Sie hatte das nicht geplant. Sie hatte das nicht gewollt. Panik keimte in ihr auf, und sie schmeckte Galle im Mund. Sie spürte, wie ihre Muskeln sich verkrampften. Ihr zitterten die Knie, und sie konnte kaum noch stehen.

Ella drehte sich zuerst zur Tür um, dann zum Fenster und schließlich wieder zum Bett.

Sie deckte ihre Schwester wieder zu und zog die Decke dann wieder weg, als würde sie beim zweiten Mal etwas anderes sehen. Doch sie sah dasselbe: Ihre Schwester lag mit geschlossenen Augen auf der Matratze, aber sie war viel zu still.

Ella schwankte leicht zwischen zwei Möglichkeiten: Wahrheit oder Lüge. Sie wusste sofort, dass die Wahrheit unmöglich war. Sie würde auf ewig damit leben müssen, mit dem Schrecken dessen, was gerade passiert war, und mit der Tatsache, dass sie dafür verantwortlich war. Ella hatte erlebt, was mit ihrem Vater nach nur einem kleinen Fehler passiert war, wie er aus der Familie verstoßen worden war, und das wollte sie nicht selbst erleben.

Also entschied sie sich für die Lüge.

Auf Zehenspitzen lief Ella in ihr Schlafzimmer zurück, um ihre Schwester nicht zu wecken. Sie schnappte sich ihre wasserdichte Hose und den dicken Pullover, der über dem Stuhl am Fuß des Bettes hing. Draußen im Flur zog sie alles an, dann lief sie nach unten, um ihre Laufschuhe zu holen.

Schließlich kehrte sie wieder zurück und stand vor der Tür ihrer jüngsten Schwester.

Ella atmete tief durch. Alles lief ab wie im Film. Sie musste sich konzentrieren. Sie war fit, schnell und stark. Sie konnte das schaffen. Sie zog ihre Schwester vom Bett und zuckte unwillkürlich zusammen, als sie mit einem dumpfen Knall auf dem Boden landete. Sie zog sie zur Treppe. Als sie an ihrer eigenen Tür vorbeikam, rührte sich ihre Zwillingsschwester kurz, und Ella erstarrte. Dann, einen Augenblick später, ließ sie ihre jüngste Schwester lautlos die Stufen hinuntergleiten. Leise öffnete sie die Haustür und schloss sie hinter sich wieder.

Es ist sehr dunkel.

Das hätte Rosa gesagt, wäre sie wach gewesen.

Ella schaute zum Mond hinauf. Er schien zwar hell, doch er war nicht voll. Sie hatten Neumond. Ella kämpfte sich über den Zauntritt und zog ihre Schwester darunter hindurch. Rosas Pyjamaoberteil war hochgerutscht, ihr Bauch entblößt, und Ella wollte sich schon bücken und es wieder zurechtzupfen.

Konzentration.

Tagsüber war das kein so langer Weg – nur ein paar Minuten –, doch in der Dunkelheit und mit dem zusätzlichen Gewicht kam Ella nur langsam voran. Sie hatte ihre Schwester an den Handgelenken gepackt und schaute nicht zurück. Sie marschierte immer weiter, bis sie schließlich die Felskante erreichte, die über den Strand hinausragte. Manchmal rauschte das Meer darunter hindurch, und manchmal war da nur weicher, glatter Sand.

Ella schaute wieder zu der silbernen Sichel hinauf. Sie hatte nicht gewusst, dass das Wasser die ganze Höhle füllen würde. Sie hätte das nicht voraussagen können. Der Mond war schuld: Er bestimmte die Gezeiten.

Ella legte ihre Schwester hinter sich ab und ging zur Felskante. Sie schaute zum Meer hinunter und zu den Wolken, die sich auf der Wasseroberfläche spiegelten.

Es gefällt mir hier.

Das hätte Rosa gesagt, wäre sie wach gewesen.

»Es war einfach nur Pech, dass das Meer in die Höhle vorgedrungen ist«, flüsterte Ella.

Wird das wirklich nicht mehr passieren?

»Niemals.«

Breitbeinig stand Ella auf der Klippe, wie eine Statue, die aus dem Boden gewachsen war.

»Ella? Ella?«

Noch Jahre später wusste Ella nicht, ob diese Worte wirklich gesprochen worden waren. Sie wüsste jedoch nicht, warum sie ihrem Geist entsprungen sein sollten. Sie erinnert sich noch daran, wie sie gekrächzt wurden, kaum hörbar, doch anstatt sich umzudrehen, anstatt ihrer Schwester ins Gesicht zu schauen, schloss sie die Augen. Sie drehte sich um, tastete blind nach den Armen ihrer Schwester und schleuderte sie in hohem Bogen über die Kante.

DER TAG

Kapitel 55
25. Dezember 2017
Jess

Jess erinnert sich daran, was für ein wildes, aber intuitives Kind sie gewesen ist, und sie fragt sich, ob ihr zwölfjähriges Ich jetzt auch hier neben ihren Schwestern im strömenden Regen auf der Klippe stehen würde. Und wenn ja, wüsste diese Zwölfjährige dann, was jetzt zu tun ist? Jess denkt an ihren Mann, der irgendwo mit seinem Vater und seiner Mutter zusammensitzt, vermutlich auch mit seinem Bruder. Wahrscheinlich trinken sie von Hand gemahlenen Kaffee und diskutieren über ein neues Buch oder die Wunder der Natur. Sie wünschte, sie wäre bei ihm, die Füße auf dem mit Tartan bespannten Hocker im Wohnzimmer und auf den Beinen eine Tartandecke.

Jess geht auf ihre Schwestern zu, die gemeinsam an der Felskante stehen.

Lydia weicht zurück, immer näher zum Rand. Sie reibt sich den Regen aus dem Gesicht und ringt mit den behandschuhten Fingern vor der Brust.

»Du warst draußen auf den Klippen, stimmt's?«, verlangt sie zu wissen. »Du warst bei ihr? Du …?«

Sie verstummt.

»Ich erinnere mich«, sagt sie schließlich.

Ist sie bisher schon bleich gewesen, so sieht sie jetzt wie eine Leiche aus: die weiten starrenden Augen, die weiße durchsichtige Haut und die blauen verschrumpelten Lippen, die sich leicht geöffnet haben.

»Ich erinnere mich. Ich erinnere mich an die Geräusche und

an den Geist, der durch den Flur geschlurft ist. Und da war auch ein neues Geräusch. Der Geist hat irgendwas hinter sich her geschleift. Oh ... Oh ... Das war kein Geist, nicht wahr? Natürlich war das kein Geist. Du warst das!«

Lydia beugt sich vor, als müsse sie sich übergeben, doch dann richtet sie sich wieder auf.

»Lyds ...«

Jess hört sich selbst kaum. Ihre Stimme klingt schwach, und der Wind ist stark.

»Lydia«, brüllt sie. »Lass uns reden!«

Die drei Schwestern sind aufgereiht wie Blumentöpfe auf einem überfüllten Regal. Jess hat die sicherste Position. Sie ist diejenige, die von der Felskante am weitesten entfernt ist. Ella hingegen steht gut einen Meter vor der Kante, und ihre Stiefel versinken im tiefen Schlamm. Lydia wiederum ist dem Abgrund so nah, dass nur noch ihre Zehen auf der Erde zu ruhen scheinen, doch ihre Fersen sind schon in der Luft. Jess sieht den Zorn und den Schock im Kopf ihrer Schwester toben. Mit jeder weiteren Enthüllung verzerrt Lydias Gesicht sich mehr. Auch Jess hat das Gefühl, als würde ihre Vergangenheit, ihr ganzes bisheriges Leben von all diesen neuen Erkenntnissen verschlungen. Doch anders als ihre Schwestern steht sie mit beiden Beinen in der Gegenwart. Auch ist die Felskante für sie fern, doch sie weiß auch, wie gefährlich es da vorn ist.

»Lasst uns wieder ins Cottage gehen«, ruft sie. »Bitte!«

Lydia dreht sich zu ihren Schwestern um und schüttelt den Kopf. Sie ist so nah an der Kante ...

»Ich dachte, du würdest mich beschützen«, sagt sie zu Ella. »Ich dachte, du würdest es tun, weil du mich liebst. Dabei hast du mich nur benutzt, um von deinen eigenen verfluchten Verbrechen abzulenken.«

Lydia ist bekannt dafür zu stolpern, dafür, in den schwierigsten Momenten zusammenzubrechen. Jess kann sich jedoch nicht daran erinnern, dass Lydia je derart die Beherrschung verloren hat.

»Was hast du getan?«, schreit Lydia. »Sag es uns! Jetzt! Was hast du getan?«

Bernadette geht auf sie zu.

»Mädchen«, sagt sie.

Lydia schaut noch nicht einmal in ihre Richtung.

»Was hast du ihr angetan?«

Lydia zittert am ganzen Leib.

»Sag es mir!«

»Ich weiß nicht, wovon du redest«, erwidert Ella. »Ich weiß nicht … Ich kann mich nicht erinnern … Ich glaube …«

Ella verstummt. Sie rührt sich nicht, sagt nichts, und ihr Gesichtsausdruck ist nicht zu deuten.

»In dieser Nacht. Im Cottage. Auf dieser Klippe. Ist unsere kleine Schwester gestorben.«

Lydia wirbelt auf der Stelle herum und wirft die Arme in die Luft.

»Sag mir, dass du ihr nichts angetan hast«, kreischt sie. »Sag mir, dass wir uns irren!«

Natürlich wissen sie alle, dass sie sich nicht irren, im Gegenteil: Sie haben vollkommen recht. Jess fühlt, wie mit jeder Sekunde immer mehr Puzzleteile sich zusammenfügen, mit jedem Moment, da ihre Schwester schweigt.

»Du wirst es leugnen, nicht wahr?«, schreit Lydia.

Ein Blitz zuckt über den Himmel.

Jess schaut auf den Boden zu ihren Füßen. Im Winter ist das Gras von Wanderern zertrampelt, sodass man den Fels darunter sehen kann. Als es geblitzt hat, hat der Stein kurz geglitzert wie eine Tänzerin mit einer diamantbesetzten Tiara im Scheinwerferlicht. Der Himmel verdunkelt sich wieder, und der Donner grollt. Das Geräusch ist jedoch kaum zu hören, denn Regen und Wind sind viel näher und lauter. Das Wetter verschlechtert sich weiter, und auch der Streit wird immer schlimmer. Rasch geht Jess zu ihrer Schwester.

»Du warst da«, sagt sie. »Nicht wahr? Bitte. Gib es doch zu.«

Ella starrt weiter auf ihre Stiefel und tritt von einem Fuß auf den anderen.

»Bitte«, fleht Jess.

»Was ist passiert?«, verlangt Lydia noch einmal zu wissen. »Wir haben die Wahrheit verdient.«

Ella presst die Lippen aufeinander und verschränkt die Arme vor der Brust.

»Wirklich?«, sagt Lydia. »Das ist deine Reaktion?«

Ella zuckt mit den Schultern.

»Bitte«, sagt Jess noch einmal.

»Sie wollte euch sagen, dass es meine Idee war«, murmelt Ella. »Es war ein Unfall. Es hätte nicht passieren sollen.«

Bernadette ruft wieder von weit hinten – irgendwas von wegen dem Wetter, dem Winter und dem Cottage, das auf sie wartet. Die Schwestern hören ihr nicht zu. Sie spüren die Kälte nicht mehr. Seit ein paar Augenblicken sind sie wie erstarrt. Sie stehen so nah beieinander, dass ihre Schultern sich berühren, und das noch immer an der Felskante. Sie sind durch so viele Geheimnisse unentwirrbar miteinander verbunden, verloren in diesem engmaschigen Netz, dieser Kombination aus Trauer, Schuld und Wut. Und zum ersten Mal seit ihrer Kindheit ist diese Wut nicht nur in ihren Stimmen und Köpfen, sondern auch in ihrem Fleisch und ihren Knochen. Sie alle spüren das Kribbeln in ihren Gliedern und wie ihre Muskeln sich anspannen.

»Wie hast du das gemacht?«, hakt Lydia nach. »Wie hast du ihr wehgetan?«

Ella seufzt laut und öffnet den Mund, als wolle sie etwas sagen, doch dann schließt sie ihn wieder.

»Wir können darüber reden …«, beginnt Jess.

»Warum?«, fährt Lydia fort. »Wir hatten alle dumme Ideen in diesem Sommer. Wir ...«

Ella deutet auf ihre geschlossenen Lippen.

»Wirklich?«, schreit Lydia.

»Mädchen«, ruft Bernadette von hinten.

Ella zuckt erneut mit den Schultern.

»Sag es mir!«, brüllt Lydia.

Ella verzieht die Lippen und schüttelt den Kopf.

»Sag es mir!«

Lydia legt die Hände auf die Schultern ihrer Schwester und versetzt ihr einen Stoß, nicht fest, aber stark genug, um sie zur Seite taumeln zu lassen. Lydia setzt nach, doch ihre Zwillingsschwester ist schneller und stärker und stößt sie als Erste.

»Hört auf damit!«, schreit Jess.

Aber sie sehen nur noch einander.

Jess weicht instinktiv zurück. Sie denkt zuerst an ihre Tochter.

Sie schaut zu, wie ihre Schwestern sich hin und her stoßen, und jeder Stoß wird stärker, bis die Zwillinge schließlich miteinander ringen, und das genau an der Felskante.

Schon bevor es passiert, ist klar, dass eine von ihnen über den Rand stürzen wird.

2. WEIHNACHTSTAG

Kapitel 56
26. Dezember 2017
Marianne

Sie müssen meine Gründe verstehen. Sie müssen wissen, warum ich schließlich die Polizei gerufen habe.

Ich hatte bereits zweimal den gleichen Fehler begangen. Als meine Tochter von dieser Klippe in den Tod gestürzt ist, da war ich abgelenkt. Ich hatte versagt und nicht erkannt, dass etwas ihr derart große Angst machte. Dann hatte ich beschlossen, der Polizei nicht zu sagen, dass in jenem Sommer zwei kleine Mädchen zum Strand hinuntergegangen sind. Ich hatte keine Ahnung, dass Albträume die Folgen sein würden, keine Ahnung, was die Kleinste als Nächstes durchleiden musste.

Und beim dritten Mal?

Ich sah eine Frau stürzen. Sie ist gestoßen worden – ja, das ist das richtige Wort –, und wieder habe ich nichts getan. Ich habe schon wieder den gleichen Fehler begangen. Ich bin zu meinem Backblech zurückgegangen, das noch voller Entenfett war, und habe es in der Spüle geschrubbt. Ich habe es für den Truthahn vorbereitet. Ich habe das Gemüse geschnitten und die Cranberry-Soße aufgetaut. Dann habe ich den Rosenkohl gesalzen.

Ich erfreute mich an meinen Enkeln. Ich betrachtete schmunzelnd das Geschenkpapier, das überall auf dem Boden lag, und genoss es, ein Stück Orangenschokolade nach dem anderen zu essen, und das noch vor dem Mittagessen. Und meine Geschenke waren toll. Ich bekam neue Ofenhandschuhe, Saatgut für den Sommer und selbst gebastelte Weihnachtskarten – sie stehen jetzt auf dem

Kaminsims. Es ist mir gelungen, die furchtbare Szene einfach zu verdrängen.

Am frühen Abend sah ich die zwei Schwestern in einem Streifenwagen zurückkehren. Ihre Mutter – die während des Geschehens ein gutes Stück entfernt gewesen war – traf einige Minuten später ein. Ich wusste, was geschehen war, und ich habe nichts getan. Erneut hatte ich das Gefühl, dass sie schon bald zu mir kommen würden.

Aber sie kamen nicht.

Ich konnte mich nicht auf die Spiele konzentrieren, die wir vor dem Kaminfeuer spielten. Ich habe jedes einzelne verloren. Ich habe zu viel Whisky in den Kaffee getan, und die Jungs wurden betrunken. Als am Ende des Abends niemand Handschellen trug, konnte ich es nicht fassen. Ja, es ist noch nicht einmal jemand befragt worden! Ich ging noch vor meinen Enkeln ins Bett. Das ist noch nie passiert.

Ich bin diejenige, die an diesem Morgen die Polizei angerufen und sie gebeten hat, noch einmal herzukommen, aber das wissen Sie ja bereits. Dieses Mal musste ich irgendetwas anders machen. Ich wollte nicht wieder jahrelang damit leben. Ich wollte, dass es aufhört.

Ich ließ die Polizisten in mein Cottage und sagte ihnen, dass ich gesehen hätte, wie eine Schwester die andere von der Klippe gestoßen hat. Ich versuche ja, mich zu bessern. Wirklich.

Sie tun nur das Beste für Ihre Familie.

Und ich tue das Beste für meine.

Kapitel 57
26. Dezember 2017
Jess

Jess war diejenige gewesen, die zur Felskante gerannt war und geschrien hatte, dass sie runterklettern würde. Doch es war zu nass und windig gewesen, und sie konnte den Grund kaum sehen. Sie wusste nicht, ob da noch Sand vor dem Wasser war, ein Körper, den man hätte bergen können. Und so hatten sie einfach dagestanden – zu dritt – und wiederholt gerufen. Doch schließlich verstummten sie, als ihnen klar wurde, dass man einen solchen Sturz nicht überleben konnte.

Dort oben, im strömenden Regen, schlossen sie eine Abmachung. Sie würden niemandem etwas sagen. Sie würden zusammenstehen, und wenn man sie fragte – und das würde man mit Sicherheit –, dann würden sie zwar irgendetwas sagen, aber nicht die Wahrheit.

Jess war diejenige, die Krankenwagen und Polizei gerufen und in der Einfahrt auf sie gewartet hatte. Sie waren mit heulenden Sirenen gekommen und mit leuchtenden Warnwesten aus den Fahrzeugen gesprungen. Jess hatte sie über das Feld geführt und auf die Wellen gedeutet, und sie hatte dort gestanden und ihnen bei der Arbeit zugeschaut. Kurz rief man sie in einen Krankenwagen. Später saß sie dann zwischen ihrer Mutter und ihrer Schwester im Fond eines Streifenwagens und dann in einem Raum mit nackten Betonwänden, dem man mit einem kleinen Sofa so etwas wie Gemütlichkeit verleihen wollte. Wieder hatte sie gewartet, als man sie voneinander getrennt und in verschiedene Räume geführt hatte. Dort forderte man sie dann auf zu erklären, was auf der Klippe geschehen war. Jess log und erzählte die gleiche Geschichte, die sicher auch die anderen erzählten.

Die Neonlichter flackerten noch immer hinter ihren Augenlidern, als die Polizei sie am Abend wieder zum Cottage brachte. Sie war vollkommen durchnässt, kalt bis auf die Knochen. Jess sehnte sich nach einem Moment allein. Inmitten all der Sirenen, der Schreie und dem Heulen des Winds war es unmöglich gewesen, so etwas wie Ruhe zu finden. Sie hörte ihre Schwester in der Küche und ihre Mutter oben, doch sie hatte keiner von ihnen etwas zu sagen.

Jess war ins Bett gegangen und noch stundenlang wach geblieben. Sie hatte schon wieder gewartet, diesmal jedoch auf etwas Unbekanntes. Kurz nach Mitternacht stand sie auf, als auch die anderen oben waren. Sie schaltete das Licht im Flur aus und ging wieder in ihr Zimmer zurück. Dabei achtete sie sorgfältig darauf, nicht zur offenen Tür des leeren Schlafzimmers zu schauen.

*

Sie hat nicht geplant, einzuschlafen. Sie hat sich nur ein wenig ausruhen wollen, um fahren zu können. Sirenen wecken sie. Sie hört Hämmern an der Haustür. Sie setzt sich auf. Unten redet jemand; dann sind Schritte auf der Treppe zu hören.

Es klopft dreimal.

»Wir kommen jetzt rein«, sagt die Stimme eines Mannes.

Jess trägt nur Unterwäsche. Ihr Pyjama liegt noch gefaltet neben dem Kopfkissen, und so setzt sie sich rasch auf und zieht die Decke hoch.

»Ich bin nicht angezogen«, ruft sie.

»Dann ziehen Sie sich an. Schnell«, erwidert eine Frau entnervt.

Jess schnappt sich Jeans und Sweatshirt und öffnet die Tür. Die Frau fällt ihr zuerst auf. Sie ist vielleicht Mitte vierzig und hat strähnige Haare und müde Augen. Dann sieht sie den Mann: pickelig, groß, Anfang/Mitte zwanzig.

»Hiermit sind Sie verhaftet«, erklärt die Frau. »Wir haben eine zuverlässige Zeugin, die ausgesagt hat, Sie seien für den Tod Ihrer Schwester verantwortlich …«

Jess konzentriert sich nicht auf die Worte, die nun folgen, denn die hat sie schon Dutzende Male gehört: in Fernsehserien und in vielen ihrer Lieblingsfilme. Sie sieht nur das Gesicht ihrer Schwester im Flur und die Tränen, die über Bernadettes Wangen strömen.

»Ist schon okay«, sagt sie. »Alles wird gut.«

»Jess …«

»Lasst es«, sagt sie. »Ist schon okay. Ich schaffe das.«

Als die Handschellen klicken und das kalte Metall ihre Haut aufkratzt, denkt Jess zuerst an ihre wilden Tage zurück: betrunken und zügellos, unanständig und asozial. Und dann sieht sie die gerunzelte Stirn des jungen Beamten. Sie wird aus ihrem alten Kinderzimmer geführt und in den Fond eines Streifenwagens gestopft. Auf dem Revier bringt man sie in einen winzigen, fensterlosen Raum. Hier gibt es kein kleines Sofa, keine gemütliche Fassade.

Jess erinnert sich daran, was ihr Mann immer zu seinen Mandanten sagt: *kein Wort zu niemandem, nicht ohne Anwalt.* Sie darf ihn von einem alten Münztelefon im Eingangsbereich anrufen. Sie hört, wie er sofort in einen anderen Modus schaltet. Er ist nicht länger der sanfte, warmherzige Mann, nach dessen Berührung sie sich sehnt, sondern ein skrupelloser und effizienter Strafverteidiger. Er sagt, er sei schon auf dem Weg. Und dann sagt er es erneut: *kein Wort zu niemandem.*

Kapitel 58
26. Dezember 2017
Lydia

Lydia hatte gesagt – auf der Klippe, als die Polizei sie zum ersten Mal befragt hat –, dass ihr schwindelig geworden sei und dass sie das Gleichgewicht verloren habe, kurz bevor ihre Schwester gestürzt sei. Sie hatte gesagt, dass ihre Schwester im selben Moment die Hand nach ihr ausgestreckt hätte, da die Welt vor ihren Augen verschwamm. Sie hatte gesagt, dass danach alles schwarz gewesen sei, ihre Schwester sie aber gerettet haben müsse. Sie mochte diese Worte nicht. Sie fühlten sich in ihrem Mund genauso falsch an wie in ihrem Kopf, denn natürlich war genau das Gegenteil der Fall. Ella hatte versucht, sie unter Lügen und Schuld zu begraben, als würde das die quälende Last von ihren eigenen Schultern nehmen. Es war grausam, ja, und auch kriminell.

Lydia hatte geplant, die Wahrheit – dass diesmal sie die Verantwortliche war – ordentlich in ihrem Kopf zu verstauen. Sie war fest davon überzeugt, dass sie es diesmal besser machen und ihr Geheimnis auf ewig bewahren würde. Sie würde nie jemandem erzählen, dass sie ihre Schultern zurückgezogen, ihre Brust gehoben und ihr Kinn gesenkt hatte. Sie würde nie jemandem erzählen, dass die Anspannung und die Angst sofort von ihr abgefallen waren und dass sie mit einem Mal eine Kraft gefunden hatte – sowohl im wörtlichen als auch im übertragenen Sinn –, von der sie gar nicht gewusst hatte, dass sie sie besaß. Sie hatte gesehen, wie ihre Hände sich nach oben bewegt hatten, zehn behandschuhte Finger, zwei ausgestreckte Handteller. Es war keine bewusste Entscheidung gewesen. Aber auch keine unbewusste.

Lydia hatte sich darauf vorbereitet, ein weiteres Geheimnis mit sich herumzutragen.

Das hatte sie schließlich schon jahrzehntelang getan. Also konnte sie das auch jetzt.

Lydia hatte die Anweisungen ihrer Schwester befolgt und der Polizei nur erzählt, was sie hören musste, sowohl sofort als auch später auf dem Revier. Sie hatte geweint und die Beamten glauben lassen, das sei nur Trauer und nicht eine Übelkeit erregende Mischung aus Schock und Horror. Schließlich hatte sie ihnen gedankt, dass sie sie wieder nach Hause gefahren hatten, und sich dafür entschuldigt, ihnen das Fest vermiest zu haben. Die Beileidsbekundungen hatte sie mit einem ernsten Nicken zur Kenntnis genommen.

Überraschenderweise war sie erleichtert gewesen, wieder im Cottage zu sein. Sie hatte zwei Scheiben gebutterten Toast gegessen und stand nun in der Tür zum Schlafzimmer ihrer Eltern und ließ den Blick über die Sachen ihrer Schwester schweifen. Sie erinnerte sich daran, wie ihre Mutter vor all diesen Sommern die Sachen ihrer jüngsten Schwester zusammengepackt hatte, und es war schlicht nicht fair, dass sie das ein zweites Mal machen sollte.

Lydia öffnete den Koffer ihrer Schwester auf dem Bett, faltete ihre Kleider und legte sie ordentlich hinein. Dann schmierte sie sich etwas von der Gesichtscreme ihrer Schwester auf die Wangen, neugierig, ob das wohl eine Reaktion auslösen würde, doch bei dem Geruch wurde ihr einfach nur schlecht.

Sie wartete, bis die anderen nach oben kamen. Dann schlich sie auf Zehenspitzen zu ihrem eigenen Bett.

Sie schlief ein, während sie den Umgang mit ihrem neuen Geheimnis übte. Sie überlegte sich, was sie ihren Kollegen sagen würde, wenn sie sie im Januar wiedersah, und was sie auf der Beerdigung sagen sollte.

Lydia wachte noch vor den Sirenen wieder auf. Sie war gerade in der Küche und kochte Kaffee, als es wütend an der Tür hämmerte. Lydia machte sofort auf. Ein Mann stürmte an ihr vorbei nach oben und legte ihrer Schwester Handschellen an.

Panisch stand sie in der Tür und schaute zu, und als ihre Schwester sagte *Alles wird gut*, da erkannte sie, dass es nie wieder gut werden würde.

Atme, ermahnte sie sich. *Atme*.

*

In diesem Augenblick trifft Lydia ihre Entscheidung. Sie würde niemandem antun, was man ihr angetan hat. Sie fragt sich, ob ihre ältere Schwester wohl einen Weg finden kann, der Anklage zu entgehen, ob sie sich vor Gericht irgendwie rauswinden kann.

Aber das Risiko ist zu groß, und Lydia kann es nicht eingehen.

Und so packt sie das Gepäck – ihre eigene Reisetasche und den Koffer ihrer toten Schwester – in den Wagen, der noch immer in der Einfahrt parkt. Es ist der schicke mit dem grollenden Motor und den eleganten Ledersitzen. Sie setzt sich hinters Steuer und gibt die Adresse des Polizeireviers ins Navi ein. Sie kennt zwar den Weg, doch die Frauenstimme im System wird dafür sorgen, dass sie nicht davon abweicht.

Lydia schaltet den Motor an und tritt vorsichtig aufs Gaspedal.

Sie wird gestehen, eine Mörderin zu sein.

Und dann biegen zwei Streifenwagen in die Einfahrt ein und versperren ihr den Weg. Vier Beamte springen heraus.

Kapitel 59
26. Dezember 2017
Marianne

Ich habe der Polizei gesagt, dass eine größere Frau eine kleinere gestoßen hat, aber nicht aus boshafter Rachsucht – auch wenn Ihre Frau das gern glauben will –, sondern weil das genauso passiert ist. Ich habe gesehen, wie eine der Schwestern plötzlich größer wurde. Sie zog die Schultern zurück und drückte die Brust raus. Ich sah, wie sie kraftvoll und gezielt der anderen die Hände in den Bauch rammte. Die zweite Schwester ist daraufhin zusammengeklappt und zur Felskante getaumelt. Ich kann nur vermuten, dass man Ihre Frau auf Grundlage dieser Aussage verhaftet hat.

Weil die Zwillinge die gleiche Größe haben – oder hatten, nicht wahr?

Man lehrt uns schon in der Schule, dass Zwillinge immer gleich sind ... nur dass das nicht stimmt. Denn unsere Körper lügen ständig. Sie verändern sich, wachsen, schrumpfen. Ich glaube Ihnen. Ich glaube, dass es nicht Ihre Frau war. Ich verstehe, dass Sie sowohl als ihr Anwalt als auch als ihr Mann hier sind. Mehr habe ich nicht zu sagen. Wenn Sie wollen, kann ich bestätigen, dass ich die Schwestern nie habe auseinanderhalten können. Ich werde vor Gericht aussagen, dass es eine von ihnen war, ich aber nicht weiß, welche. All das werde ich tun, wenn es hilft, und mehr. Allerdings werde ich nicht lügen, aber ich denke, das verlangen Sie auch nicht von mir.

Ich werde ...

Hören Sie das?

Moment

Schauen Sie.

Da sind Autos … die Polizei … schon wieder?

Haben Sie die gerufen?

Kapitel 60
26. Dezember 2017
Bernadette

Ich erinnere mich daran, dass vor nunmehr dreißig Jahren meine Kinder in diese Welt gekommen sind, in dieser seltsamen, wunderbaren Phase meines Lebens. Ich erinnere mich daran, die Familie immer weiter vergrößert zu haben, eine Tochter alle paar Jahre, und ich erinnere mich an die Erkenntnis, dass mein Leben nie wieder mir gehören würde. Zuerst hatte ich furchtbare Angst – der Verlust meines Ichs, diese Grenzerfahrung –, aber nach und nach akzeptierte ich es nicht nur, sondern lernte, diese Veränderung zu lieben. Ich widmete mich ganz der Aufgabe, etwas Majestätisches zu erschaffen: ein Heim für meine Töchter, ein Leben, eine Familie. Ich strich die Wände ihrer Zimmer in bunten, kühnen Farben, und ich strickte ihnen Pullover in süßen Pastelltönen. Ich erschuf mich neu mit ihren kleinen Körpern als Fokus, damit sie sich stets sicher und beschützt fühlen konnten.

Ich war so sehr darauf konzentriert, etwas Besonderes zu erschaffen.

Mir kam nie auch nur der Gedanke, nicht eine Sekunde lang, dass das alles wieder zusammenbrechen könnte.

Ich spürte den Verlust meiner jüngsten Tochter in jeder Zelle meines Körpers. Seitdem bin ich nicht mehr in der Lage, die Welt so zu sehen wie früher. Ich höre Untertöne in jeder Musik. Ich habe Schmerzen an Stellen, die mir vor diesem Tag gar nicht bewusst waren: zwischen meinen Wirbeln und im Nagelbett an meinen Fingern. Ich glaube sogar, dass mein Herz heutzutage nicht mehr im gleichen Takt schlägt wie früher.

Ich hatte damals das Gefühl – und das habe ich noch heute –, dass wir mit ihrem Tod eine Wand verloren haben, ein Viertel unseres Gebäudes. Ich habe gesehen, wie das Gebäude ins Wanken geriet, als meine Kinder an jenem Morgen ins Cottage zurückgekommen sind. Das wahre Ausmaß des Schadens habe ich jedoch erst erkannt, als ich sie selbst gesehen habe, dort unten am Strand, klein wie an dem Tag, an dem sie geboren wurde. Ich durfte nicht zulassen, dass das Gebäude einfällt – es war mein Lebenswerk –, und so bin ich rasch in die Bresche gesprungen und habe versucht, die leere Stelle zu befestigen. Über ein Jahrzehnt lang stützte ich die Decke mit starken Armen. Ich setzte all meine Kraft ein, damit meine verbliebenen drei Kinder sicher waren.

Ich glaube, als ich den Brief der Nachbarin geöffnet habe, als ich meine Hände unter die Umschlaglasche schob, da habe ich den Halt an unserem Gebäude verloren. Ich weiß natürlich, dass es irgendwann ohnehin zusammengebrochen wäre. In meiner Trauer war ich viel zu schwach, um alle anderen zu retten.

Also trat ich beiseite, und die Welt meiner Töchter – beziehungsweise das, was davon übrig war – brach zusammen.

Ich hätte Wochen und Monate damit verbringen können, ihnen zu erklären, warum es hat sein müssen. Ich hätte ihnen sagen können, dass ich nur kurz loslassen müsse, dass ich in ein paar Wochen wieder zurückkomme. Ich hätte versuchen können, ihnen zu beschreiben, wie schwach sich meine Glieder anfühlten, wie heiser meine Kehle war und wie verzweifelt mein Verlangen, zugleich umarmt und allein gelassen zu werden. Ich hätte ihnen von der Erschöpfung erzählen können, die meinen ganzen Körper erfasst hatte, doch stattdessen hieß ich ihren Zorn willkommen und ließ ihm Raum.

Den Weg, den wir die letzten Tage gegangen sind, hätte ich nicht voraussehen können. Mein Schwiegersohn hat mich angerufen, und ich habe sofort die Chance ergriffen, meine Töchter nach so vielen Jahren wiederzusehen. Ich bin in der Hoffnung zurückgekehrt, ihnen helfen zu können.

Ich hasste die Vorstellung, dass eine von ihnen so lange mit dieser Schuld hat leben müssen. Ich wollte ihr nur die Hand halten und sagen, dass Schuldgefühle Zeitverschwendung sind, dass alles verziehen ist. Ich hätte es geliebt, wenn sie mich willkommen geheißen hätten, aber ich erwartete nicht, akzeptiert zu werden. Ich war bereit, sie wieder zu verlieren.

Ich hätte nichts von alledem auch nur erahnen können. Ich dachte, sie würden sich gegen mich wenden – zusammen, einstimmig –, und ich war bereit, im Unrecht zu sein. Ich hatte keine Ahnung, dass sie in so kurzer Zeit straucheln und sich wieder voneinander entfernen würden.

Ich hatte keine Ahnung, dass sie sich gegenseitig an die Kehle gehen würden.

Gestern habe ich gesehen, wie eine meiner Töchter eine neue Schuld auf sich genommen hat, eine wahre Schuld, für den Tod ihrer Schwester. Ich habe die Tragödie mit eigenen Augen gesehen, doch ich war zu weit entfernt, um Einfluss darauf nehmen zu können. Ich habe gesehen, wie die zweite Wand des Gebäudes eingefallen ist.

Und dann wurde meine älteste Tochter in Handschellen aus dem Cottage geführt.

Ich habe es noch nie geschafft, meine Töchter zu retten. Ich konnte immer nur die Trümmer zusammenkehren. Doch als ich gesehen habe, wie meine Älteste den Kopf gesenkt und ihr Schicksal akzeptiert hat, um ihre Schwester zu beschützen, da wurde mir klar, dass ich sie beide diesmal retten konnte. Ich war nicht mehr ihr Heim, ihre Familie. Sie hatten ihre eigenen Leute, ihr eigenes Leben, ihre eigenen Gebäude mit vier neuen Wänden … Und ich konnte sie alle retten.

Ich rief die Polizei an und gestand, meine Tochter von der Klippe gestoßen zu haben.

Ich dachte, sie würden mit Blaulicht und Sirenen herbeirasen und durch die Haustür stürmen. Ich irrte mich. Ich schaute zu, wie sie in aller Ruhe auf mich zukamen. Ich streckte die Arme aus, und man gestattete mir, meinen Mantel von der Garderobe zu nehmen. Ich sah, wie die Nachbarin auf die Veranda kam, und ich sah, wie sie den Kopf schüttelte.

Da erkannte ich, dass sie es war, die die Polizei an jenem Morgen angerufen und meinen schlichten Plan zunichtegemacht hatte. Und mir war klar, dass was auch immer sie gesehen hatte, was auch immer sie sagen würde, es könnte auch mein Geständnis untergraben. Ich starrte sie an und flehte stumm. Ich wusste, dass auch sie vor Jahrzehnten eine Tochter verloren hat. Ich wusste, dass sie meine Trauer teilte.

Sie nickte.

Und lächelte schwach.

Auch sie war eine gebrochene Mutter, die sich nichts mehr wünschte, als ihre Kinder zu beschützen. Sie verstand mein Opfer, denn sie hätte das Gleiche getan, um ihr eigenes Kind zu retten. Jetzt würde sie mir helfen, meine zu beschützen.

MONATE SPÄTER

Kapitel 61
2. April 2018
Jess

Sie sitzt mit dem Rücken am gepolsterten Kopfteil ihres Bettes und zieht das Frühstückstablett zu sich. Gekochte Eier auf Toast, geliefert von ihrem Mann, der auf der Arbeit zwar mehr zu tun hat als je zuvor; dennoch ist er fest entschlossen, dafür zu sorgen, dass sie isst, bevor er das Haus verlässt. Ihr bleiben nur noch ein paar Tage bis zum ausgerechneten Termin, und sie fühlt sich schwerer denn je. Sie kann nicht mehr lange stehen, kann nicht mehr lange sitzen, und sie isst viel zu spät und wacht viel zu früh auf. Sie zählt die Tage schon.

Sie weiß, dass ihr Mann nur so viel arbeitet, weil er sich mehrere Wochen freinehmen will, sobald ihre Tochter da ist. Er hat das kleinste Zimmer mit grünen Wänden und gelben Vorhängen geschmückt – sein ehemaliges Arbeitszimmer –, und dabei hat er vorher noch nie eine Wand gestrichen. Mit schier unglaublicher Vorsicht hat er die Wiege zusammengebaut. Er hat wiederholt die Schrauben festgezogen und die Matratze abgetastet. Und dann hat er auch noch einen Wickeltisch gebastelt. Wie erwartet, ist er schockiert gewesen, als er erfahren hat, dass sie schon in wenigen Monaten eine Tochter haben würden, doch dann ist er geduldig und verständnisvoll gewesen – wie immer.

Das war auch so, als er sie im Revier abgeholt hat.

Mehrere Stunden war sie allein in einem Raum eingesperrt gewesen. Dann hatte man sie durch lange Flure wieder zurückgeführt und ihr vor dem Gebäude die Handschellen abgenommen. Verlegen und unsicher hatte sie einfach nur dagestanden – ohne

Handy oder Geld, ohne Mantel und auch ohne die geringste Ahnung, was zum Teufel gerade passiert war. Sie hatte einen Wagen mit quietschenden Reifen auf den Parkplatz rasen sehen und gedacht: *Mein Mann hat das gleiche Modell und in der gleichen Farbe.* Sie erinnert sich daran, wie er aus dem Auto gesprungen ist, und an den offenen, schiefen Hemdkragen. Sie erinnert sich daran, wie er die Stufen hinaufgestürmt ist und sie fest an sich gedrückt hat.

»Was ist passiert?«, fragte sie.

»Man hat dich auf der Klippe gesehen«, flüsterte er. »Eure Nachbarin ist euch gefolgt.«

»Aber dann …«

»Das spielt keine Rolle«, unterbrach er sie. »Das spielt jetzt wirklich keine Rolle. Jetzt zählt nur, dass du in Sicherheit bist.«

Ein Streifenwagen parkte vor dem Gebäude. Zwei Beamte stiegen aus, und einer öffnete die hintere Tür. Eine Frau duckte sich heraus.

Bernadette.

»Was …? Ich …«

»Ich werde dir das erklären«, sagte ihr Mann und führte sie weg. »Aber sag hier kein Wort.«

»Mom?«, rief sie.

Ihre Mutter hatte genickt, sanft gelächelt und war ins Gebäude gegangen.

*

Sie hört, wie sich die Haustür schließt, ihr Mann in sein neues Arbeitszimmer geht, und sie weiß, dass sie nur noch eine Stunde hat, um sich von ihrem warmen Platz auf der Matratze zu erheben und in den Wagen zu steigen. Es ist keine lange Fahrt, aber der Verkehr ist unberechenbar. Sie schneidet in ihr Ei, und der Dotter läuft auf den Toast. Rasch isst sie, und dann duscht sie, bevor sie sich in die einzige Leggings zwängt, die ihr noch passt. Sie wirft sich den Kaschmirpullover ihres Mannes über und läuft mit dem Tablett nach unten. Schon am Abend zuvor hat sie ihren Führerschein auf den kleinen Tisch im Flur gelegt, neben den kleinen Zettel mit der Gefängnisnummer ihrer Mutter.

Als sie vor dem Eingang steht, muss sie an die Grundschule denken, an der sie vor ein paar Tagen vorbeigegangen ist. Wie sehr sich die beiden Gebäude ähneln. Das Gefängnis könnte genauso gut eine Schule sein, ein Freizeitzentrum oder eine Sporthalle. Sie bleibt am Empfang stehen, inmitten eines gut beleuchteten Raums mit hohen Ziegelwänden, und stopft ihre Sachen in ein leeres Schließfach. Wie immer ermutigt man sie, die Toilette zu benutzen, bevor sie reingeht, und wie immer ist sie dankbar dafür, sich erst einmal sammeln zu können.

Sie stellt sich in die kurze Schlange vor der Sicherheitsschleuse – es gibt hier einen Scanner wie am Flughafen –, und sie ist beeindruckt, wie selbstverständlich sich das inzwischen anfühlt. Als wäre sie in dieser seltsamen Welt geradezu daheim. Sie hebt die Arme, damit eine Wärterin sie abtasten kann, und sie spürt, wie ihre Tochter sich bewegt, als die Hände einer Fremden über ihren Bauch streichen. Sie geht am Spielbereich vorbei und fragt sich, ob ihre Tochter sie irgendwann auch hierher begleiten wird. Aber das ist wohl eher unwahrscheinlich.

Sie wartet auf ihre Mutter.

Anfangs hat sie sich gegen die Entscheidung ihrer Mutter gewehrt.

Ihr Mann hat sie vom Revier zum Cottage gefahren, zu ihrer Schwester und um ihre Sachen zu holen, und sie ist direkt zum Nachbarhaus gestürmt und hat laut gegen die Tür gehämmert, sodass der Kranz fast wieder heruntergefallen wäre.

Die Tür öffnete sich, und sie wiederholte, was ihr Mann ihr auf der Fahrt erzählt hatte: dass die Nachbarin sicher sei, eine der Schwestern sei die Täterin, doch sie wisse nicht, welche.

Marianne zuckte mit den Schultern.

»Ich erinnere mich nicht, das gesagt zu haben«, erklärte sie.

»Sie haben das zur Polizei gesagt!«, beharrte Jess. »Und dann zu meinem Mann!«

»Ich erinnere mich ni…«

»Sie haben gesagt, es sei eine von uns gewesen. Sie haben von rotem Haar gesprochen. Sie haben gesagt, eine Person mit rotem Haar habe sie gestoßen.«

»Es war früh am Tag und noch dunkel. Außerdem war es weit weg …«

»Sie werden sie das tun lassen, nicht wahr?«

Marianne hatte schlicht noch einmal mit der Schulter gezuckt.

Jetzt weiß Jess, dass sie für ihre Tochter das Gleiche tun würde, sollte die Welt sich wieder gegen sie wenden.

Sie sieht ihre Mutter auf der anderen Seite der Glastür.

Sie lächelt. Und winkt.

Zwei Frauen. Eine Wanderung. Eine mörderische Falle …

Jenny Blackhurst
DER FINSTERE PFAD
Eine Frau. Eine
Wanderung. Eine
mörderische Falle …
Psychothriller
Aus dem Englischen
von Anke Angela Grube
336 Seiten
ISBN 978-3-404-18583-2

Menschliche Überreste gefunden … Als Laura die Nachricht im Radio hört, ist sie vor Angst wie gelähmt. Erschreckend deutlich sieht sie die Bilder von damals vor sich: sie und ihre Freundin – zwei junge Frauen, die gemeinsam den West Coast Trail im Südwesten Kanadas bezwingen wollen. Doch ihr Abenteuer wird zum Albtraum, als eines Nachts kurz vor ihrem Ziel ein grausames Verbrechen geschieht.

Während die Polizei zwanzig Jahre später hofft, das Opfer jener entsetzlichen Nacht endlich gefunden zu haben, erhält Laura bedrohliche Nachrichten – und sie ahnt: Es gibt noch jemanden, der weiß, was in jener Nacht auf dem Trail wirklich passierte …

Lübbe

Ein Online-Date wird zur tödlichen Falle –
der fesselnde neue Thriller der NEW-
YORK-TIMES-Bestsellerautorin

Lisa Unger
DAS MAKELLOSE
MÄDCHEN
Thriller
Aus dem amerikanischen
Englisch von
Anke Angela Grube
448 Seiten
ISBN 978-3-404-18900-7

Als Wren das Foto auf der Dating-App sieht, fühlt sie sich sogleich
zu dem Mann mit dem melancholischen Lächeln hingezogen.
Kurz darauf trifft sie Adam in einer Bar, und es ist um sie geschehen. Schon bald sind die beiden ein Paar, und Wren ist überglück-
lich. Doch dann verschwindet Adam ganz plötzlich aus ihrem
Leben. Stattdessen steht wenig später ein Polizist vor ihrer Tür.
Er ist dem rätselhaften Verschwinden einer ganzen Reihe junger
Frauen auf der Spur. Sie alle hatten sich über die App verliebt und
wurden anschließend nie mehr gesehen. Hat Adam etwas mit
ihrem Verschwinden zu tun? Auf der Suche nach ihm stößt Wren
auf eine beängstigende Spur …

Lübbe

DIE LÜGE IST EIN GIFT, DAS LANGSAM TÖTET …

Elizabeth Kay
SIEBEN LÜGEN
Psychothriller
Aus dem Englischen
von Rainer Schumacher
384 Seiten
ISBN 978-3-404-18429-3

Mit einer kleinen Notlüge fängt alles an. »Natürlich passt ihr gut zusammen, du und Charles«, versichert Jane ihrer besten Freundin Marnie, auch wenn sie deren Verlobtem gegenüber insgeheim größtes Misstrauen hegt. Doch eine Lüge zieht bekanntlich weitere nach sich, und schon bald ist das Verhältnis der drei unwiederbringlich vergiftet. Stück für Stück gerät die Situation außer Kontrolle. Aus Unbehagen wird Verdacht, aus Verdacht Gewissheit - und aus Freundschaft eine tödliche Falle …

Das atemberaubende Thriller-Debüt einer faszinierenden neuen Erzählstimme aus England

Lübbe